KiWi

1516

Das Buch

Am Rande eines Dreihundertseelendorfes wird an einem Frühlingsmorgen die Leiche der jungen Marie entdeckt. Blutüberströmt liegt sie bei den Urlärchen von St. Gertraud, die jedes Kind in Südtirol kennt. Generationen lang haben die Bäume allem getrotzt, Wind, Wetter und den Menschen; unter ihren Wurzeln soll sich der Eingang zur Hölle befinden. In ihrem neuen Fall ermitteln Grauner und sein neapolitanischer Kollege Saltapepe im Ultental, dessen Bewohner schweigsam, stolz und gottesfürchtig sind. Erstaunlich schnell ist ein Geständiger gefunden: ein zugezogener Architekt. Die Dorfgemeinschaft aber sagt: Dieser deckt nur seinen Sohn Michl, der seltsam ist und niemandem geheuer. Und auch Grauner ahnt, dass alles komplizierter ist. Zumal unweit des Tatorts altertümlich anmutende Schriftstücke gefunden werden. Sie könnten aus den verschollenen Tagebüchern eines berühmten Gastes der Ultentaler Heilbäder stammen. Und sie berichten von einem Geheimnis, das über hundert Jahre bewahrt wurde. Einem Geheimnis, das die Dorfbewohner noch immer umtreibt.

Der Autor

Lenz Koppelstätter, Jahrgang 1982, ist in Südtirol geboren und aufgewachsen. Er arbeitet als Medienentwickler und als Reporter für Magazine wie »Geo Special«, »Geo Saison« oder »Salon«. »Die Stille der Lärchen« ist nach »Der Tote am Gletscher« der zweite Band der beliebten Kriminalreihe um Commissario Grauner.

LENZ KOPPELSTÄTTER

DIE STILLE DER LÄRCHEN

Ein Fall für
Commissario Grauner

Kiepenheuer & Witsch

Die Handlung dieses Romans ist frei erfunden.
Auch alle Personen sind erfunden.
Nur die Lärchen gibt es wirklich.
Und sie werden noch sein,
wenn wir längst nicht mehr sind.

MIX
Papier aus verantwortungsvollen Quellen
FSC® C083411
FSC
www.fsc.org

Verlag Kiepenheuer & Witsch, FSC® N001512

7. Auflage 2021

Umschlaggestaltung: Barbara Thoben, Köln
Umschlagmotiv: © plainpicture/robertharding/Roberto Moiola
Karten auf beiden Umschlaginnenseiten: Oliver Wetterauer
Illustration als Abschnittstrenner im Text: Oliver Wetterauer
Gesetzt aus der Minion
Satz: Buch-Werkstatt GmbH, Bad Aibling
Druck und Bindung: CPI books GmbH, Leck
ISBN 978-3-462-04734-9

Prolog

Die Stille gibt es nicht. Schon gar nicht jetzt, wenn es plätschert und taut. Glaubt man, es ist still, ganz still, dann rauscht immer noch ein Bach in der Ferne. Dann raschelt der Wind in den Baumwipfeln, dann springt ein Rehkitz durchs Gebüsch, dann haut ein Specht seinen Schnabel ins Holz, dann ruft ein Kuckuck, dann zwitschern sich frühlingsverliebt zwei Rotkehlchen zu.

Stille, absolute Stille, die gibt es nur im Himmel, sagten die Rosenkranzfrauen von St. Gertraud. Oben, hinter den Wolken, jenseits des Blaus. Oben, inmitten der Sterne, die da funkeln. Wenn es still ist, ganz still, dann bist du nicht mehr auf Erden, sagten die Frauen. Nur wenn einer stirbt, dann hält auch auf Erden die Totenstille Einzug. Dann plätschert einen Wimpernschlag lang nichts. Dann rauscht nichts, raschelt nichts. Dann klopft nichts, zwitschert nichts. Dann ist es still, still, lärchenstill.

Natürlich wird sie in den Himmel kommen, die Marie, sagten die Rosenkranzfrauen, die drei Tage und drei Nächte lang auf den Bänken der Pfarrkirche des Dreihundertseelenortes knieten, um für sie zu beten. Ein Vaterunser, ein Gegrüßet seist du, Maria, ein Glaubensbekenntnis und dann alles, all das Flehen, die Huldigungen, die Lobpreisungen, noch einmal von vorne.

Sie beteten noch, als ihre Knie längst taub geworden waren. Sie beteten noch, als sich das kantige Holz der Kirchenbänke bereits schmerzhaft in ihr Fleisch geschnitten hatte.

Die Bewohner des Ultentals waren gottesfürchtige Leut' – und die Rosenkranzfrauen von St. Gertraud waren die allergottesfürchtigsten unter ihnen.

Natürlich wird sie in den Himmel kommen, flüsterten die Leut' in St. Gertraud, als sie sich draußen vor dem Kirchentor begegneten. Weil wir sie salben, beweinen, beklagen. Weil wir sie in einen weißen Sarg legen, unschuldsweiß – weil sie fast noch ein Kind war.

Sie wird in den Himmel kommen, weil Kinder noch ohne Sünde sind. Weil der Herr Pfarrer sie segnen wird, die Marie, dies blutjung heimgeholte Gottesgeschöpf.

Schöne Haare hat sie gehabt, goldenschön, flüsterten die Leut', und große blaue Augen, engelsblau.

Im Höllenschlund, der dort seinen Eingang hatte, dessen waren sich alle gewiss, wo eine der alten Lärchen unter ihrem Stamm ein sandiges Loch offenbarte – da war es nicht still. Da spürst du die hochkommende Hitze, sagten die Frauen, da erhascht dich der Funke der lodernden Feuer, da schreien die Seelen der Verdammten. Die der Todsünder. Die der Fleischeslüstigen. Die der Völlerer. Die der Gottesächter. Die der Mörder. Und all die Seelen jener, für die niemand gebetet hat.

Mancher Sünder mag in den Himmel kommen. Wenn er bereut, wenn er Buße tut, wenn die Frommen für ihn klagen. Doch manchem bleibt er verwehrt. Da hilft kein Klagen, keine Buße, keine Reue, kein Beten.

Für den Michl, sagten die Rosenkranzfrauen von St. Gertraud, wird es nicht reichen. Was der Michl getan hat, sagten sie, das kann ihm keiner verzeihen. Auch der liebe Gott nicht. Für den Michl beteten sie nicht. Der Michl sollte sterben. Und in die Hölle kommen. Hinab ins sandige Lärchenloch. Das sollte seine gerechte Strafe sein, das wünschten sie ihm.

Sie saß da, so schien es Benedikt Haller, als schliefe sie mit offenen Augen. Als träumte sie einen Tagtraum. Die Pupillen starrten ihn an. Er schauderte, und ihm war bewusst, dass er diesen Moment, diesen Blick aus diesen toten, offenen Augen, sein ganzes verdammtes restliches Leben lang nicht mehr vergessen würde.

Es schien ihm, als atmete sie noch. Doch es war nicht der Brustkorb, der ihr weißes Kleid und ihre Wolljacke hob und senkte. Es war der mit dem Stoff spielende Wind. Der Wind, er hob auch ihre blonden Strähnchen. Sie kitzelten ihr Gesicht. Aus ihrem offenen Mund war Blut gequollen. Es haftete verkrustet an ihrem Kinn. Rund um ihr Herz hatte es sich in die Fasern des Kleids und der Jacke gefressen.

»Marie!«, sagte Haller, »Marie!«

Er drückte das Gesicht gegen die Scheibe des bodentiefen Fensters und legte auch die Hände auf das kalte Glas. Kurz schloss er die Augen, fest, bis er hinter den geschlossenen Lidern Sterne sah. Je fester er drückte, so hoffte er, desto eher könne alles verschwunden sein, wenn er die Augen wieder öffnete – vielleicht, so dachte er, war alles nur ein kurzer, böser Traum.

Aber alles war noch da. Alles war real: der Wald, der hinter dem mit Moos überwachsenen Holzzaun begann. Das tote Mädchen, das am Stamm einer der alten Lärchen lehnte. Das Rot an ihrer Brust und um ihren Mund. Das Rot wirkte dunkler als Blut, so als hätte sie sich nur mit Kirschmarmelade befleckt.

Benedikt Haller nahm die Hände von der Fensterscheibe, blutrote Streifen blieben zurück. Dann ging er zum Glastisch, der neben den geschwungenen Sofasesseln in der Mitte des lichtdurchfluteten Raumes stand. Einige Architekturzeitschriften lagen darauf, akkurat gestapelt. Haller hasste es, wenn nicht alles seine Ordnung hatte. Er entdeckte einen Brotkrümel auf dem Tisch, schnappte mit zwei Fingern danach und ließ ihn in der Hosentasche verschwinden. Haller hasste Krümel. Er hasste Flecken. Haller hasste Schmutz. Er hasste es, wenn seine Schuhe von einer Staubschicht überzogen waren.

Haller wischte die Glaswand sauber und wusch sich die Hände, das dunkle Wasser verschwand im Abguss des Edelstahlwaschbeckens. Er rieb die Finger mit einem weißen Handtuch trocken und spürte Freude in sich hochkriechen, als er bemerkte, dass das Tuch dadurch zwar nass, aber nicht schmutzig geworden war. Er faltete es sorgsam und legte es auf die Marmorplatte neben dem Designerherd.

Haller war Perfektionist. Die Natur ist perfekt, auf ihre Weise, und der Mensch hat es auch zu sein, auf seine Weise, das sagte er oft, auch wenn ihm dabei niemand zuhörte. Haller bewunderte die Natur. Aber er verstand sie nicht. Sie faszinierte ihn, aber er traute ihr nicht. Sie zog ihn an, doch er hielt sie auf Distanz.

Haller lebte schon seit über einem Jahr in diesem hintersten Teil des Ultentals, aber noch nie war es ihm in den Sinn gekommen, sich ein Beil zu schnappen, um das gestapelte Holz zu hacken, auf einer Lichtung Beeren zu sammeln, im Winter eine Skitour zu unternehmen, sich im Sommer in eine ungemähte Wiese zu legen.

Haller verbrachte seine Zeit am liebsten im verglasten Wohnzimmer. Von einer Seite konnte er so in den Wald blicken, auf die drei Lärchen, die schon Hunderten Wintern getrotzt hatten. Von der anderen Seite reichte der Blick hinunter ins Tal.

Haller liebte es, hier zu stehen, sich im Kreis zu drehen, ein Glas Blauburgunder in der Hand, und rauszuschauen, auf diese wundersame Welt. Haller war anders. Das war ihm schon klar. Er war nicht Teil der Natur so wie die Menschen aus dem Tal. Er war nicht Teil der Wälder, nicht Teil der Gipfel, des Peilstein, der Gleckspitze, des Laugen und des Hasenöhrl. Er war nicht Teil des schwarzen Wassers im Zoggler-Stausee, das immerfort gegen die Ufersteine klatschte. Er war nicht Teil des Zwölf-Uhr-Mittags-Geläuts der Pfarrkirche, er war keiner der Männer, die im *Schwarzen Adler* ihre Wattkarten auf die Holztische knallten und nach der Bella – der Revanche der Revanche – noch ein paar schwere Kugeln in die Holzkegel der neuen Kegelbahn krachen ließen.

Haller war nicht Teil dieser Welt, das wollte er auch niemals sein. Aber sie zu beobachten, das gefiel ihm.

Haller nahm sein Smartphone in die Hand und wählte die Nummer der Questura in Bozen. Dann ging er über die frei hängende Treppe in den oberen Bereich des Glaskubus. Aus Michaels Zimmer tönte laute Musik.

26. März

1

Das Dorf war wie ausgestorben, als Grauner es erreichte. Er parkte seinen Panda vor der Kirche, die auf einer kleinen Anhöhe thronte. Er holte den Stein, den er neuerdings mit sich herumfuhr, aus dem Kofferraum. Die Handbremse hielt mittlerweile überhaupt nicht mehr, und er war es leid, immer und überall nach passenden Brocken oder Holzstücken zu suchen, um sie hinter eins der Räder zu legen.

Die goldenen Zeiger der Kirchturmuhr standen auf halb neun, es war noch etwas frisch, hier, auf tausendfünfhundert Meter Meereshöhe. Im Schatten der Wälder würde es den ganzen Tag über kühl bleiben, aber über den Bäumen würde die Sonne ihre weißgelben Strahlen in den wolkenlosen Himmel setzen.

Grauner blickte in die Höhe, in die sich der spitze Kirchturm mit seinen rotkäppchenroten Schindeln reckte, dann schaute er in die Tiefe, wo sich die Falschauer voller Gletscherwasser aus dem Tal hinauswand.

Es war ein typischer Südtiroler Frühlingsmorgen. Grauner war gut gelaunt, und das hatte damit zu tun, dass er inmitten dieses Dorfes im hintersten Ultental stand und den Tag nicht an seinem Schreibtisch verbringen würde, auf dem sich die Akten gipfelhoch türmten. Auf dieses Glück hatte er am frühen Morgen noch nicht zu hoffen gewagt. Die vergangenen Tage hatten an seinen lädierten Nerven gezerrt. Claudio Saltapepe, sein Ispettore, war vier Wochen lang in dessen Heimatstadt Neapel gewesen. Und so hatte Grauner das Büro zwar für sich alleine gehabt – aber auch die doppelte Arbeit.

Nun atmete er vergnügt die frische Bergluft ein. Doch gleichzeitig plagte ihn ob seiner guten Laune auch das schlechte Gewissen. Schließlich war ein Mord passiert. Zumindest hatte sich am Telefon alles danach angehört. Und nur dieser Mord hatte es ihm ermöglicht, nicht in der Questura schmachten zu müssen.

Grauner, der außer Commissario auch Viechbauer war, hatte die frühen Morgenstunden im Stall verbracht. Er hatte während des Ausmistens Mahlers Dritte gehört. Es war so, dass er immer eine Zeit lang von einer der Sinfonien nicht genug kriegen konnte, sie dann Woche für Woche hörte, bevor er sich von ihr erholen musste und ein anderes Stück an der Reihe war. Zum Ausmisten, dachte Grauner, passte die Dritte gut, besonders der vierte Satz, bei dem sich die Harfen wie ein Grauen hervortaten; und dann das liebliche Altsolo, das warnend riet: *O Mensch! Gib acht! Die Welt ist tief … Tief ist ihr Weh …*

Grauner flüsterte seinen Kühen währenddessen beruhigende Worte zu und klopfte ihnen liebevoll auf den Rücken. Der Mitzi, der Margarete, der Marta, der Josefine, der Olga, der Mara. Jeder gleich lang. Denn seine Kühe merkten genau, wenn er einer mehr Zuneigung schenkte als den anderen, und dann muhten sie protestierend. Nur wenn eine trächtig war oder gerade gekalbt hatte, wurde die Sonderbehandlung schweigend akzeptiert.

Der Commissario liebte den Geruch von Kuhmist am Morgen. Er atmete ihn tief ein, er konnte nicht genau sagen, welche Gefühle die dampfende Würze in ihm auslöste. Geborgenheit? Innere Ruhe? Kindheitserinnerungen? Draußen vor dem Stall mochte ein neuer Tag anbrechen, mit neuen Grausamkeiten, mit neuem Irrsinn. Drinnen im Stall war alles gut. Das Donnern der Geigen. Das Muhen der Kälber. So konnte der Tag erwachen.

Um sieben Uhr war Grauner vom Stall in die Stube gekommen, um mit seiner Frau Alba das Birnenkompott umzufüllen, welches sie aus den Früchten der drei Bäume, die an der Südseite des Graunerhofs standen, gemacht hatten. Ein zufälliger Blick auf sein Handy zeigte neun unbeantwortete Anrufe in Abwesenheit von Sovrintendente Piero Marché, einem seiner Mitarbeiter.

Der Commissario hatte den Klingelton nachts ausgeschaltet, nun stellte er ihn auf laut, suchte nach der Rückruffunktion, doch da rief der Sovrintendente schon zum zehnten Mal an.

»Hier ist Marché«, sagte Marché – und dann nichts mehr.

Er wartete auf eine Reaktion. Aber Grauner antwortete nicht. Er wartete ebenso. Darauf, was da noch kommen würde. Er wartete vergebens.

»Ja, Marché«, sagte er schließlich. »Sprich weiter! Warum rufst du mich an?«

»Weil wir im Ultental sind. Auf dem Weg nach St. Gertraud.«

Grauner hörte das Sirenengeheul im Hintergrund. Marché saß in einem der Polizeiwagen. Klar, dachte der Commissario, bin ich einmal nicht dabei, werden die Sirenen aufgedreht. Er mochte das nicht. Meistens waren Sirenen unnütz. Man machte sich bei der Bevölkerung nur unbeliebt. Die Sirene der Feuerwehr, das war die Sinfonie der Flammenhelden, das Geheul der Polizei, das Requiem der Spielverderber.

Grauner unterdrückte einen Flucher und sparte sich den süffisanten Unterton, den Marché ohnehin nicht heraushören würde: »Gut, und warum seid ihr alle unterwegs nach St. Gertraud?«

Es knisterte, die Sirenen stockten. Der Handyempfang in Südtirols Tälern ließ zu wünschen übrig.

»Äh, ja, ja, weil – – – einer hat uns angerufen. Da liegt ein totes Mädchen – – – erschossen.«

Dann brach die Verbindung ab.

Einige Minuten später bog Commissario Johann Grauner vom Graunerhof hoch über dem Eisacktal von den Serpentinen in die Staatsstraße ein und schleckte sich dabei das Birnenkompott von den Fingern. Auf der MeBo erreichte der Panda klappernd die hundert Stundenkilometer. Bei Lana bog die Straße links ab, über die Gaulschlucht hinweg zog sie sich im Zickzack den Hang empor. Oben angelangt, begann das ins Ortlermassiv eingebettete Tal, in dem sich bereits tausend Jahre vor Christus die ersten Menschen angesiedelt hatten.

Wilde Kirschbäume säumten die Leitplanken, die Stämme mächtiger Nussbäume waren mit Efeu bewachsen. Schilder warnten vor Steinschlag und Rotwild. Zwei Tunnel, finster wie Stollen, führten durch den Fels. Am Ende der Tunnel hingen die Kieferngewächse des Mischwalds in tausend grünen Farbschattierungen über die Fahrbahn. Farne und Rotklee wucherten. Knospen platzten. Bienen summten. Bauernhöfe und Heustadel am Straßenrand wechselten sich ab. Auf die Gemäuer der Häuser waren Jagdszenen gemalt, geschulterte Gewehre, prächtige Auerhähne, manchmal auch die Muttergottes.

Grauner ließ die Dörfer St. Pankraz und St. Walburg hinter sich und passierte die mit geschmolzenem Gipfelschnee gefüllten Stauseen; frisches Nass, es sorgte für grüne Frühlingswiesen, für saftiges Holz in den Wäldern, für satt gefressene Kühe, für dickflüssige Milch, für neues Leben.

Der Commissario erreichte Kuppelwies, St. Nikolaus und schließlich St. Gertraud. Die Dörfer waren zu Dörfchen geworden. Die Täler, das wusste Grauner, hatten eigene Gesetze. Und je tiefer sie lagen, je kleiner die Orte waren, desto schweigsamer, stolzer und gottesfürchtiger die Bewohner.

Der Commissario hielt sein Handy in die Höhe. Kein Netz. Er packte den Stein wieder in den Kofferraum, fuhr den Hügel wieder hinunter. Als er das Dorfgasthaus erreichte, hatte er immer noch keine Menschenseele gesehen. Wo waren die alle? Er trat ein.

Der Wirt stand alleine hinter dem Budl des *Schwarzen Adler*. Er hatte ein Küchentuch über die Schultern gelegt, mit einem zweiten polierte er Weingläser. Der Mann trug lange rauchgraue Haare und einen rauchgrauen Stoppelbart. Seine Unterarme waren mit verschwommenen Tätowierungen verziert.

»Grüß Gott«, sagte Grauner.

»Was darf's sein?«, fragte der Wirt und musterte den Commissario dabei mit einem Blick, der sagte: Sei du dir mal nicht so sicher, dass du was bekommst. Wer bist du eigentlich? Und was willst du bei uns?

»Erst mal nichts, danke«, antwortete Grauner, der den Blick verstanden hatte. »Ich wollte …«

»*Nichts* gibt es nicht«, unterbrach ihn der Wirt.

Grauner nahm die Brieftasche in die Hand und fischte zwischen den Geldscheinen das Tesserino hervor, das ihn als Commissario auswies. Er hielt es dem Wirt hin, doch der schaute sichtlich bemüht nicht darauf und griff nach einem neuen Glas.

»Wo sind alle?«, fragte Grauner.

»Wer *alle*?«, erwiderte der Wirt.

»Na alle, die Dorfbewohner. Draußen …« Grauner zeigte zum Fenster raus, das mit blutroten Gardinen aus grobem Stoff behangen war, »… hier«, nun zeigte er auf die leeren Tische, die so wirkten, als ob gerade eben noch reges Gasthaustreiben geherrscht hätte. Es war gespenstisch: Halb leere Espressotassen standen herum, auch ein, zwei halb ausgetrunkene Weißweingläser. Wattkarten lagen ausgespielt in der Mitte der Tische. Ein Schellkönig, der den Herzober stach. Eine Laubacht, die den Schlag verriet.

Es war, als ob alle Dorfbewohner sich vom einen auf den anderen Moment in Luft aufgelöst hätten. Grauner spürte die Gänsehaut, die sich bei diesem Gedanken auf seinen Armen ausbreitete. Auch ein Polizeiauto hatte er nicht entdeckt. Marché, Saltapepe – die mussten doch schon längst hier sein. Gerade wollte er sein Handy aus der Jackentasche holen, um noch einmal zu versuchen, einen der beiden anzurufen, da stellte der Wirt das Glas ab und räusperte sich.

»Die sind alle hinauf zu den Lärchen.«

Grauner, der eben noch zum Fenster hinaus auf das Stillleben des Platzes geschaut hatte, drehte sich wieder zu dem Mann um.

»Die sind oben bei den Lärchen, da, wo die tote Marie liegt«, präzisierte der Wirt.

Dem Commissario kroch die Gänsehaut über den Nacken.

Der Wirt erklärte ihm in knappen Worten den Weg. »Ist ja logisch, dass die oben sind. Passiert nicht alle Tage so ein Mord bei uns«, sagte er.

Grauner bestellte einen Schwarzen, kippte ihn heiß in den Rachen, bezahlte, murmelte ein »Wiederschauen« und trat vor die Tür.

An der Bushaltestelle neben dem Gasthaus saßen ein paar Buben auf Vespas, die in knalligen Farben besprüht waren. Granny-Smith-Grün. Ferrari-Rot. Gewürztraminer-Gelb. Sie rauchten und schauten zum Commissario. Hatte er die vorhin übersehen? Waren die gerade erst gekommen? Hatte er sie überhört? Das war unmöglich. Die Vespas der Jugendlichen waren, wie in allen Dörfern, dermaßen illegal auffrisiert, dass selbst Polizeisirenen gegen den Lärm nicht ankamen.

Grauner machte einen Schritt auf die Buben zu, da warfen sie ihre Zigaretten auf den gepflasterten Boden, traten in ihre Anlasser und ließen die Motoren aufheulen. Dem Commissario war klar, dass er ihnen mit dem Panda nicht würde folgen können. Aber es war ihm auch egal. Er war schließlich kein Verkehrspolizist.

In dem Augenblick, als Grauner den Stein vom Hinterrad entfernte, um ihn in den Kofferraum zu hieven, ertönte ein Knall, das Echo der Berge multiplizierte ihn. Grauner kannte den Knall. Es war der einer Beretta, wie die Polizia di Stato sie benutzte. Wie er selbst eine im Handschuhfach liegen hatte.

2

Die Bewohner von St. Gertraud standen im Halbkreis um die Lärchen herum. Das halbe Dutzend Polizisten tat sich nicht leicht, sie auf Abstand zu halten. Schon von Weitem spürte Grauner die aggressive Stimmung. Es wurde geschoben und gestoßen, gedrückt und gezogen. Hunde bellten. Der Commissario kämpfte sich durch die Menge und bückte sich unter dem rot-weiß gestreiften Sicherheitsband hindurch.

Er blieb stehen und blickte auf ein paar alte Gehöfte, die sich in der Nähe befanden. Auf ihr sonnverbranntes Holz und die schweren Steine, die auf den Dächern lagen. Es waren Schindeldächer aus harzigem Lärchenholz, die hundert Jahre und mehr überdauerten. Die Häuser lagen am Hang, etwa zehn Meter tiefer als die versammelte Menge, die hinter dem Absperrband wütete. Daneben erhob sich ein Neubau aus Glas und Beton samt einem Flachdach ohne Schindeln; hineingepinselt in ein Historienaquarell.

Der Commissario wandte den Blick ab und schaute in die Gesichter der Menschen: Er blickte in verweinte Augen und in zornige Mienen. Einige Frauen, ganz in Schwarz gekleidet, hatten sich etwas abseits versammelt. Sie schienen zu beten. Neben ihnen stand ein dürrer Mann, auch er ganz in Schwarz, es musste der Pfarrer sein.

Grauner drehte sich um. Vor ihm erhoben sich die Giganten. Über dreißig Meter hoch. Über sieben Meter im Umfang. Jedes Kind in Südtirol kannte die Urlärchen von St. Gertraud. Bei einem 1930 umgestürzten Exemplar hatte man angeblich über zweitausend Jahresringe gezählt.

Der Commissario betrachtete das morsche Geäst, das sich in alle Richtungen streckte und Fledermäusen, Mardern und Eulen Unterschlupf bot. Er sah die Geschwülste, knollenförmige Wucherungen, die sich am oberen Teil der Stämme aufblähten, von Flechten, Pilzen, Algen und Moosen befallen.

Sie waren nicht schön, diese nimmertoten Ungetüme, und doch konnte Grauner den Blick kaum von ihnen abwenden. Er betrachtete sie, wie ein Enkelkind die faltige Haut des greisen Großvaters betrachtet – voller Faszination und Ehrfurcht.

Langsam senkte er den Kopf. Er sah das Stück Zaun, das der hinterste der Bäume in sich hineingefressen hatte. Daneben plätscherte Wasser in einem zum Brunnen ausgehöhlten Stamm.

Schließlich lenkte Grauner den Blick zu der vordersten Lärche, an der das tote Mädchen lehnte.

Die Lärchen und das tote Mädchen. Scheinbare Ewigkeit und plötzliche Vergewisserung der eigenen Vergänglichkeit. Der Commissario spürte einen Kloß im Hals. Die Haut des Opfers war unnatürlich blass, das Mädchen musste viel Blut verloren haben. Er berührte die Leiche nicht, aber er wusste, wie ihre Haut sich anfühlte. Kalt. Totenkalt.

Grauner ging hinüber zu den Polizeiautos, deren Blaulichter noch lautlos blinkten und bei denen Saltapepe und Marché standen.

»Lichter aus!«, raunte der Commissario den beiden anstatt einer Begrüßung entgegen. Er wollte die Ermittlungen auf keinen Fall mit einer Plauderei über Saltapepes Neapel-Aufenthalt beginnen, er hatte auch keine Lust, sich Saltapepes Geschichten darüber anzuhören, wie schön Süditalien war.

Bei jeder Gelegenheit verglich der Ispettore sein neues Dasein in Südtirol, wohin er ungewollt versetzt worden war, mit seinem alten Leben am Fuße des Stiefels. Beim Knödelessen sprach er davon, wie man Spaghetti al dente zubereitete, beim Weintrinken darüber, warum der Negroamaro aus Apulien besser schmeckte als der Südtiroler Vernatsch, und für Espressotrinker sei diese Provinz zwischen den Bergen – das wiederholte Saltapepe rund fünfmal täglich wie andere das Rosenkranzgebet – sowieso braches Land.

Grauner wollte gleich zur Sache kommen. »Was ist passiert? Wer hat vorhin geschossen?«

»Es, ähm, ging nicht anders.« Saltapepe schaute verlegen zu Boden. »Grauner, die haben uns alles zertrampelt. Wir konnten sie nicht weghalten. Die wollten die Tote gleich mitnehmen und in die Leichenkapelle der Kirche bringen, ich habe in die Luft geschossen, erst dann sind sie zurückgewichen.«

Grauner schaute Saltapepe böse an.

»Deshalb ballert man doch nicht gleich in der Gegend herum. Du bist nicht mehr in Neapel, falls du das noch nicht bemerkt haben solltest.«

Er drehte sich demonstrativ zu Marché um, der mit hochrotem Kopf dastand; es war ihm sichtlich unangenehm, zwischen die Fronten zu geraten.

»Was wissen wir bislang?«

Der Sovrintendente riskierte einen vorsichtigen Blick

zu Saltapepe, bevor er den Commissario auf den Stand der Dinge brachte.

Zehn Minuten später hatte Grauner einen ungefähren Überblick darüber, was in den vergangenen Stunden passiert war: Ein gewisser Benedikt Haller, Architekt von Beruf, der in dem Kubus neben den Bauernhöfen wohnte, hatte um halb sieben Uhr morgens die Nummer der Questura in Bozen gewählt.

»Die Marie ist tot. Alles ist voller Blut. Kommen Sie schnell! Ich weiß nicht … kommen Sie!«, das waren die Worte, die der diensthabende Polizist sich notiert hatte.

Um kurz vor halb acht hatten die ersten beiden Einsatzwagen den Fundort erreicht. Da standen bereits einige Dorfbewohner an den Lärchen. Um kurz nach halb neun war Saltapepes Schuss gefallen.

»Wo ist Weiherer?«, fragte Grauner. Er hatte die Mitarbeiter der Spurensicherung bereits gesehen, den Chef aber noch nicht. »Und wo ist dieser Haller?«

»Weiherer streift im Wald umher. Die Kollegen von der Spurensicherung sind sich nach einer ersten Inspektion ziemlich sicher, dass der Fundort der Leiche nicht der Tatort ist. Das Mädchen muss hierher geschleppt worden sein. Warum auch immer.«

»Und Haller ist …« Marché sprach den Satz nicht zu Ende, sondern zeigte stattdessen auf eins der Polizeiautos.

Grauner konnte im Inneren die Umrisse eines Kopfes sehen. Er war an die Scheibe gelehnt. Ein Teil der Scheibe war vom warmen Atem angelaufen.

»Er hat übrigens bereits gestanden. Er sagt, er habe das Mädchen erschossen.«

3

Sie hatten sich im Wohnzimmer des verglasten Kubus versammelt. Wo hätten sie sonst mit Haller hinsollen? Grauner wollte ihn weghaben von den Menschen. Sieben Polizisten hatte der Commissario am Fundort der Mädchenleiche zurückgelassen. Sie sollten die Stelle an den Lärchen weiterhin sichern, bis der Wagen des Weißen Kreuzes die Tote nach Bozen in die Gerichtsmedizin bringen würde.

Aus der oberen Etage des Hauses erklangen dumpfe Bässe. Hallers achtzehnjähriger Sohn hatte sich in seinem Zimmer verschanzt. Kurz überlegte der Commissario, ihn runterholen zu lassen, dann verwarf er den Gedanken. Vielleicht war es besser, erst einmal mit dem Hausherren alleine zu sprechen.

Über das tote Mädchen hatten die Polizisten bislang herausgefunden, dass sie aus dem Dorf kam, Marie Bachlechner hieß und siebzehn Jahre alt war. Die Bewohner der umliegenden Höfe und Häuser wurden derzeit befragt. Auch zu Haller hatten sich die Polizisten schlau gemacht, der Mann war neunundvierzig Jahre alt und ein recht angesehener Architekt. Er war erst vor etwas über einem Jahr gemeinsam mit seinem Sohn von Meran ins Tal gezogen, in dieses Haus, das er selbst entworfen hatte.

Haller saß am Wohnzimmertisch und starrte scheinbar ins Nichts. Er hatte nicht verlangt, dass die Polizisten ihre Stiefel auszogen, aber da der Erste, der das Haus betrat, sich seiner entledigt hatte und Marché dem Beispiel gefolgt war, war es den anderen unangenehm gewesen, ihre Stiefel anzubehalten – und so saßen sie nun alle unten ohne da und versuchten, die Socken unter der Tischplatte zu verstecken. Ein unmögliches Unterfangen. Die Tischplatte war aus Glas.

»Sie hätten die wirklich nicht …«, sagte Haller, der als Einziger seine anbehalten hatte. Es waren hellbraune Wildlederschuhe.

»Schon gut«, sagte Grauner.

»Ist es nicht wie ein Abwägen zwischen Pest und Cholera?«, fuhr Haller fort. »Schmutz im Haus oder sich der entwürdigenden Lebensform hingeben und auf Socken herumlaufen?«

Kaum hatte er den Satz zu Ende gesprochen, schaute er auf Grauners Füße. Der Commissario tat es ihm gleich. Keine Löcher. Grauner atmete innerlich auf. Und es ärgerte ihn, dass er das tat. Diese ganze Situation ärgerte ihn. Grauner las Überlegenheit in Hallers Blick – was seinen Grimm noch verstärkte.

Das Haus, in dem sie saßen, diese Glaswände, diese Küche, die glänzte und mit ihrem Glanz ausdrückte, wie teuer sie war, dieser Hausherr, der sich, kaum hatte er den Mund aufgemacht, als Schnösel entpuppte, wie sie in Südtirol sonst nur in den gehobenen Kreisen von Bozen und Meran anzutreffen waren, das alles passte nicht hierher. Das alles passte nicht ins hinterste Ultental, in diese hinterste Ecke Südtirols. Es passte nicht in diesen urigen Ort, wo die schnelle, globalisierte, moderne Welt noch nicht so recht Einzug gehalten hatte, wo man hoch auf die Gipfel musste, um nach etwas Handynetz zu suchen.

Der Commissario schaute sich um. Er mochte keine Häuser mit Flachdach. Und er mochte die Leute nicht, die sie bewohnten. Er beobachtete den Architekten. Gleichzeitig rieb er mit dem einen Fuß über den Rücken des anderen.

»Herr Haller, Sie sagen, Sie haben Marie Bachlechner erschossen.«

Haller antwortete nicht. Er nickte nur.

»Ist das ein *Ja*?«, fragte Grauner laut, zwingend.

»Ja, ich habe sie umgebracht.«

»Warum?«

Haller ließ den Blick über die Gesichter der am Tisch versammelten Polizisten schweifen, dann blickte er zu Boden.

»Ich, äh … Wir hatten ein Verhältnis.«

Grauner wartete ein wenig, bevor er weitersprach.

»Herr Haller, das Mädchen war siebzehn.«

Der Architekt rührte sich nicht. Er schaute weiter zu Boden. Auf seine Wildlederschuhe. Wieder herrschte für einige Sekunden Stille.

»Ich bereue, was ich getan habe. Ich war außer mir. Ich kann es mir nicht erklären. Ich möchte ohne meinen Anwalt nichts mehr sagen.«

»Wo haben Sie das Mädchen getötet? Und warum um Gottes willen haben Sie die Leiche an die Lärchen vor Ihrem Haus gesetzt?«

Haller schwieg, Grauner fragte weiter.

»Wo ist es passiert? Und wo ist die Tatwaffe?«

»Nicht ohne meinen Anwalt«, antwortete der Architekt und schob Grauner eine Visitenkarte über den Tisch. Die Karte des Meraner Anwaltsbüros war aus eierschalenfarbenem festem Papier und mit fein gezogenen Buchstaben beschriftet.

Grauner versuchte einen letzten, oftmals bewährten Schachzug: »Ich kann Ihren Anwalt hierher bestellen, und wir unterhalten uns in der Zwischenzeit noch ein wenig.«

Er ließ zwei Sekunden verstreichen.

»Oder ich bestelle ihn nach Bozen – in Ihre Zelle.«

Haller antwortete, ohne zu zögern, und schaute Grauner dabei ausdruckslos ins Gesicht: »Sperren Sie mich bitte ein. Ich bin ein geständiger Mörder.«

Der Commissario übergab den Architekten zwei Polizisten, die ihn nach draußen zu einem der Einsatzwagen brachten.

4

Weiherer war aufgetaucht. Er stand in der Wohnungstür. Sein sonst stets glänzendweißer Schutzanzug war mit grasgrünen Streifen und waldbraunen Flecken versehen. An der Sohle seiner Bergschuhe klebte verkrustete Erde, selbst in seinen Haaren hatten sich Reste von Moos verfangen.

Grauner lachte lauthals auf. Wie oft war er vom Chef der Scientifica angeschnauzt worden, wenn er mit schmutzigen Schuhen an einem Tatort herumtrampelte? Nun war es Weiherer selbst, der das Wohnzimmer dieses sterilen Glashauses mit Dreck verschandelte.

»Wo warst du? Hast du dich im Wald verlaufen? Hast du die Tatwaffe gefunden?«

Weiherer setzte sich zwischen Saltapepe und Marché und räusperte sich. »Zuerst eine schlechte Nachricht«, sagte er. »Nein, wir konnten keine Waffe sicherstellen. Der Täter muss sie versteckt oder weggeworfen haben. Und jetzt eine noch schlechtere …«

Grauner warf ihm einen grimmigen Blick zu. Seine Lippen waren bereits in Stellung gebracht, um einen ordentlichen Flucher loszuwerden.

Doch Weiherer kam ihm zuvor: »Porco Tschiuda! Zio Hennen! Das ist mir in zwanzig Jahren Berufserfahrung noch nicht untergekommen! Diese Dorfdeppen haben mir den gesamten Fundort und alles drum herum zertrampelt. Puttaniga! Das könnt ihr euch gar nicht vorstellen: Da wimmelt es nur so von Fußabdrücken, Fasern, Speichel, menschlicher DNA. Und mit Fingerabdrücken wird das da draußen eh schwierig. Der Fundort ist unbrauchbar für mich. Absolut unbrauchbar!«

»Warum sagen deine Leute, dass der Fundort nicht der Tatort ist?«, fragte Grauner. Er klang nun ganz ruhig.

»Wir haben eine Spur im Wald gefunden. Angeknackste Zweige. Blut. Die Spur verliert sich jedoch alsbald. Das Gelände wird unzugänglich, mit tiefen Felskluften und dickem Gebüsch. Aber …« Er hob bedeutsam den Zeigefinger. »Ich habe das hier entdeckt.«

Weiherer öffnete den silbernen Arbeitskoffer, den er vorhin neben sich gestellt hatte, holte drei durchsichtige Plastiktütchen hervor und legte sie auf den Tisch.

In dem ersten befand sich ein goldener Ohrring. In dem zweiten ein silberner Armreif. Im dritten eine bronzene Brosche mit rotem Stein.

»Das lag alles im Wald, wo wir auch die angeknacksten Zweige und das Blut gefunden haben. Von Marie scheint der Schmuck jedoch nicht zu sein. Zumindest hat das Mädchen keine Löcher in den Ohrläppchen. Aber dass der Fund ein Zufall ist, glaube ich trotzdem nicht.«

Grauner nickte zustimmend.

»Der Wald muss weiter abgesucht werden!«, befahl er.

»Das tun wir bereits«, sagte Weiherer.

»Findet den Tatort!«

»Wir werden ihn finden.« Weiherers Antwort hörte sich wie ein Versprechen an.

»Und findet die Tatwaffe! Sucht sie auch hier im Haus. Und, Weiherer, bring den Schmuck nach Bozen, lass ihn fotografieren und auf Fingerabdrücke untersuchen. Auch will ich wissen, was der hergibt. Ist es billiges Zeug oder so wertvoll, dass der eine oder andere dafür morden würde?« Kurz überlegte er. »Wir werden den Schmuck vorerst niemandem zeigen. Sprecht nicht darüber. Niemand weiß, dass wir ihn gefunden haben. Vielleicht bringt uns dieser Wissensvorsprung etwas. Einen Versuch ist es wert.«

Er schaute in die Runde, er meinte alle damit. Alle nickten.

Marché hatte vor zwanzig Minuten den Staatsanwalt Dr. Martino Belli ans Telefon bekommen und das Handy gleich an Grauner weitergereicht. Belli war in Mailand, auf einer Konferenz, *Assemblea Mafia 2.0* lautete das Motto des Zusammentreffens. Ein Meeting von Staatsanwälten aus ganz Italien, die das organisierte Verbrechen bekämpften. Grauner konnte sich vage daran erinnern, dass Belli davon geredet hatte. Warum da allerdings jemand aus Bozen dabei sein musste, war ihm schleierhaft; aber er hatte ein Bild vor Augen, wie sich sein Vorgesetzter beim Gruppenbild in die erste Reihe drängte. Inmitten der Staatsanwälte italienischer Großstädte würde Belli in die Kamera strahlen, inmitten jener mutigen Männer, die ihr Leben dem Kampf gegen halb mafiöse Politiker und Unternehmer verschrieben hatten. Helden! Ganz anders als ihr Bozner Kollege, der sich lediglich ab und an mit einem Provinzmord zu beschäftigen hatte und ansonsten seine Tage im Schatten der Trauerweiden im

Garten des *Parkhotel Laurin* verbrachte, die Mittagskarte bei einem Glas Sauvignon Blanc studierend.

Immerhin hatte Belli versprochen, ein Fax mit der Delega d'Indagine schicken zu lassen. Es summte soeben aus Hallers Gerät. Das Schreiben beinhaltete die Erlaubnis, das Haus zu durchsuchen und den mutmaßlichen Täter vorläufig in Haft zu nehmen.

»Dieser Haller ist unser Mörder«, hatte der Staatsanwalt abschließend ins Telefon geblafft, sodass Grauner das Gerät um eine Armlänge von seinem Ohr entfernte. »Bringen Sie ihn nach Bozen! Quetschen Sie ihn aus! Lassen Sie ihn das Geständnis unterschreiben, und dann präsentieren wir ihn den Zeitungen und machen ein paar schöne Fotos.«

Grauner war sich sicher: Was Belli noch mehr genoss als eine Bachforelle mit Petersilienkartoffeln und Bozner Soße im *Laurin*, war eine Bachforelle im *Laurin* und vor sich ausgebreitet die Tageszeitungen mit schönen Fotos von ihm darin.

Grauner stellte sich an die bodentiefe Fensterscheibe und starrte in das Tal hinaus. Es kam ihm so vor, als wäre dieser Fall falsch losgegangen. Erst gelangte er zu spät an den Ort des Geschehens, dann, er hatte noch nicht einmal zu ermitteln begonnen, war er bereits mit einem Geständnis konfrontiert. Eines, von dem er nicht recht wusste, was es wert war. Nicht, dass er jemals irgendetwas gegen schnelle Geständnisse einzuwenden gehabt hätte. Aber manchmal war es schwieriger, ein solches zu verifizieren, als einen ungeständigen Mörder zu überführen.

Saltapepe stellte sich neben ihn. »Worüber denkst du nach, Grauner?«, fragte er.

»Über den Fundort«, antwortete der Commissario. »Wenn

das Mädchen irgendwo anders ermordet wurde, irgendwo im Wald, dann muss der Täter einen triftigen Grund gehabt haben, sie nach der Tat hierherzubringen. Welches Zeichen wollte er damit setzen? Den Verdacht auf Haller lenken? Wenn aber wiederum Haller tatsächlich der Täter ist, warum präsentiert er die Leiche dann vor seiner Haustür?«

»Als Trophäe? Vielleicht ist er eine kranke Bestie.«

»Vielleicht …«

Weiter kam Grauner nicht. Das Surren einer Klingel ertönte. Der Commissario ging zur Wohnungstür und öffnete sie.

Aus der Nähe glich das Gesicht des Pfarrers einem mit Haut überzogenen Totenkopf. Die Augen lagen tief in ihren Höhlen. Wo andere Menschen rosige Wangen hatten, zog sich bei Hochwürden das Gesicht unterhalb aschfahler Knochen ins Innere. Die Lippen waren schmal und schwarzblau, wie mit Kajalstift gezogen, Zahnfleisch und Zähne waren allzeit zu sehen, auch wenn der Pfarrer weder sprach noch lachte. Dass er jemals in seinem Leben gelacht hatte, wagte Grauner zu bezweifeln.

Die in Schwarz gehüllten Frauen, die dem Commissario schon vorhin als des Pfarrers Geleitschutz aufgefallen waren, hatten sich erneut in einem Halbkreis um den Geistlichen formiert. Sie trugen bestickte Tücher über dem zum Dutt gebundenen Haar. Grauner vernahm leises Gebetsgeflüster aus ihren Mündern.

Ein paar Schritte hinter diesem ehrfürchtigen Gestirn harrten immer noch einige Dorfbewohner aus. Es waren nicht mehr so viele wie vorhin, vielleicht zwei Dutzend Leute.

Einer stand etwas abseits. Grauners Blick fixierte ihn. Der Mann trug knabenhafte Züge. Seine Haare und Sommersprossen leuchteten rot wie Jonagold im September. Der Mann wirkte wie jemand, bei dem die Pubertät beschlossen hatte, bis in die Dreißiger hinein ihr Spiel zu treiben. Er schwitzte, seine Augen zuckten unsicher. Ein goldener Siegelring umschlang einen seiner Finger. Es musste sich um den Bürgermeister handeln.

Der Commissario kannte diese Phänomene aus fast allen Dörfern Südtirols, in denen er zu tun gehabt hatte. Einer hatte das Sagen: entweder der Bürgermeister oder der Pfarrer. Dass sie zusammenhielten, war ihm noch nie untergekommen. Auch hier war nun klar, wo die Geschicke des Tales bestimmt wurden: in der Kirche, hinter dem Altar, nicht im Gemeindehaus.

»Rücken Sie ihn raus!«, forderte der Pfarrer mit tiefer Stimme. »Rücken Sie ihn raus! Er hat Gottes Strafe verdient.«

»Und die wäre?« Jetzt entdeckte Grauner inmitten der rachsüchtigen Gesichter zu allem Überfluss auch noch das Konterfei von Charly Weinreich, dem von ihm verhassten Reporter des *Südtirol Kurier*.

Weinreich kritzelte seinen Notizblock voll. Grauner malte sich in Gedanken schon die fantasievollen Schlagzeilen aus: *Mädchenmord im Ultental! Dorfbewohner fordern Selbstjustiz! Polizeibeamter feuert Waffe ab! Situation außer Kontrolle!*

Der Commissario spürte, wie die Wut in ihm hochkroch, wie sich sein Magen zusammenzog.

»Er hat getötet, nun muss er sich dem Zorn der Lebenden stellen. Auge um Auge, …«

Der Pfarrer bäumte sich vor ihm wie ein Inquisitor auf.

»Schluss!« Grauner starrte auf die Zähne des Geistlichen und hob die rechte Hand. »Schluss mit dem Bauerntheater! Wir sind nicht im Mittelalter. Sie gehen jetzt alle schön brav nach Hause. Oder in die Kirche zum Rosenkranzbeten oder auf die Felder oder wohin auch immer. Sie gehen! Sofort! Benedikt Haller bleibt in Gewahrsam der Polizei. Er wird nach Bozen gebracht, wo wir ihn rechtmäßig verhören. Verstanden?«

Während sich die Männer zu Grüppchen formten und wütendes Diskutieren anhob, welches das Rosenkranzgebet der Frauen unter sich begrub, machte der Pfarrer einen weiteren Schritt auf den Commissario zu. Fast berührten sich nun ihre Gesichter. Grauner konnte seinen Atem spüren.

»Nein, Herr Kommissar. *Sie* haben nicht verstanden«, zischte der Pfarrer.

Grauner bemühte sich, nicht zu blinzeln und nicht zurückzuweichen, während die Augenhöhlen des Geistlichen immer näher kamen.

»Benedikt Haller interessiert uns nicht. Wir wollen seinen Sohn. Den Michl. Der Michl ist des Teufels.«

5

Die Spurensicherer hatten die Untersuchungen rund um die Leiche beendet, der Chef der Scientifica gab das tote Mädchen zum Abtransport frei. Sie trugen den Sarg an den Höfen vorbei, runter zur Straße. Die Hunde bellten nicht mehr. Endlich war Ruhe eingekehrt. Der Leichenwagen brachte die Tote in die Gerichtsmedizin. Auch Benedikt Haller war auf dem Weg nach Bozen – in die Zelle.

Die Ermittler standen vor Hallers Haus, das in der Zwischenzeit ebenfalls mit rot-weißem Sicherheitsband eingezäunt worden war. Einige Spurensicherer widmeten sich nun dort ihrem Werk, ein paar weitere waren unterwegs zu Bachlechners Haus, um Maries Zimmer zu inspizieren. Mit dem größten Trupp aber war Weiherer im Wald damit beschäftigt, eine Spur von den Lärchen bis zum Tatort zu finden.

»Was konnte in der vergangenen Stunde Neues über das Mädchen herausgefunden werden?«, fragte Grauner in die Runde.

Marché hatte sich telefonisch bei der Gemeindesekretärin im Hauptort St. Walburg kundig gemacht: Marie war Halbwaise. Sie lebte mit ihrem Vater Josef Bachlechner auf einem der Höfe am Hang, auf der anderen Talseite. Der Bürgermeister und der Pfarrer seien am Morgen bereits kurz beim Vater gewesen, um ihm die schreckliche Nachricht mitzuteilen und ihr Beileid zu bekunden.

Marché hatte auch die Schule in Meran informiert, die das Mädchen besucht hatte. Er versuchte nun, einige Lehrer ans Telefon zu bekommen und das Umfeld des Opfers weiter zu befragen. Klassenkameraden. Freunde. Beste Freundinnen.

Die Befragungen der Dorfbewohner hatten bislang wenig ergeben. Die Menschen in diesen hintersten Tälern Südtirols waren stolz und wortkarg, da ließ man sich nicht einfach von irgendeinem Polizisten auf der Straße anquatschen.

Die Bewohner der Nachbarhäuser wollten nichts gehört oder gesehen haben. Nur ein Mal, einen Knall, gegen drei

Uhr nachts, doch sie hatten sich nichts dabei gedacht. Wilderer. Auch die Hunde hätten mehrmals gebellt. Aber das kam öfter vor, wenn sich die Rehe zu nah an die Höfe wagten. Sonst? Nichts. Erst morgens, als Haller bereits die Polizei verständigt hatte, waren sie zu den Lärchen gegangen, zu Marie, und danach hinunter ins Dorf, um Bescheid zu geben.

»Saltapepe«, sagte der Commissario. »Knöpf du dir noch mal diesen Pfarrer vor. »Koche ihn weich! Koordiniere außerdem weiter die Befragungen im Dorf. Und du, Marché«, fuhr Grauner fort, »kümmere dich um Infos rund um Haller und das Umfeld des Opfers. Und mach den Bürgermeister ausfindig, auch mit dem sollten wir uns unterhalten.«

Saltapepe nickte.

»Gut«, sagte Marché.

Grauner sah ihm an, dass eine Mischung aus Freude, Erleichterung und Aufgeregtheit in ihm wirbelte. Schließlich war es das erste Mal, dass der Commissario ihn am Ort des Geschehens mitarbeiten ließ. Bislang hatte er Marché, falls er den Tatort überhaupt zu Gesicht bekommen hatte, immer sofort zurück in die Questura geschickt, um die Telefon- und Papierarbeit zu leisten.

Aber der Sovrintendente hatte sich bewährt. Sein Handeln war zwar oftmals von einer unberechenbaren Schusseligkeit, die aber ab und an unverhoffte Ermittlungsergebnisse einbrachte.

»Was ist mit dem Jungen?«, fragte Saltapepe.

Der Commissario schaute auf die Glasfassade des Hauses. Hinter einem der Fenster saß er, in seinem Zimmer. Ein Mitarbeiter vom Psychologischen Dienst und zwei Polizisten waren bei ihm.

»Um den Jungen kümmere ich mich«, sagte Grauner und schluckte. »Nach dem Besuch beim Vater des Opfers.«

Alles Menschliche in ihm wehrte sich gegen den bevorstehenden Gang, diesen Akt, der die frische Trauer störte. Doch dem Polizisten in ihm war klar, dass Befragungen, je früher sie stattfanden, je schmerzlicher sie waren, umso mehr ans Tageslicht förderten.

Die Männer schwirrten aus. Grauner ging noch einmal die paar Schritte rüber zum Fundort der Leiche. Er schaute ins Geäst der Lärchen. Dahinter standen Tannen und Fichten, der Mischwald am Berghang war dicht und verwachsen. Keine zehn Meter konnte man in ihn hineinsehen. Grauner kannte die Tücken des Südtiroler Waldes, der so dunkel und unwegsam sein konnte, dass das Fortkommen darin, geschweige denn das Suchen nach Spuren, beinahe unmöglich war.

»Er ist des Teufels …«, wiederholte er die Worte des Pfarrers gedankenverloren. »Der Michl ist des Teufels.«

Was sollte das bedeuten?

Nun schaute er in Richtung Talende. Zur Kirche, zu den Gipfeln des Stilfserjoch-Nationalparks. Sein Blick wanderte zu den gegenüberliegenden Hängen, an denen die Wiesen fast senkrecht hinabfielen. Wie schwarzbraune Farbtupfer in einem Meer aus Grün klebten einzelne jahrhundertealte Bauernhöfe an ihnen, es kam ihm wie ein Wunder der Schwerkraft vor, dass sie nicht lawinengleich ins Tal rutschten.

Vielleicht war alles ganz einfach, dachte Grauner. Vielleicht hatten sie Maries Mörder tatsächlich schon. Sie konnten zurückkehren nach Bozen, Benedikt Haller würde ausführlich gestehen, das Geständnis unterschreiben, und die Ermittler konnten dieses Dorf, dieses Tal hinter sich lassen.

Aber vielleicht war auch alles ganz anders.

6

Der Commissario ließ sich von einem der Polizisten zum Bachlechnerhof fahren. Die Straße bog knapp einen Kilometer vor dem Dorf links ab, in den Wald hinein. Es war einer jener Schotterwege, die unmerklich steiler wurden, sodass der Motor des Streifenwagens bald nur noch im Bariton brummte und der Fahrer gezwungen war, vom zweiten in den ersten Gang zu schalten.

Grauner kannte das. Sie hätten doch lieber seinen Panda mit dem Vierradantrieb nehmen sollen. Über den spottete zwar mancher Kollege, wenn Grauner damit auf den Parkplatz der Questura einbog und ihn neben all den neuen Alfa Romeos abstellte – den absoluten Lieblingsautos der Polizisten und Carabinieri. Auch an mancher roten Ampel wurde der Commissario darin beäugt, als würde er in einem Oldtimer sitzen. Auf Bergstraßen jedoch fuhr er allen sportlichen Karossen davon.

Der Hof der Bachlechners lag am Rande einer Lichtung. Davor stand ein Einsatzwagen der Spurensicherer. An diesem Ort, ein Stück weit oberhalb der Talsohle, war die Luft noch frischer, noch klarer. Grauner inhalierte den Geruch nasser Tannenzapfen. Er lauschte dem Vogelgezwitscher, es war ein Stieglitz, vielleicht auch ein Kreuzschnabel, und kurz war

Grauner, als hörte er einen Specht gegen einen der Stämme klopfen, doch dann wurde ihm klar, welches Geräusch das war.

Neben dem Hof klapperte eine alte Holzmühle. Mit träger Frühjahrsmüdigkeit schaufelte sie den zu Wasser geschmolzenen Schnee aus dem sprudelnden Bächlein in ihr quietschendes Rad. Grauner war ganz entzückt von diesem Anblick. Er ging um das Haus herum, das eine solche Ursprünglichkeit ausdrückte, als wäre es gar nicht von Menschenhand errichtet worden, als hätte der liebe Gott es zu Anbeginn hierhingezaubert, gemeinsam mit den Bergen, Wiesen und Wäldern.

Das graue Holz des Mühlenhäuschens und des Hofes war von Sonne und Schnee malträtiert und verbogen, an manchen Stellen des Daches, wo keine schweren Steine die Schindeln festhielten, waren diese verrutscht oder von Stürmen fortgetragen worden. In der Scheune hinter dem Haus erspähte Grauner einen alten Heuschlitten, Ochsenjöcher, einen Handpflug und eine Sägemaschine. Der Wind wirbelte Späne vom Boden auf.

Ein Gemüsegarten war mit einem Zaun abgesteckt. In den Furchen der Beete lag noch letzter Schnee. Daneben hatten sich bereits Rosmarin, Salbei und Thymian durch die aufgetaute Erde ans Licht gekämpft. Geranien hingen dürstend von den Fenstern des Hofes.

Nach dreimaligem Klopfen trat Grauner ein. Der alte Mann saß zusammengesunken am Tisch. Der Buckel, das fransige Hemd, der schmutzig blaue Schurz, das von Falten durchzogene Gesicht, der graubraune Bart, die tintenblauen Adern in den Händen: Alles an Maries Vater, so nahm es Grauner wahr, zeugte von einem harten Leben voller Arbeit und Entbehrungen.

»Grüß Gott, Herr Bachlechner. Ich komme ... ich muss ...«

Grauner sprach den Satz nicht zu Ende, er sah in des Vaters Blick, dass dieser ihn hier nicht haben wollte. »Ich möchte Ihnen mein aufrichtiges Beileid aussprechen.«

Der Mann schloss kurz die Lider.

Grauner deutete zögerlich auf die Holztreppe, die in die obere Etage des Hauses führte. Der Vater nickte.

Die Stufen knarzten bei jedem Schritt. Grauner ging den Flur entlang und fand das Zimmer sofort. Ein Keramikschildchen zierte die Tür. In geschwungenen gelben Buchstaben stand *Marie* darauf. Grauner bückte sich, um durch den Türrahmen zu gelangen, er murmelte den beiden Männern aus Weiherers Team eine Begrüßung zu und fragte, ob sie bereits etwas entdeckt hatten.

Sie verneinten und machten eine einladende Handbewegung. Er könne sich gerne umsehen.

Das Kinderzimmer war spartanisch eingerichtet. Das Fenster war angelaufen, Kondenswasser suchte sich seinen Weg die Scheibe hinab. Das Bett war zwischen zwei Holzlatten geklemmt. Darüber hing ein Muttergottesbild. Daneben ein Poster, schwarz-weiß, Marilyn Monroe. Der Schreibtisch war aufgeräumt, er wirkte unbenutzt. Links stapelten sich Schulbücher. Rechts lagen ein paar Stifte. Am Waschbecken, neben dem Schreibtisch, lag ein Schminkset offen da, so als ob das Mädchen wiederkäme. Schmuck fand Grauner keinen.

Die Schranktür stand halb offen. Grauner fuhr mit den Fingern durch die Kleider. Eine Tracht mit federgeschmücktem Hut war dabei. Ein paar Jeans stapelten sich gebügelt und gefaltet übereinander. Auch eine knallrote Lederjacke lag da. Er öffnete die Schreibtischschubladen, doch er fand nichts, was ihn hätte weiterbringen können: kein

Handy, kein Tagebuch, keine Liebesbriefe, keine Notizen. Nur Schulhefte, Kleber, Schere, ein Feuerzeug – mit Pferden darauf.

Grauner machte kehrt und stieg die Treppen hinab. Josef Bachlechner saß unverändert da. Der Commissario setzte sich neben ihn und beschloss, erst einmal zu schweigen.

Stille. Unerträgliche Stille. Das hält der Mensch nicht aus, dachte Grauner, die Sinne suchen immer nach Beschäftigung.

Sein Blick wanderte umher. Er begutachtete die alten präparierten Jagdtrophäen, die auf einem Holzregal standen: vier Rehkitze, ein Marder, ein Auerhahn, auch ein Steinadler. Der Blick wanderte weiter zu den verzierten Stuhllehnen und einem bunt bemalten Standuhrkasten. Grauner fixierte das schmerzverzerrte Gesicht des geschnitzten Gottessohnes im Herrgottswinkel, dann erspähte er die giftgrün leuchtenden Augen der Hauskatze, die sich unter dem Kachelofen versteckt hielt.

Grauners Nase filterte Gerüche, das würzig-beißende Aroma des Stücks Speck, das auf einem Schneidebrett ruhte, den Duft von frisch gebackenem Brot. Seine Ohren spielten verrückt. Unerträglich laut pochte das eigene Herz. Unerträglich laut tickte die Standuhr. Unerträglich laut platschte die letzte Schneeschmelze vom Dach auf das blecherne Fenstersims.

Noch lag eine schwere Schneedecke über diesem Fall. Noch lag der Mörder unsichtbar darunter. Aber der Schnee wird schmelzen, sagte sich Grauner, wenn auch nur langsam. Die Sonne wird kommen und ihn verschwinden lassen. Das würde Marie nicht wieder lebendig machen, doch es würde Gerechtigkeit schaffen.

Wissen um das Geschehene. Wissen um das Unvorstellbare. Erst wer dieses erlangt, kann loslassen. Der Commissario hatte damit seine eigene Erfahrung gemacht. Ihn selbst quälte da ein Nichtwissen aus der Vergangenheit. Und es gelang ihm nicht, gewisse Bilder ins Dunkle zu schieben.

Die Katze huschte unter dem Ofen hervor, sie sprang auf die Sitzbank und schmiegte sich an seine Beine. Die Spitzen ihrer Ohren waren von Revierkämpfen zerfetzt, ihre Schnauze zerkratzt. Ihr Schnurren übertönte das Pochen des Herzschlags. Grauner hätte nicht sagen können, wie lange sie schweigend dagesessen hatten, als der alte Bachlechner plötzlich zu sprechen begann. Er redete ohne Unterbrechung. Er lispelte etwas. Am Oberkiefer, rechts, fehlten ihm einige Zähne. Grauner holte einen Block aus der Hosentasche und machte sich Notizen.

Josef Bachlechner war gegen elf ins Bett gegangen, da hatte Marie bereits geschlafen. Zumindest hatte der Vater das angenommen. Er erinnerte sich noch daran, irgendwann in der Nacht aufgewacht zu sein, das sei so gegen drei gewesen. Kurze Zeit später habe er das Schlagen der Standuhr vernommen und dann einen hellen, beißenden Knall gehört. Einen Schuss. Er hatte sich nichts dabei gedacht. Die Jagdsaison werde zwar erst im Mai eröffnet, erzählte er weiter, aber im hintersten Ulten trieben schon vor der Schneeschmelze Wilderer ihr Unwesen. Der Mond war fast voll, die Nacht eignete sich gut fürs Wildern. Einer habe wohl sein Glück versucht – vielleicht auch gefunden.

Grad als er wieder halb eingeschlafen sei, habe er Hundegebell vernommen. Mit den Hunden sei es immer das Gleiche, sagte er. Einer fange an, und wie ein Lauffeuer stimme jeder Hund eines jeden Hofes mit ein.

Als Marie um sechs nicht wie gewohnt aus ihrem Zimmer gekommen war, schaute der Vater nach und fand nur das leere Bett. Als später der Pfarrer und der Bürgermeister vor seiner Tür standen, die Blicke zu Boden gerichtet, da erfuhr er, dass der Schuss kein Wild, keine Gams, keinen Hirsch erlegt hatte, sondern dass seine Tochter getötet worden war.

Grauner hatte sich mucksmäuschenstill verhalten, während Bachlechner erzählte. Dieser kramte jetzt eine Schnupftabakdose aus der Hosentasche hervor, öffnete sie, verteilte den Tabak auf seinem Handrücken und sog ihn ein. Er nieste dreimal, die dünnen Fenster dröhnten. Dann sprach er weiter.

Sie sei ein ruhiges Mädchen gewesen, habe kaum mit anderen Jugendlichen aus dem Dorf herumgehangen, auch keinen Freund gehabt. Sie sei ein tüchtiges Mädchen gewesen, sie habe immer geholfen, wenn zu helfen war. Die alte Sägemühle brachte schon lange nicht mehr genug Geld ein. Die Zeiten seien andere heute. Das Holz komme vom großen Sägewerk. Die Möbel aus den Möbelhäusern in Lana, draußen vor dem Tal. Mal bestelle noch einer einen Tisch. Mal erfreue sich ein Wanderer an der Mühle. Längst arbeitete Bachlechner als Pächter einiger kleiner Weizenfelder. So waren sie über die Runden gekommen, der Vater und die Tochter, mehr schlecht als recht, aber es ging. Es musste gehen. Irgendwie ging es immer. Auch ohne die Mutter, auch ohne die Ehefrau, die Josef Bachlechner vermisste, jede Sekunde, jeden Tag.

Der Vater stockte, Grauner schaute ihn aufmerksam an.

Die Hebamme habe es damals nicht rechtzeitig reingeschafft ins hintere Tal, weil es gestürmt hatte in der Nacht und geschneit. Der Arzt sei sogar erst am nächsten Morgen eingetroffen. Die ganze Nacht lang habe die werdende Mutter gekämpft und sich alle Kraft aus dem Leib geschrien. Dann war der Sturm verstummt – für ein paar Stunden nur. Die Mutter jedoch für immer.

Nun war auch Marie tot. Nun war da nichts mehr.

Josef Bachlechner hatte ruhig gesprochen. Kein Schluchzen hatte die Ausführungen unterbrochen. Doch sein Schmerz war allgegenwärtig spürbar. Grauner stellte trotzdem noch einige Fragen. Er musste sie stellen.

»Herr Bachlechner, wer, glauben Sie, hat Ihre Tochter auf dem Gewissen?«

Der Vater schaute den Commissario mit großen Augen an. Nun standen Tränen darin.

»Ich weiß es nicht, Herr Kommissar.«

»Hatte Marie ein Verhältnis mit Benedikt Haller, dem Architekten?«

Josef Bachlechner schüttelte vehement den Kopf.

»War sie mit Hallers Sohn Michael befreundet?«

Erneut schüttelte er den Kopf. Eine erste Träne lief über seine Wange, über die Äderchen, durch zerfurchte Falten, sie verfing sich in seinem Bartgestrüpp.

»Besaß Ihre Tochter Schmuck, Herr Bachlechner?«

»Schmuck? Wieso? Nein, sie besitzt keinen Schmuck. Sie ist ein bescheidenes Mädchen. Wir sind bescheidene Leute. Schmuck! Wie kommen Sie darauf?«

Grauner antwortete nicht. Er wollte weiterfragen: »Ist Ihnen irgendetwas …«

»Nein«, unterbrach der Vater den Commissario. »Wenn mir etwas aufgefallen wäre, dann hätte ich es Ihnen gesagt. Wenn ich gewusst hätte, Herr Kommissar, dass meine Tochter in Gefahr ist, dann hätte ich sie beschützt, dann hätte ich gekämpft wie ein Raubtier. Ich hätte mein Leben für sie gegeben. Ich hätte tausend Leben für sie gegeben. Aber nun ist sie tot. Und ich … ich war nicht da. Ich habe sie sterben lassen.«

Bachlechners Stimme war nun voller Zorn. Zorn hilft gegen Schmerz, sagte sich Grauner. Er stellte sich wortlos neben den Vater und legte eine Hand auf dessen Schulter. So verweilten sie einige Sekunden. Dann ging er, und auch die Katze huschte zwischen seinen Beinen ins Freie hinaus.

7

»Montagne! Maledette montagne! Schon wieder bin ich eingeklemmt zwischen diesen verfluchten Bergen.«

Der Ispettore schaute sich auf dem Dorfplatz um. Er stand vor einem kleinen Supermarkt, an dessen Eingang der Wind einen Ansichtskartenständer quietschend zum Drehen brachte. *Grüße aus dem schönen Ultental* stand auf einer der Karten, *Willkommen im Paradies* auf einer anderen. Im Schaufenster türmten sich grobe Salami, Schinken, Kaminwurzen und Schüttelbrot.

Saltapepes Magen knurrte. Er war am Morgen nicht zum Frühstücken gekommen. Als Napoletaner frühstückte er zwar wenig, ein Cornetto alla Crema und ein Espresso reichten, aber wenn sein Magen das frühmorgens nicht bekam, so sehnte er sich bereits am späten Vormittag nach einem Teller Pasta. Am liebsten hätte er sich einfach ins Gasthaus gesetzt und etwas gegessen. Zur Not auch Knödel. Aber das war nicht drin.

Er lief vom Supermarkt über den Dorfplatz hoch zur Kirche auf dem Hügel. Er passierte im Zickzackkurs die mit schmiedeeisernen Kreuzen versehenen Gräber, die Klinke des Holztores ließ sich leicht nach unten drücken, doch es klemmte. Erst als er sich dagegenlehnte und mit aller Kraft drückte, ächzte das Tor, seufzte dann und gab schließlich nach.

Der Geruch von Weihrauch empfing den Ispettore. Er bekreuzigte sich, nahm das goldene Herz, das ihm um den Hals hing, in die Faust und küsste es. Wie immer stieß er dabei in Gedanken zwei Gebete gen Himmel, gerichtet an San Gennaro, den Schutzheiligen seiner Heimatstadt. Eines dafür, dass jener vor über dreißig Jahren Diego Armando Maradona nach Neapel geschickt hatte. *Che Dio lo benedica!* Und eines für seinen toten Bruder. *Che Dio benedica anche lui!* Gott möge sie segnen und behüten, alle beide.

Dann trat er ein.

»Gegrüßet seist Du, Maria, voll der Gnade. Der Herr ist mit Dir. Du bist gebenedeit unter den Frauen, und gebenedeit ist die Frucht Deines Leibes, Jesus …«

Durch den Weihrauchschleier hindurch sah Saltapepe am Altar den Pfarrer stehen. Martin Santer, so hatte er in der Zwischenzeit herausgefunden, hieß der Mann. In den ersten Reihen knieten links die Frauen in Schwarz, rechts einige Dorfbewohner. Allesamt hielten sie die Köpfe gesenkt und ließen Rosenkranzketten durch die gefalteten Hände gleiten. An der Wand hingen Votivtafeln, sie zeigten die Kreuzigungsstationen Jesu.

»Heilige Maria, Mutter Gottes, bitte für uns Sünder, jetzt und in der Stunde unseres Todes ...«

Saltapepe verstand die leisen Worte nicht, aber er kannte Melodie und Rhythmus. Ob auf Deutsch, Latein oder Italienisch, Melodie und Rhythmus des Rosenkranzgebets waren immer gleich. Mit leisen Schritten ging er die Kirchenbänke entlang. Er wollte sich an den äußersten Rand setzen. Niemals hätte der Ispettore die Andacht unterbrochen, doch als der Pfarrer ihn wahrnahm, tat dieser es selbst.

»Was wagen Sie es, unser Gebet zu stören!«

Die Stimme des Pfarrers drang schneidend durch die Kirche und hallte aus allen Ecken wider.

Saltapepe blieb stehen. »Ich, äh ...« Alle Betenden waren verstummt und hatten sich zu ihm umgedreht. »Ich habe ... wollte doch gar nicht ...« Er brachte den Satz nicht zu Ende. Eins zu null für den Pfarrer.

»Was wollten Sie?«, krächzte Hochwürden, die Hände zu Fäusten geballt.

»Ich möchte mit Ihnen über den Mord sprechen.«

»Sie sollen über den Mord nicht sprechen, Sie sollen uns den Mörder aushändigen.« Pfarrer Santer trat langsam hinter dem Altar hervor. Der Ispettore bemerkte, dass am linken Arm ein weißer Verband unter dem mit goldenen Ornamenten verzierten Talar hervorblitzte. Santer blies im Vorübergehen die Kerzen aus und kam auf den Ispettore zu. Wie von unsichtbarer Hand geleitet, erhoben sich zeitgleich die Betenden, verließen die Bankreihen und gingen langsam Richtung Kirchentür.

»Gebt uns den Jungen!«, wiederholte der Pfarrer in drängendem Ton.

Die Kirche war nun leer bis auf die beiden.

»Was wollen Sie von ihm?«

»Ihm austreiben, was in ihm steckt.«

»Aber der Vater hat die Tat gestanden. Wenn, dann …«

Santer unterbrach Saltapepe. »Dieser Junge gehört nicht hierher. Dies ist ein gottesfürchtiges Tal. Mögen da draußen im restlichen Land auch Frevel und Sünde wüten. Hier nicht!«

War Saltapepe anfangs noch etwas eingeschüchtert vom forschen und eindringlichen Auftreten dieses Dorfpfaffen gewesen, so kam ihm diese Szene nun zunehmend lächerlich vor.

»Machen Sie mal halblang, Don Martino, warum soll Michael Haller das Mädchen erschossen haben?«

»Weil er ihr Fleisch begehrt hat. Weil das Böse ihn gepackt und irre hat werden lassen.«

Der Ispettore schüttelte verärgert den Kopf. Er war als Jugendlicher selbst Ministrant gewesen. Er hatte das gemocht, dieses Eintauchen in eine verwunschene Welt aus biblischen Geschichten, verzierten Gewändern und choralen Gesängen. Dass der Pfarrer, dem er damals ordinierte, selbst kein Heiliger war, hatte er erst später erfahren. Dass er zu viel des gesegneten Weins getrunken hatte, sich vom Klingelbeutelgeld ab und an auf dem Markt einen kapitalen Thunfisch gekauft hatte, den er sich mit Olivenöl und schwarzem Sesam zubereiten ließ. Dass er Geschäftchen mit den Männern aus der neapolitanischen Schattenwelt nachgegangen war. Dass er eines Tages in einer Blutlache in der Sakristei gefunden worden war. Mit einem toten Fisch im offenen Mund. Die Botschaften der Camorra waren ebenso pathetisch wie direkt. Saltapepe hatte den Pfarrer gemocht, solange dessen dunkle Seite ihm verborgen geblieben war.

»Warum soll Michael das Mädchen getötet und dann an

die Bäume vor das eigene Haus gesetzt haben? Das ergibt doch keinen Sinn.«

Santer schaute den Ispettore mit despektierlichem Blick an: »Diese Lärchen sind nicht irgendwelche Bäume, sie sind so alt wie unsere Zeit, und sie sind das Tor zur Hölle, aus der dieser Junge entstammt.«

»Warum, per la Pace di Dio, soll Michael Haller der Hölle entstammen?«, insistierte Saltapepe.

Der Pfarrer schenkte dem Ispettore einen weiteren Blick der Verachtung.

»Weil er nachts umgeht. An den Gräbern und im Wald. Ich habe ihn selbst … bei Gott …«, Pfarrer Santer bekreuzigte sich. »Ich habe ihn selbst gesehen. Wie er um die Häuser schlich. Und vor ein paar Wochen haben im Stall eines Bauern in St. Nikolaus drei tote Säue gelegen. Der Eber – auch tot. Das sind nicht die Wölfe gewesen, die seit ein paar Jahren von Slowenien rüberkommen. Auch nicht die Bärin, die zuletzt hinterm Berg im Val di Non gesehen wurde. Die Köpfe der Säue sind mit einer Axt abgeschlagen worden. Das ist der junge Haller gewesen. Er war das! Und er wollte die Marie verführen. Einige aus dem Dorf haben mir gesagt, dass sie die beiden zusammen gesehen haben. Wie sie manchmal nachts in den Wald sind …«

»Wer hat das gesagt? Wenn das stimmt, dann ist das wichtig für uns, diese Aussagen müssen wir zu Protokoll nehmen.«

»Sie werden nichts zu Protokoll nehmen, was mir im Beichtstuhl offenbart wurde. Nichts. Kramen Sie in der Vergangenheit des Jungen, und Sie werden verstehen. Ich sage Ihnen, dieser Junge trägt das Böse in sich. Doch die Marie ist ein Kind Gottes. Und sie ist es geblieben. Auch wenn sie dafür mit dem Leben bezahlt hat. Sie wird in den Himmel kommen. Michl wird in der Hölle schmoren. Dafür werden wir sorgen.«

»Sie sorgen erst einmal für gar nichts. Wir werden in der Vergangenheit kramen, seien Sie sich dessen gewiss. In der Vergangenheit von Ihnen allen.« Saltapepe fiel es schwer, diesen Mann einzuordnen. Spielte er ein Spiel? War er gefährlich oder einfach nur verrückt? Wusste er mehr, als er verriet?

»Ein Unfall?« Der Ispettore deutete auf des Pfarrers verbundenen Arm. Er bemerkte, wie dieser den Arm blitzartig unter den Talar zurückzog.

»Was geht Sie mein Gebrechen an?«, blaffte Santer.

»Mich geht hier gerade alles etwas an, alles! Wo waren Sie vergangene Nacht?«

»Im Bett. Tagsüber predige ich, nachts schlafe ich. Und bevor Sie sich mit Ihrer nächsten Frage vollends der Lächerlichkeit preisgeben, sage ich es Ihnen gleich vorweg: Gott ist mein Zeuge. Gott und sonst niemand.«

Die Augen des Pfarrers funkelten Saltapepe an.

»Dieser einzige Zeuge reicht uns nicht. Außerdem wüsste ich nicht, wie er Ihre Aussage bestätigen sollte. Ich habe keinen so guten Draht nach oben.«

»Ich verbiete mir diese Blasphemie«, zischte der Pfarrer. »Raus, raus aus meiner Kirche!« Nun schrie er.

»Schon gut, Don Martino«, sagte Saltapepe. »Beten Sie ruhig Ihren Rosenkranz zu Ende, und wenn Sie damit fertig sind, fangen Sie von vorne an. Wir kümmern uns derweil um den Rest. Und melden uns dann. Ganz bestimmt.«

Saltapepe fand, von den Punkten her, mit dem Pfarrer zumindest gleichgezogen zu haben. Nur dass er beim Rausgehen mit aller Kraft und beiden Händen an der Türklinke zog, machte den ansonsten perfekten Abgang kaputt.

Draußen auf der Straße hatte sich der Frühlingstag inzwischen mit hochsommerlichen Temperaturen angereichert. Der Ispettore spazierte den Kirchenhügel hinunter zum *Schwarzen Adler.* An der Bushaltestelle glänzten die Vespas der Dorfjungs in der Sonne. Die Buben saßen darauf und rauchten. Sie sahen zu ihm rüber.

Er schaute auf die Uhr. Er musste hoch zu den Lärchen, zum Treffpunkt.

8

»Er starrt schweigend vor sich hin.«

Der Mitarbeiter des Psychologischen Dienstes lehnte neben der Zimmertür. Von drinnen war immer noch laute Musik zu hören.

Grauner runzelte die Stirn, dann trat er ein, ohne anzuklopfen. Er hatte dem Mitarbeiter zuvor die Anweisung gegeben, den Jungen nicht mit Fragen zu bedrängen, sondern einfach nur auf ihn aufzupassen. Er selbst wollte als Erster mit ihm sprechen.

Michael Haller saß auf dem Bett und starrte die gegenüberliegende Wand an. Er trug ein schwarzes T-Shirt und eine schwarze Jeans mit Schlitzen an den Knien. Die schwarzen Haare hingen ihm in Strähnen ins Gesicht.

Grauner blieb stehen und schaute sich um: Der Raum ähnelte dem seiner eigenen Tochter. Vor dem Kleiderschrank türmte sich Wäsche, auf dem Schreibtisch lag Schulkram durcheinander. An den Wänden hingen Poster von tätowierten Halbstarken, lange Haare, Sonnenbrillen, Lederklamotten, sie hielten die Arme verschränkt und hatten sich pubertären Flaum wachsen lassen. Die Musik kannte Grauner. Den hämmernden Bass. Die heulenden Gitarren. Das krachende Gepeitsche des Schlagzeugs. Das stimmbruchlose Kreischen des Sängers.

Seine Tochter Sara war bald sechzehn, knapp zwei Jahre jünger als Michael. Lange verstrichen waren die Tage, an denen Grauner ihr noch Mahlers *Lied von der Erde* zum Einschlafen vorspielen konnte, sie dabei leise mitsummend in den Schlaf wiegend. Neuerdings hörte auch Sara den Krawall dieser Teenager-Heavy-Metal-Band aus dem Pustertal.

Grauner ging zur Anlage und drehte leiser. Michael zeigte keine Reaktion. Der Commissario schnappte sich den Schreibtischstuhl und setzte sich vor den Jungen.

»*Warriors of Destruction*, nicht so mein Ding. Das erste Album war gut, aber leider haben sie sich ab dem zweiten nicht weiterentwickelt.«

Der Trick war banal, aber er funktionierte.

Michael Haller schaute auf, kurz kreuzten sich ihre Blicke.

»Finde ich nicht. Grade mit dem neuen Bassisten haben die noch gewaltig mehr Power als früher.«

Grauner sah sich einmal mehr in seiner Meinung bestätigt: Um Jugendliche zu verstehen, brauchte es kein Studium psychologischer Wälzer, sondern eigene Kinder. Er zeigte aus dem Fenster. Von hier aus war die Fundstelle der Leiche zwar nicht zu sehen, aber doch der Wald, zu dem die Lärchen gehörten.

»Was ist passiert da draußen, bei den Lärchen, heute Nacht?«

Der Junge blieb regungslos.

»Kanntest du Marie?«

Michael flüsterte die Worte mehr, als dass er sie sprach: »Wir sind … waren in der gleichen Klasse.«

»Mehr war da nicht?«

Er schüttelte unmerklich den Kopf.

»Kannte dein Vater Marie?«

Der Junge zuckte mit den Achseln.

»Nein?«

»Warum sollte er?«

»Dein Vater sagt, er habe sie umgebracht. Er sagt, er habe ein Verhältnis mit ihr gehabt.«

Der Junge schaute erschrocken hoch. Doch in der nächsten Sekunde legte sich Gleichgültigkeit auf seine Züge.

»Pfff«, entwich es ihm nur.

»Wer kannte die Marie gut? Hatte sie einen Freund? Ist dir irgendetwas aufgefallen an ihr in den vergangenen Tagen? Ist dir etwas aufgefallen im Dorf?«

Michael schaute Grauner an. Der Commissario konnte den Blick nicht deuten.

»Ich kenne diesen Ort nicht. Und dieser Ort kennt mich nicht. Die Leute … sie hassen mich.«

Grauner wollte eine weitere Frage stellen, doch er kam nicht dazu. Der Junge erhob sich, ging zur Anlage und drehte die Lautstärke auf. Seine letzten Worte gingen im ohrenbetäubenden Lärm unter, aber der Commissario konnte sie von den Lippen lesen: »Und ich hasse sie.«

9

Es musste bald Mittag sein, der brummende Magen sagte es ihm. Grauner schaute auf die Uhr. Es war tatsächlich Viertel vor zwölf.

Sie saßen erneut am Tisch in Hallers Wohnzimmer. Weiherer schaute grimmig, da seine Leute hier immer noch bei der Arbeit waren und er nicht wollte, dass sie gestört wurden.

Grauner war in Gedanken versunken: Da war ein Geständnis. Aber der Geständige weigerte sich, weitere Angaben zu machen – vorerst. Da war der Sohn des Geständigen, den der Pfarrer und seine Entourage für den Täter hielten. Warum auch immer. Da war die Leiche, die jemand post mortem an die alten Lärchen gelehnt hatte. Warum? War das ein Zeichen? Da waren einige Schmuckstücke, die unweit der Leiche gefunden worden waren. Zufall? Kaum.

Am Abend würde Benedikt Haller samt Rechtsverteidiger beim Staatsanwalt vorstellig werden. Bis dahin würde der Mann wohl weiter schweigen. Vielleicht auch darüber hinaus. Vielleicht würde sich am Abend, bei der Unterzeichnung des Geständnisses, alles aufklären. Vielleicht nicht.

Grauner hätte nun einfach abwarten können. Aber was, wenn es anders kam, wenn Haller am Abend das Geständnis nicht mit Fakten anreicherte, wenn er es nach Rücksprache mit seinem Anwalt sogar zurückzog? Dann mussten die Ermittlungen neu beginnen. Dann wären die wertvollen ersten Stunden verloren.

Der Commissario blickte in die Runde und erkundigte sich nach den neuesten Erkenntnissen.

Von Tatwaffe und Tatort fehlte weiterhin jede Spur. Marie Bachlechner war tatsächlich mit Michael Haller in eine Klasse gegangen. Sie besuchten das Sprachenlyzeum in Meran. Der Schulbus holte die Ultner Oberschüler Tag für Tag frühmorgens auf dem Dorfplatz von St. Gertraud ab und brachte sie nach dem Unterricht wieder ins Tal.

Marché hatte den Mathematik-und-Physik-Lehrer und die Deutschlehrerin erreicht. Beide wirkten aufgelöst, sie hatten sich gewundert, dass Marie nicht zur Schule gekommen war. Sie fehlte sonst kaum, sagten sie. Mal zwei Tage zu Sommerbeginn beim Almauftrieb. Da wurde jede Hand gebraucht im Tal. Mal zwei Tage im frühen Herbst, wenn das Heu in die Ställe gebracht wurde. Aber sonst: nie. Sie sei eine fleißige Schülerin gewesen, sie habe nicht mit Jungs rumgehangen. Bei Schulausflügen habe sie nie getrunken.

Anders sei die Situation beim jungen Haller, berichtete Marché weiter. Er war ein Jahr älter als Marie, er hatte eine Klasse wiederholt und war erst vor zwei Jahren auf ihre Schule gewechselt. Er fehlte regelmäßig und wirkte oft in sich gekehrt. Unnahbar. Eigenartig.

Grauner hatte richtig geraten. Der junge Mann mit dem Siegelring war tatsächlich der Bürgermeister. Doch Marché hatte ihn in der Gemeinde nicht angetroffen. Die Gemeindesekretärin sagte, er sei nach Meran gefahren. Er habe dort Besorgungen zu machen. Sein Handy war ausgeschaltet.

»Was haben wir inzwischen über Haller herausgefunden?«, fragte Grauner und schaute erneut zu Marché.

»Die Tappeinerin hat von Bozen aus so viel wie möglich über ihn in Erfahrung gebracht«, antwortete der Sovrintendente und umriss dann kurz dessen Biografie, die Silvia Tappeiner, Grauners Sekretärin, recherchiert hatte: Haller war in Meran geboren und dort aufgewachsen. Er hatte in Mailand und Bilbao studiert und war erfolgreich ins Berufsleben eingestiegen. Er heiratete, das Paar bekam einen Sohn, Michael. Gemeinsam zogen sie nach Barcelona, dann nach London, schließlich nach Los Angeles, wo Haller eine lukrative Stelle in einem internationalen Architekturbüro angeboten worden war.

Als Benedikt Haller Mitte vierzig war, kehrte er mit seiner Familie nach Meran zurück, er machte sich mit einem eigenen Büro selbstständig und realisierte zwei prestigeträchtige Projekte. Eine Mittelschule in Bruneck im Pustertal – mit Glaskuppel. Und die neu gegründete Kellerei in Kurtinig im Südtiroler Unterland. Die Fachpresse jubelte, die Komposition aus Sichtbeton, Glasfronten und einem beweglichen Flachdach füge sich kongenial in das von Reben und Obstbäumen geprägte Landschaftsbild. Manch Kurtiniger Bauer sah das anders. Es wurde rebelliert, geschimpft, geflucht und sogar gedroht, die erste Ernte – aus Zeichen des Protests – in die Kellerei des Nachbardorfes Kurtatsch zu liefern.

»Was ist mit seiner Frau?«, fragte Grauner.

»Serafine Haller. Geborene Münchnerin. Sie hat für eine Eventagentur gearbeitet und bei einem der Events Haller kennengelernt. Doch vor einiger Zeit haben sich die beiden getrennt. Sie lebt in Meran. Laut ihrer Homepage ist sie freie Beraterin für Marketing und Kommunikation. Sie wurde telefonisch bereits über alles informiert.«

»Was sagen die Leute im Dorf über Haller?«, fragte Grauner weiter und richtete sich an Saltapepe.

»Aus ein paar Bewohnern haben wir das eine oder andere Wort herausgequetscht. Sie wissen nichts über ihn, behaupten sie. Weil er nicht von hier ist. Wer nicht von hier ist, sagen sie, über den könne man auch nicht viel wissen. Haller sei zugezogen, ohne jemanden zu kennen, und habe diesen scheußlichen Glasklotz neben die Lärchen gesetzt.«

»Was sagen die Leute über Michael?«

»Sie sagen alle das Gleiche. Sie sagen, sie fürchten sich vor ihm. Sie sagen, er gehöre nicht hierher.« Saltapepe berichtete nun auch, dass Michael und Marie laut Pfarrer Santer von einigen Dorfbewohnern gesehen worden waren, wie sie manchmal nachts gemeinsam in den Wald gingen. Gegenüber den Polizisten hatte dies jedoch niemand bestätigt. Dann erzählte der Ispettore die Geschichte von den toten Säuen.

Grauner lief es kalt den Rücken runter. Und das nervte ihn. Er hatte eigentlich nichts gegen Schauergeschichten. Sein Vater hatte ihm ständig welche erzählt, als er noch klein war. Die vom Waldschnaggl, der nachts in die Häuser schlich und die bösen Kinder holte. Die vom Zingerle, dem Frauenmörder, der in den Fünfzigerjahren in Südtirol tatsächlich sein Unwesen getrieben hatte. »Brav sein, sonst holt dich der Zingerle«, sagten die Mütter heute noch halb im Spaß zu ihren Töchtern.

Aber in einem Fall konnte Grauner Schauergeschichten nicht leiden: wenn er ermittelte.

Er konzentrierte sich auf das Wesentliche. Hoffentlich bekämen sie bald Informationen aus der Gerichtsmedizin. Staatsanwalt Belli dürfte mittlerweile in Bozen eingetroffen sein. Er wartete sicherlich schon sehnsüchtig darauf, vor die Presse zu treten.

Einer der Polizisten hatte ein paar belegte Brötchen aus dem Supermarkt geholt und verteilte sie an die Kollegen. Grauner schnappte sich eines mit Speck und Essiggurke. Saltapepe beschlagnahmte eins mit Salami.

Sie aßen schweigend, dann gab Grauner den Befehl zum Aufbruch nach Bozen.

»Was ist mit dem Jungen?«, fragte Saltapepe.

Grauner hatte sich darüber bereits Gedanken gemacht. »Wir bringen ihn zu seiner Mutter nach Meran. Du kommst mit.«

Dann ging er rüber zum Panda, entfernte den Stein hinter dem Hinterrad und hievte ihn in den Kofferraum.

Als sie vom Weg, der zu den Lärchen führte, talauswärts auf die Hauptstraße abgebogen und diese bereits eine Weile entlang gefahren waren, tauchten die Vespa-Buben im Rückspiegel auf. Sie fuhren mit einigem Abstand dem Panda hinterher, ihre Hinterräder wirbelten den weißen Staub der am Straßenrand liegenden Schottersteine auf. Einer fuhr voraus, die anderen folgten ihm im Halbwindschatten. Sie bildeten ein V, wie Zugvögel, die gen Süden ziehen. Abwechselnd ließen sie die Motoren aufheulen. Schließlich, am Zoggler-Stausee, dem größten im Tal, bogen sie auf den Parkplatz ab und verschwanden aus dem Blickfeld.

Der Commissario lenkte den Panda über die Schlucht hinweg, an St. Pankraz vorbei, durch die Tunnel, und dann den Hang hinunter, ins Burggrafenamt hinaus. Die beiden Ermittler redeten kein Wort. Jeder schien mit seinen Gedanken beschäftigt. Auf der Rückbank saß Michael Haller. Aus seinem iPhone-Kopfhörer tönten die immer gleichen Bässe.

10

Meran war so anders als Bozen. Bozen zeigte schöne Gesichter und hässliche Fratzen. Meran war wie aus dem Bilderbuch – durch und durch.

Bozen hatte sich an der Geschichte gerieben. Die Landeshauptstadt war gebeutelt und gezeichnet von Südtirols Vergangenheit. Sie war mit faschistischen Bauten verunstaltet und von einer Industriezone umgürtelt. Winter für Winter durchzog der eisige Sarner Wind die Stadt, sommers wurden die Bewohner in ihrem Talkessel von brütender Hitze gequält.

Meran war so geblieben, wie es immer schon gewesen war. Habsburgisch, obwohl einst Tiroler Landeshauptstadt. Elegant. Verträumt. Vom Norden her von der Texelgruppe abgeschirmt, deshalb noch einen Schuss mediterraner als der Rest der Provinz.

Bozen kämpfte. Meran ruhte. Bozen war harte Realität. Meran war ein Traum. Ein hinter einem Seidentuch verstecktes Märchen. Bozen war die Stadt des schnellen, Meran die Stadt des alten Geldes.

Meran wirkte wie aus der Zeit gefallen: das Stadttheater, das in seiner schlichten Eleganz jedes andere Gebäude Südtirols überstrahlte. Die Gärten von Schloss Trauttmansdorff. Das Schloss selbst, in dem schon Kaiserin Sissi genächtigt hatte. Die Passer, deren Wasser beruhigend über rund geformte Kieselsteine floss.

Meran, die Kurstadt. Jeder Atemzug eine Wohltat.

Die Promenade am Bachbett, auf der Kurgäste in weißen Anzügen und Borsalino-Hüten ihren Marmorkuchen mit Schlagobers genossen, noch einen Gewürztraminer bestellten, in Rilke-Gedichtbänden blätterten, den Aquarellmalern über die Schulter schauten und mit einer Mischung aus Mitleid und Verachtung die vorbeihetzenden Wanderurlauber mit ihren Funktionsregenjacken, Funktionsdreiviertelhosen, Funktionswanderschuhen, Funktionssonnenbrillen und Funktionsrucksäcken beäugten.

Die Meraner kannten Bozen. Bozen war das Zentrum der Provinz. Nach Bozen fuhr man immer mal. Den Boznern jedoch und jenen, die aus den Dörfern rundherum kamen und in der Hauptstadt arbeiteten, war Meran fremd.

Auch Grauner ging das so. Jedes Mal, wenn er von der MeBo abfuhr, kam es ihm wie ein Wunder vor, dass er irgendwie in die Innenstadt gelangte. Es wollte sich einfach keine Vertrautheit einstellen. Hektisch wechselte er zwischen den Spuren hin und her, zur Seite gehupt von anderen Autofahrern, mal nach links, mal nach rechts, doch wie von unsichtbarer Hand geleitet, landete er schließlich immer in einer der zentralen Parkgaragen.

In der Kurstadt hatte sich der Frühling bereits durchgesetzt; er präsentierte sich stolz und farbenprächtig. Hummeln umsummten die ersten Blüten. Die Blumenbeete an der Promenade zeigten ein Farbenspiel aus Veilchen, Tulpen, Narzissen, Krokussen, Forsythien und Gänseblümchen. Der Würstelstandbetreiber vor dem Kurhaus hatte seit einigen Tagen auch Wassereis im Angebot.

Das Appartement von Hallers Frau befand sich auf der südlichen Passerseite, im Schatten hoher Zedern, in einer Seitenstraße hinter den Thermen, aus denen ein leichter Chlorgeruch drang.

»Michael! Ich habe bereits alles gehört. Komm rein. Kommen Sie rein. Sie sind von der Polizei, nehme ich an.«

»Mordkommission«, sagte Grauner, was so nicht ganz stimmte. Es gab keine eigene Mordkommission bei der Polizia di Stato in Bozen, nur eine Abteilung für Verbrechensbekämpfung – aber er wollte Serafine Hallers Reaktion beobachten.

Sie reagierte nicht. Sie hatte ihre langen dunkelblonden Haare zu einem Pferdeschwanz gebunden. Ihre Augen waren gerötet. Sie hatte geschlafen oder geweint. Sie war barfuß, trug eine ausgewaschene Jeans und eine weiße Bluse.

Ihr Gesicht war geschminkt. Etwas zu sehr verdeckend als betonend. Sie bat die beiden Ermittler, sich zu setzen.

Michael Haller war in den hinteren Teil der Wohnung verschwunden, nachdem ihn seine Mutter kurz umarmt hatte.

Grauner schaute sich um. Hallers Frau lebte in der obersten Etage eines sechsstöckigen Kondominiums, wie Mietshäuser in Südtirol genannt wurden. Der ums Eck laufende Balkon war mit viel Grünzeug bestückt. Der Commissario glaubte zwei Buchsbäume zu erkennen, wie sie auch seine Frau letztens vor ihrem Schlafzimmerfenster platziert hatte. In der Ferne konnte man den Turm der Meraner Pfarrkirche sehen. Er glänzte in der Sonne.

Dieses Zuhause war komplett anders als das von Benedikt Haller. Wärmer. Lebendiger. Die Schränke hatten geschwungene Formen. Die Bilder waren bunt. Der Teppich unter dem Couchtisch ebenso. Auf einer Kommode ruhten drei betende Buddhas.

»Danke, dass Sie ihn mir gebracht haben«, sagte Serafine Haller.

»Frau Haller«, Grauner versuchte, so gefasst wie möglich zu wirken, »trauen Sie Ihrem Mann die Tat zu?«

Mit zitternden Händen nahm Michaels Mutter die Mineralwasserflasche, die vor ihr auf dem Tisch stand, und schenkte sich ein Glas ein. »Ich traue ihm zumindest den Umgang mit dem toten Mädchen zu. Er hat sie angezogen, diese jungen Dinger. Wie das Licht die Motten. Ich musste in unseren neunzehn Jahren Ehe unentwegt um mich schlagen, um sie auf Distanz zu halten.«

Das war kein klares Ja, aber ein Nein noch viel weniger.

»Haben Sie es geschafft, sie auf Distanz zu halten?«

»Natürlich nicht.« Sie warf den Kopf nach hinten und schob ein verächtliches »Pfff« hinterher. Es war der gleiche Laut, den auch schon ihr Sohn in seinem Zimmer ausgestoßen hatte. »Mein Mann ist ein Schwein.«

»Trauen Sie ihm zu, ein Mörder zu sein?«, fragte Grauner erneut.

Serafine Hallers Augen verengten sich zu Schlitzen. »Trauen Sie nicht jedem zu, ein Mörder zu sein, Herr Kommissar? Schauen Sie uns doch an, uns Menschen! Wir bauen, um zu zerstören. Wir erfinden, um zu missbrauchen. Wie lieben, um zu hassen. Wissen Sie, am Ende haben wir uns gegenseitig das Leben nur noch zur Hölle gemacht, mein Mann und ich. So kurz davor …«, Serafine Haller hielt Daumen und Zeigefinger aneinander, »… so kurz davor war ich, ihm irgendeins der Küchenmesser in den Hals zu rammen.«

Grauner schaute unwillkürlich in Richtung der offenen Kochzeile am Rande des Wohnzimmers. Die Messer hingen glänzend poliert an einem Magnetstreifen.

»Kennen Sie Marie Bachlechner?«

Serafine Haller reagierte nicht.

»Hat Ihr Mann jemals diesen Namen erwähnt?«

»Mein Mann und ich, wir reden seit der Trennung nur noch über das Nötigste.« Sie verharrte ein paar Sekunden wie versteinert, dann sprach sie weiter. »Zu diesem Nötigsten gehören sicher nicht seine Liebschaften.«

»Hat Ihr Sohn Marie jemals erwähnt?«

»Warum mein Sohn? Was hat er mit der Sache zu tun?« Ihre Stimme klang erstmals feindselig.

»Sie war eine seiner Mitschülerinnen. Sie lebten im selben Dorf. Sie fuhren mit demselben Bus zur Schule. Sie saßen im selben Klassenzimmer.«

Serafine Haller schien in sich zusammenzufallen. »Nein!«, entfuhr es ihr. Das Nein war halb verschluckt worden, aber Grauner hatte es gehört. Und er bemerkte, wie die Farbe trotz des Make-ups aus ihrem Gesicht wich. Sie nahm einen tiefen Schluck aus dem Wasserglas, das ihre Finger die ganze Zeit umklammert hielten.

Der Commissario fixierte sie, in ihrem Blick lag Panik. Echte Panik.

»Sie sollten uns alles erzählen. Das ist zu Ihrem Besten und zum Besten Ihres Sohnes.«

Er machte eine kleine Pause. Einen Trumpf hatte er noch.

»Die Menschen im Dorf fürchten sich vor Ihrem Sohn. Ich weiß nicht, warum. Sagen Sie uns, was der Grund sein könnte.«

Serafine Haller hatte sich offensichtlich wieder gefasst. Ihre Augen wurden zu Schlitzen. »Mein Sohn ist kein böser Mensch. Er ist …«

Sie stockte.

»Ja?«, insistierte Grauner.

»Michael ist in psychologischer Behandlung. Er …« Sie stockte wieder, holte tief Luft. »Michael ist verhaltensauffällig. Es begann vor fünf Jahren, da war er dreizehn. Wir haben damals noch in Los Angeles gelebt. Er hat eine Mitschülerin gebissen. Wir haben uns nichts weiter dabei gedacht.«

»Das kommt vor«, sagte Saltapepe.

Grauner warf ihm einen strengen Blick zu.

Auch Serafine Haller drehte sich zu Saltapepe um und schaute ihn gedankenverloren an. »Er hat sie in die Wange gebissen. Die Wunde musste genäht werden. Das Mädchen … ihr Gesicht … die Narbe. Wir wurden von ihren Eltern angezeigt. Unsere Versicherung bezahlte.« Sie stockte erneut. »Wir hatten zu dem Zeitpunkt bereits vor, nach Meran zu ziehen. Wir haben versucht, den Vorfall zu vergessen. Unser Sohn war enormem Stress ausgesetzt. Wir sind in den Jahren zuvor drei Mal umgezogen. Drei Mal eine neue Schule, neue Klassenkameraden. Drei Mal eine neue Stadt. In Meran war alles gut. Anfangs. Doch bald nicht mehr. Benedikt war selten zu Hause. Er wollte eine Dependance in Berlin aufbauen, er spielte mit dem Gedanken, mittelfristig unseren Lebensmittelpunkt dorthin zu verlegen.«

Sie hielt sich die Hände vors Gesicht.

»Das erste Mädchen in Meran hieß Maja. Sie war ein Nachbarskind. Sie durfte ihn bei uns besuchen. Sie haben im Garten in der Sonne gelegen. Ich habe ihnen Holundersaft gemacht. Er hat sie in den Kopf gebissen, sie ist weinend weggerannt. Ich habe die Decke gewaschen, auf die ihr Blut getropft war. Sie haben sich nie mehr getroffen. Sie hat es wohl für sich behalten.«

Serafine Haller nahm erneut einen Schluck Wasser. »Es gab zwei weitere Fälle«, fuhr sie fort. »Klassenkameradinnen. Die eine hieß Linda. Es war in der großen Pause. Sie wehrte sich, er ließ von ihr ab. Die andere hieß Katharina. Michael biss sie im Freibad in den Unterarm. Es war eine tiefe Fleischwunde. Das Wasser … Michael … er redete kaum mit uns, er sagte nur, das Wasser habe sich rot gefärbt. Benedikt hat den Eltern des Mädchens sehr viel Geld gezahlt, damit sie von einer Anzeige absehen. Wir mussten Michael von der Schule nehmen. Wir waren ratlos. Wir stritten immer häufiger.«

Sie starrte wie versteinert vor sich hin, während sie sprach.

»Im Januar vor zwei Jahren haben wir Michael zu einem Facharzt für Psychotherapie geschickt. Dr. Rabensteiner. Er hat seine Praxis drüben«, sie zeigte zum Fenster raus, »neben dem Kurhaus.«

Rabensteiner. Dr. Felix Rabensteiner. Grauner hatte natürlich schon von ihm gehört. Er war einer der bekanntesten Psychotherapeuten Südtirols. Selbstbewusst im Auftreten. Ein wenig zu selbstbewusst, wenn es nach Grauner ging.

»Dr. Rabensteiner ist ein alter Bekannter von Benedikt. Er sagte, Michael habe eine schwere Persönlichkeitsstörung. Mir war dieser Herr Doktor nicht geheuer. Vom ersten Augenblick an, als er Michael ansah. Er betrachtete ihn nicht wie einen Jungen. Er betrachtete ihn wie ein Studienobjekt. Er gaffte. Er erfreute sich an dem Fall, den er da zu behandeln hatte. So kam mir das vor.« Serafine Hallers Mundwinkel verzogen sich verächtlich. »Ich weiß, Dr. Rabensteiner ist eine Koryphäe, er diagnostizierte Michael fehlende Verwurzelung, er habe eine Psychose entwickelt, eine tiefe Abneigung gegenüber dem wechselnden Umfeld. Und gleichzeitig eine krankhafte Zuneigung, insbesondere bei denen, die er liebt.«

»Wann haben Sie sich getrennt, Sie und Benedikt Haller?«, fragte Grauner.

»Vor anderthalb Jahren. Wir sahen und sprachen uns

kaum noch. Er war viel in Berlin. Eigentlich hätte ich längst schon die Scheidung einreichen sollen, andererseits hätte das auch nichts geändert. Wir leben in Parallelwelten. Nur Michael verbindet uns. Und Benedikt sorgt gut für ihn – zumindest finanziell.«

»Eines verstehe ich nicht«, sagte Grauner. »Ihr Mann wollte nach Berlin, aber er zog nach Ulten. Warum? Er wirkt nicht wie ein Aussteiger, wie jemand, der sich ins letzte Ende eines Tales, an den Rand des Waldes zurückzieht. Er … er wirkt nicht wie ein Naturmensch.«

Serafine Haller lachte. »Das stimmt. Benedikt hasst die Natur. Ich weiß nicht, warum er seine Meinung geändert hat und seine Pläne aufgab. Völlig unerwartet hat er Michael mit ins Tal genommen. Ich protestierte, aber ich hatte keine Chance. Gegen ihn hatte ich noch nie eine Chance. Vielleicht wollte er ihn für sich haben, mir wegnehmen, mir wehtun, ich weiß es nicht. Vielleicht wollte er ihn beschützen, vor all dem Übel der Welt. Aber im Tal hat sich Michaels Vergangenheit wohl herumgesprochen.«

Saltapepe war es, der den Jungen als Erster bemerkte. Er spähte hinter der Tür hervor. Mit starrem Blick. Ein Blick voller Furcht – und gleichzeitig so fürchterlich. Etwas Unheimliches umgab Michael. Saltapepe spürte das. Und die Leute im Dorf spürten es auch.

11

»Grauner, ich verstehe wirklich nicht, warum wir ihn nicht mitgenommen haben. Der Junge war mit dem Opfer in einer Klasse, er übt seit Jahren Gewalt auf gleichaltrige Mädchen aus. Wahrscheinlich auf die Mädchen, die er liebt. Grauner! Sie wurde tot aufgefunden. Vor dem Haus, in dem er lebt!«

Grauner schaute stoisch in die Ferne. Er kaute. Saltapepe kannte niemanden, der so langsam und gleichmäßig kaute wie der Commissario. Grauner kaute, als ob nichts im Leben mehr kommen würde. Er musste sich das von seinen Kühen abgeschaut haben. Grauner kaute und schluckte, dann nahm er gemächlich den Karton in die Hand, auf dem das restliche Stück des Meraner Würstchens lag, tunkte es in den Senf und biss ein weiteres Mal ab.

Sie hatten Serafine Haller angeordnet, sich und ihren Sohn zur Verfügung zu halten. Der Ispettore traute dem Ganzen nicht. Nach kurzer Rücksprache mit Staatsanwalt Belli hatte dieser zwei Carabinieri in Zivil vor das Haus beordert. Es war drei Uhr nachmittags. Grauner und Saltapepe standen am Würstelstand an der Passerpromenade. Saltapepe rümpfte die Nase. Er roch den Wurstwasserdampf, der sich in die klare Meraner Bergluft mischte.

»Keinen Hunger?«, fragte der Commissario. »Du hattest doch nur das eine belegte Brötchen zu Mittag.«

Saltapepe deutete auf den verbliebenen Wurstzipfel. »So etwas esse ich nicht.«

Würstel, das war nichts für ihn. Nicht auf die Hand und schon gar nicht als Pizzabelag, wie er das in Südtirol in mancher Pizzeria bereits entdeckt hatte. Bei Pizza war Saltapepe sehr, sehr heikel. Wahrscheinlich noch heikler als beim Espresso. War der Espresso nicht heiß genug, dann mied er die entsprechende Bar für den Rest seiner Tage. Entdeckte er aber Würstel auf einer Pizza, dann war er nahe dran, der Pizzeria die Kollegen von der Hygienepolizei auf den Hals zu hetzen.

»Grauner«, sagte Saltapepe noch einmal, als der Commissario das letzte Stückchen Wurst endlich hinuntergeschluckt hatte. »Warum haben wir ihn nicht mitgenommen?«

Grauner wischte sich mit einer Papierserviette den Senf aus dem Mundwinkel. »Was haben wir gegen ihn in der Hand? Sein Vater hat die Tat gestanden. Wir können die beiden schlecht gemeinsam in eine Zelle sperren und dann überlegen, wer es gewesen ist. Wenn überhaupt …« Der Commissario sprach den Satz nicht zu Ende.

Er legte einen Zehner auf die Theke. Der Standbesitzer ließ ein paar Münzen danebenfallen.

»Wenn überhaupt? Was glaubst du denn, wer …?«, fragte Saltapepe.

»Ich glaube gar nichts. Ich weiß nichts. Noch gibt es keine Sicherheit.«

Grauner ging in Richtung des Panda. Saltapepe lief hinterher. Ging das schon wieder los? Dieses Schweigen. Diese Art, das Wichtige immer in sich hineinzumurmeln. Der Ispettore lebte seit mittlerweile zwei Jahren in Südtirol, aber an diese ursüdtirolerische Wesensart würde er sich nie gewöhnen können.

Wer schweigt, lebt nicht, sagte sich Saltapepe. Das Leben ist da, um es rauszuschreien. Den Schmerz. Die Liebe. Den Hass. Alles rausschreien. Wenn du den Hass immer nur kaust und kaust und runterschluckst, dann explodierst du irgendwann. Dann bricht eine böse Kraft aus dir hervor, die du nicht mehr kontrollieren kannst.

Vielleicht war es bei diesem Michael so gewesen. Saltapepe kannte das, es war ihm selbst einmal passiert. Er hatte sich nicht mehr im Griff gehabt. Er hatte nicht mehr an Gesetze denken können, daran, wie ein Polizist sich zu verhalten hatte. Die Emotion war zu geballt gewesen, zu lange zurückgehalten worden. U Lunatico stand Hohn ins Gesicht geschrieben. Doch dann, nach dem zweiten Schlag, nachdem ihm das Blut über die Wangen gelaufen war, war da kein Hohn mehr gewesen. Saltapepe hatte den Moment genossen.

Der Mann steckte bereits im Gefängnis. Seine Hände steckten bereits in Handschellen. Und doch schlug Saltapepe zu. Immer und immer wieder. Der Mann war ein Mafiaboss. Ja. Aber er war wehrlos. Er hatte Macht. Ja. Aber nicht in diesem Moment, nicht in dieser Zelle. Er war schuld daran, dass Saltapepes Bruder tot war. Ja. Aber er war es nicht gewesen, der geschossen hatte. Saltapepe schlug und schlug und schlug. Erst zu dritt schafften sie es, ihn wegzuzerren. U Lunatico krümmte sich am Boden, sein Blut war auf Saltapepes Uniformhemd gespritzt. Das verdammte Mafiablut. Später hatte sich Saltapepe dafür geschämt.

Dieser Tag, diese Sekunden hatten sein Leben auf den Kopf gestellt. Sie hatten ihn hierherkatapultiert, hierher in den nördlichsten Zipfel des Landes. An diesen Würstelstand. Mitten hinein in diesen mysteriösen Mordfall im hintersten Ultental.

12

Man durfte die Monster nicht an sich heranlassen, wusste Grauner. Man durfte aber auch selbst nicht zum Monster werden. Man durfte keine Emotionen zeigen, man durfte aber auch nicht kalt werden. All das wusste er. Aber was nützte alles Wissen, wenn ein totes Mädchen vor einem lag.

Am Fundort war er noch wie in Trance gewesen. Da blinkte das Blaulicht, da schwirrte ein Dutzend Polizisten umher, da pulsierte das Adrenalin in den Adern. Das hier war etwas ganz anderes. Die Leiche war nicht zerstückelt, ihr Schädel nicht zertrümmert – doch gerade das machte die Situation so bedrückend. Wäre sie brutal misshandelt worden, wäre Wut da gewesen. So war da nur Ohnmacht. Die drückte Grauner die Brust zusammen, die ließ ihn nach Sauerstoff ringen.

Neonlicht leuchtete auf Marie Bachlechners Gesicht. Den Rest des Körpers hatte Alessandra Filippi, die Gerichtsmedizinerin im Bozner Spital, mit einem Leinentuch verdeckt. Grauner war klar, dass sie das Mädchen bereits untersucht haben musste, aber sie hatte die Spuren der Untersuchung kaschiert.

Noch nie hatte der Commissario die Leichenhalle der Gerichtsmedizin so sauber, so aufgeräumt erlebt.

»Das ist meine Werkstatt«, pflegte Filippi normalerweise sarkastisch zu sagen. »Und wo gewerkelt wird, gehobelt und gesägt, da fallen auch Späne.«

Normalerweise spritzte Blut auf den Fliesenboden, da hörte man das Knirschen von Knochen beim Spalten der Brustkörbe, da roch es nach Innereien. Grauner sah sich um, diesmal war alles anders: Die Werkzeuge, mit denen Filippi die Leiber aufschnitt, die Schädeldecken abtrennte – sie waren verschwunden. In irgendeiner Schublade verborgen. Der Fliesenboden war blank gewischt.

»Wer den Tod nicht aushält, möge draußen bleiben«, sagte Filippi normalerweise.

Diesmal sagte sie das nicht. Sie hatte bereits vor dem Eingang des Spitals gestanden, als Grauner und Saltapepe fast zeitgleich mit Weiherer vorfuhren. Knapp eine Viertelstunde später war auch Staatsanwalt Belli angekommen.

Diesmal hatte Filippi keine junge Assistentin dabei. Auch ihr Blick war anders. Sonst flackerte da Neugierde in ihren Augen, Lust, den im Dunkeln tappenden Ermittlern weiterzuhelfen. Auch Belustigung, da Belli auf dem Weg hinunter in die Katakomben des Spitals immer bleicher und bleicher wurde und meistens – so auch dieses Mal – bereits vor der Tür zur Pathologie umkehrte, irgendeine Ausrede murmelnd, um draußen frische Lust zu schnappen.

In Filippis Blick lag heute ein Flehen. Grauner war bekannt, dass die Gerichtsmedizinerin sich manchmal aus ihrem Giftschrank einige Aufputschtabletten gönnte, die sie etwas heiterer machten, bei diesem Geschäft mit dem Tod. Am liebsten hätte er nun auch welche geschluckt.

Sie standen in der Mitte des Raums – um Marie herum. Sie glichen eher einer Trauergemeinde denn einer hartgesottenen Ermittlerrunde. Die Haare der Toten waren nach hinten gekämmt. Die Lippen waren blau, auch die Augenlider.

»Wie ihr bereits wisst, ist sie erschossen worden«, sagte Filippi ohne das übliche Vorgeplänkel. Ihr Ton war ruhig, fast mechanisch.

»Die Teile des Projektils liegen bei meinen Leuten«, ergänzte Weiherer. »Genaueres dazu werden wir morgen früh wissen, aber so viel schon mal: Es war eine Büchse. Die Kugel: ein typisches Kaliber für die Rotwildjagd. Ein Dreißignullsechser. Teilmantelgeschoss. 9,7 Gramm. So eine Kugel zerreißt einen innerlich, anders kriegst du einen Hirschen auch nicht tot.«

Es war ungewöhnlich, dass Weiherer freiwillig Zwischenergebnisse preisgab, bevor er sich einer Sache zu hundert Prozent sicher war. Grauner schaute in die Runde, jedem Einzelnen in die Augen. Sie konnten diesen Fall nicht behandeln wie irgendeinen anderen. Sie mussten den Täter kriegen, wenn nicht, dann würde ihnen das ihr Lebtag keine Ruhe lassen. Und Grauner wusste, wie es war, wenn eine Tat einen nicht mehr in Ruhe ließ. Es war der Mord an seinen Eltern, der ihn in seinen Träumen verfolgte, manchmal auch, wenn er wachte. Es war deren grausamer, ungeklärter Tod, der ihn nachts oft nicht schlafen und morgens schweißgebadet aufwachen ließ.

»Die Kugel ist etwa zwei Fingerbreit rechts vom Herz eingedrungen«, fuhr Filippi fort und schluckte. »Wie Weiherer schon sagte, sie richtete ein Massaker an, sie hat das Herz, beide Lungenflügel, beide Nieren und den oberen Magen zerfetzt. Der größte Teil des Geschosses ist in der Wirbelsäule stecken geblieben. Kleinere Splitter waren im ganzen Körper verstreut. Das Mädchen ist sofort tot gewesen. Daran habe ich wenig Zweifel.« Filippi schloss kurz die Augen.

»Ein Sexualdeli…«, fragte Grauner.

Filippi ging geschwind dazwischen. »Keinerlei Anzeichen. Keine Hinweise auf ein gewaltsames Eindringen. Der Vortest auf Sperma ist negativ. Mehr kann ich erst nach weiteren Untersuchungen sagen.«

»Ist sie … war sie?«, stammelte Saltapepe.

Filippi hob eine Augenbraue.

»Hatte sie schon mal, ich meine …«, stammelte der Ispettore weiter.

»Ja, sie hatte schon mal«, antwortete die Gerichtsmedizinerin knapp.

»Todeszeitpunkt?«, fragte Grauner.

»Der Ausprägung der Totenflecken und der Abkühlung des Leichnams nach zu urteilen«, Filippi zeigte auf das Leinentuch, hob es aber nicht, »zwischen zwei und vier Uhr etwa.«

Grauner grübelte. Das deckte sich mit der Aussage des Vaters, der kurz nach drei einen Schuss gehört hatte. Das konnte tatsächlich der Schuss des Mörders gewesen sein.

»Filippi, haben Sie Bissspuren entdeckt?«

Die Gerichtsmedizinerin schaute verwirrt. »Nein, warum?«

Grauner machte eine wegwerfende Handbewegung.

»Das Mädchen hat Kratzer an den Unterarmen, außerdem Unterblutungen der Kopfhaut, beides könnte von einem Sturz stammen oder von einem Schlag«, fuhr Filippi fort. »Aber eines ist jetzt schon klar«, sie zeigte auf den verhüllten Körper, »die Schussabgabe muss aus nächster Nähe erfolgt sein.«

Nun schaute Grauner verwirrt.

Filippi beeilte sich, eine Erklärung zu liefern: »Der Zertrümmerung der Rippen nach zu urteilen, drang das Projektil von schräg unten in den Brustbereich ein. Vom Einschusswinkel her muss der Täter ein paar Meter von ihr entfernt gekniet haben. Oder gelegen.«

Grauners Gedanken überschlugen sich. Der Täter hatte gekniet, vielleicht sogar vor ihr gelegen. Vielleicht hatte sie ihm vertraut. Wahrscheinlich hatte sie ihn gekannt. Vielleicht hatten sie sich gestritten. Vielleicht hatte sie sich gewehrt.

»Wenn ein so junges Mädchen erschossen wird, dann muss es mit Liebe zu tun haben«, sagte Saltapepe, der inzwischen an der Zimmerwand lehnte und einen Kaugummi kaute.

Grauner warf ihm einen bösen Blick zu. Ihm war dieses Cool-an-der-Mauer-lehnen-und-Kaugummi-Kauen eindeutig zu lässig für die Ernsthaftigkeit des Moments.

Der Ispettore hob die Schultern und fuhr fort: »Mafiabosse werden wegen ihrer Macht getötet. Bankiers wegen ihres Geldes. Polizisten, weil sie sich in Dinge einmischen. Und Mädchen, weil sie sich in den Falschen verlieben – oder der Falsche verliebt sich in sie.«

Grauner schlug mit der Hand auf die blecherne Oberfläche eines der Tische. Die darauf stehenden Reagenzgläser klirrten.

»Porc…«, er würgte den Flucher halb ausgesprochen runter. »Schluss mit albernen Polizeiweisheiten! Wir haben noch zu wenig! Wir brauchen endlich den Tatort und die Tatwaffe.«

Weiherer schüttelte betrübt den Kopf.

»Was ist mit dem Schmuck?«

»Die Untersuchung läuft. In einer Stunde kann ich euch dazu bestimmt etwas sagen.«

»Gut«, sagte Grauner resignierend. »Belli wird, so wie ich ihn kenne, gleich Haller verhören wollen. Ich werde mit ihm zum Sitz der Staatsanwaltschaft fahren. Danach kommen wir in die Questura.«

Der Sekundenzeiger der Uhr, die über der Tür hing, wackelte lautlos von Strichchen zu Strichchen. Es war Viertel nach fünf.

»Wir treffen uns um sieben zur finalen Besprechung.«

Grauner schaute zu Filippi und nickte. Sie verstand und legte das letzte Stück des Leinentuches über Maries Kopf. Aber Grauner befürchtete, dass das Gesicht des toten Mädchens so schnell nicht aus seinen Gedanken verschwinden würde.

13

Er hätte sich viel vorstellen können in seinem Leben. Am liebsten wäre er nur Viechbauer, einzig und allein Viechbauer, geworden. Aber dazu reichte das Geld nicht. Viechbauer auf dem Graunerhof hoch oben über dem Eisack und Commissario unten in Bozen, das war der Kompromiss. Ein schöner Kompromiss. Grauner war gerne Commissario, fast so gerne wie Viechbauer. Nur ging er halt lieber in den Stall als in die Questura. Er mochte den Schreibtisch nicht. Er mochte die Akten nicht, die darauflagen. Den Computer, das Klappern der Tasten, das ewig lange Passwort, das er sich nie merken konnte – das alles mochte er nicht. Grauner liebte Dinge, die man anfassen konnte. Das Internet konnte man nicht anfassen.

Tischler wäre Grauner auch gerne geworden. Schon als kleiner Junge hatte er gemeinsam mit seinem Vater im Wald nahe dem Hof nach Ästen gesucht und Figuren daraus geschnitzt. Ein Jesukind. Die Muttergottes. Vater Josef. Engel. Eine Kuh. Einen Ochsen. Einen Esel. Im Sommer hatten sie damit angefangen, zu Weihnachten stand die Krippe unterm Tannenbaum.

Tischler, Orchestermitglied, Förster, Richter, Elektriker, Arzt, Postbote, Altenpfleger, Lehrer, Maurer – das alles hätte Grauner sich vorstellen können, nur eines nicht: Anwalt zu werden. Anwalt zu sein. Er verabscheute Anwälte. Nicht wegen ihrer Tätigkeit an sich, sondern ob ihres Gebarens. Es gab, nach Grauners Ermessen, drei Typen von Anwälten, und er verabscheute sie alle gleichermaßen: Da gab es den jungen, strebsamen, der sich zu profilieren versuchte und der immer denselben überteuerten Anzug unter der Robe trug, an dem noch das Preisschild hing. Da gab es den bereits erfolgreichen Angeberanwalt, der seine polierte Mercedes-S-Klassen-Limousine grundsätzlich im Parkverbot abstellte und Anhörungen und Verhandlungen als Kammerspiele missinterpretierte.

Die dritte Spezies stand ihnen nun in Bellis Büro am Gerichtsplatz gegenüber: kugelrunder Bauch, grauer Bart, hoch in die Wange gewachsen und die Lippen verdeckend, fettiges Haar. Gelangweilter Blick, der sagte: alles schon erlebt, keine Lust mehr auf Neues. Mein Mandant will nichts sagen? Dann sagt mein Mandant eben nichts.

Belli hatte sich an den Kopf des Besprechungstisches gesetzt. Es war noch hell draußen, trotzdem warfen die Straßenlampen bereits ihren gelben Schimmer auf das Pflaster vor dem bombastischen Faschistentempel, durch den Bozen an dieser Ecke Verona, Mailand oder Rom zum Verwechseln ähnlich sah.

Grauner war es bereits gewohnt, dass der Staatsanwalt diesen Gesprächen, die eigentlich er führen sollte, nur wie unbeteiligt beiwohnte. Als ob er lediglich als Beobachter geladen wäre, als VIP-Gast mit bestem Logenplatz. So war es einmal mehr der Commissario, der die Fragen stellte.

»Haller, Sie gaben an, ein Verhältnis mit Marie Bachlechner gehabt zu haben. Wie kam es dazu? Wann hat das angefangen? Wusste Ihr Sohn davon?«

Haller schwieg.

»Wo haben Sie sie getötet? Wo ist die Tatwaffe? Und warum um Gottes willen haben Sie das Mädchen an die Lärchen gesetzt?«

Der Architekt tat, als würde er den Commissario nicht hören. Seitdem er sich gesetzt hatte, war er damit beschäftigt, Fussel von seinem blauen Kaschmirpullover zu entfernen. Er schnippte sie jedoch nicht etwa auf den Boden, sondern legte sie in die linke Hand und stapelte sie danach zu exakt gleich großen Häufchen auf dem Schreibtisch.

»Haller, reden Sie!«

Nichts.

»Warum haben Sie das Mädchen umgebracht?«

Nichts.

Anders als gegenüber eventuellen Zeugen im Dorf beschloss Grauner, hier nun auch den Schmuck anzusprechen. »Wir haben einen Ohrring, einen Armreif und eine Brosche im Wald gefunden. Gehört das alles Ihnen? Ist das Schmuck, den Sie Marie geschenkt haben? Ihr Verhältnis …«

»Commissario«, schaltete sich der Anwalt ein. »Mein Mandant wird nichts sagen, da können Sie noch so viele Fragen stellen. Ich habe ein von meinem Mandanten vorgefertigtes Geständnis mitgebracht.«

Er legte das Papier auf den Tisch. Der dabei entstandene Windhauch blies die Fusselhäufchen um, Haller schaute irritiert auf die Unordnung.

Grauner schaute auf das Papier.

Ich, Benedikt Haller, erkläre hiermit, Marie Bachlechner getötet zu haben. Des Weiteren mache ich von meinem Recht Gebrauch, zu schweigen.

»Mein Mandant wird das Geständnis unterzeichnen, und dann möchte ich Sie bitten, ihn abzuführen.«

Der Anwalt legte einen Füller neben das Schreiben. Haller lehnte sich nach vorne und kritzelte seinen Namen darauf. Dann erhoben sie sich. Auch Belli kämpfte sich aus seinem Sessel.

»Gut, wir werden Sie in eine Zelle bringen«, sagte Grauner, blieb aber sitzen. Er musterte den Architekten. Dieser Mensch war ihm nicht geheuer. Diese Pedanterie. Diese Kälte. Hatte er das Mädchen erschossen? Wie ein Reh? Wie ein Wild?

Haller rückte seinen Mantel zurecht. Dann drehte er sich noch einmal um.

»Eine Frage noch«, sagte er.

Grauner nickte.

»Wo ist Michael? Kann ich ihn noch einmal sehen? Sie haben ihn doch nicht im Tal gelassen? Alleine?«

Grauner antwortete nicht sofort. Er dachte einige Sekunden nach, dann sagte er: »Wenn Sie so besorgt um Ihren Sohn sind, war das Dümmste, was Sie tun konnten, dieses Geständnis zu unterzeichnen. Im Gefängnis können Sie ihm nicht helfen.«

»Das kann ich bald eh …« Haller stockte und beendete den Satz nicht. »Sagen Sie mir, wo er ist?«

»Wir haben ihn zu seiner Mutter gebracht.«

Hallers Pupillen zuckten. »Sie hätten ihn … bringen Sie ihn zu Dr. Rabensteiner! Rabensteiner weiß, was zu tun ist.«

»Ihr Sohn ist achtzehn Jahre alt. Er hat sich nichts zuschulden kommen lassen. Er kann sich frei bewegen. Er kann bei seiner Mutter bleiben, er kann ins Tal zurück.«

Hallers Mundwinkel bebten jetzt. »Er muss, er muss …«

»Was muss Michael, was?«

Der Architekt riss sich zusammen. Die Gesichtszüge wurden ausdruckslos. Zwei Beamten der Gerichtspolizei öffneten die beiden Türflügel von außen, legten Haller Handschellen an und führten ihn ab. Grauner hörte noch die Schritte auf der Treppe, die zum Ausgang des Justizpalastes führten.

Den ganzen Tag über hatte er sich den Kopf darüber zerbrochen, welche Gründe jemand, der eine solche Tat gestand, haben konnte, über den Hergang beharrlich zu schweigen. Angst? Angst *vor* jemandem? Oder Angst *um* jemanden? Was versuchte Haller zu verstecken? Vor wem fürchtete er sich? Vor dem eigentlichen Täter? Um wen fürchtete er? Um seinen Sohn?

Wer gestand, der redete normalerweise auch. Weil man es so ganz alleine mit der Tat nicht aushielt, weil sie in der Regel zu schwer wog für eine einzelne Menschenseele.

14

»Wenn der Täter nicht reden will, dann redet er eben nicht. Wir können ihn nicht dazu zwingen, wir leben schließlich in einem Rechtsstaat – leider.«

Belli war zeitgleich, aber nicht gemeinsam mit Grauner in der Questura angekommen. Der Commissario war mit seinem Panda vorausgefahren. Der Staatsanwalt hatte sich in seiner kugelsicheren Lancia-Sonderanfertigung hinterherkutschieren lassen. Natürlich mit Blaulicht.

Im Besprechungsraum hatten sich bereits alle versammelt. Belli schritt im Raum auf und ab. So als würde er in einer Universitätsaula eine Vorlesung über die Zukunft von Rechtsstaatlichkeit halten. Sein penetrantes Parfüm umwehte ihn. Er begann damit, Saltapepe in einem viertelstündigen Anschiss über Sinn und Unsinn des Waffengebrauchs aufzuklären. Daraufhin entschied er sich, ausführlichst zu berichten, welche wichtigen Staatsanwälte er in Mailand in welchen Lokalen getroffen hatte.

Grauner schaute zum Fenster raus – doch es half nichts. Die Dunkelheit außerhalb der Scheibe spiegelte das Innere des Raums wider: Saltapepe saß da, Weiherer, Marché, den er selbst dazugeholt hatte, und Silvia Tappeiner, die fleißig mitschrieb. Der Commissario beobachtete die Hände seiner Assistentin. An den Rändern ihrer Fingernägel klebte weißes Pulver. Magnesium, gegen den Schweiß – der Nagelschmuck der Kletterfreunde. Sie hatte ihre Mittagspause sicher in der Kletterhalle in Bozen-Süd verbracht.

Als Belli mit seinem Monolog endlich geendet hatte, richtete sich Grauner an die Runde. Er fasste die Ergebnisse des Tages zusammen. Dann seufzte er. »Ja, wir haben ein Geständnis. Aber ob wir auch den Täter haben, wissen wir noch lange nicht.«

Er schaute zu Belli, der rollte mit den Augen. Grauner fuhr unbeirrt fort.

»Wir haben einen Pfarrer und einige Dorfbewohner, die den Sohn des Geständigen für den Täter halten. Und wir haben Schmuck gefunden. Weiherer?«

»Es handelt sich tatsächlich um echtes Gold. Auch um

echte Steine. Und der Schmuck ist nicht neu. Genaueres aber müssen nun Spezialisten klären. Wir haben denen die Stücke übergeben. Unsere Techniker haben inzwischen Hallers Handy gecheckt. Ein- und ausgehende Anrufe sowie SMS sind unverdächtig. Nichts davon scheint mit der Tatnacht in Zusammenhang zu stehen.«

»Wie sieht es mit Fingerabdrücken auf dem Schmuck aus? Habt ihr welche gefunden?«, fragte Grauner weiter.

»Viele. Aber alle sind verwischt. Wir versuchen, einzelne Teile von Abdrücken zu individualisieren, aber auch das dauert.«

»Gibt es andere Spuren? In den Häusern?«

»In Maries Zimmer gibt es nichts Auffälliges. Ihr Handy konnten wir bislang nicht aufstöbern. Auch in Michaels Zimmer haben wir keines gefunden. Aber bei Haller ist uns eine Sache aufgefallen. Alles dort ist sauber, wie unbenutzt. Doch an einer Stelle wurden die bodentiefen Fenster schlampig gereinigt. Dort, von wo aus man die Lärchen sehen kann. Die Wischstreifen sind deutlich zu erkennen. In der Küche haben wir ein Tuch gefunden. Dunkle Flecken darauf. Das mag nichts bedeuten. Es könnte jedoch Blut sein. Wir lassen es untersuchen.«

»Gut«, sagte Grauner. »Was ist mit Schmauchspuren?«

»Nicht an Hallers Händen. Auch an keinem der Kleidungsstücke, die wir in seinem Haus gefunden haben. Er kann aber natürlich eine Jacke und Handschuhe getragen haben, die er nach der Tat hat verschwinden lassen.«

Grauner fuhr sich durchs Haar, dann sprach er weiter: »Wir müssen den Wald weiter absuchen. Systematischer. Mit mehr Leuten. Ein noch größeres Gebiet. Wir müssen nach der Waffe suchen. Nach der Patronenhülse …«

»Wenn nur ein Schuss abgegeben wurde, steckt die

Hülse wahrscheinlich noch im Patronenlager«, erklärte Weiherer.

»Ja, wir brauchen noch die Waffe«, mischte sich Belli nun ein. »Wenn wir die haben, können wir den Fall abschließen.«

»Das sehe ich anders.« Grauner war klar, dass sein Vorgesetzter den folgenden Satz nicht goutieren würde, aber er ließ es darauf ankommen. »Wir müssen so lange in alle Richtungen ermitteln, bis der Fall lückenlos aufgeklärt ist.«

Der Commissario machte eine kurze Pause, überlegte und fuhr dann schnell fort: »Je besser die Faktenlage, desto größer die Story in den Zeitungen.« Und als letztes Sahnehäubchen legte er noch einen Halbsatz obendrauf: »Sicher auch überregional.«

Er sah, wie Bellis Augen zu funkeln begannen. Er fragte sich, was sich der Staatsanwalt wohl gerade vorstellte: sein eigenes Konterfei auf der Seite eins des *Corriere della Sera* oder die Sahnetorte im *Laurin*, die er während der Lektüre verspeisen würde?

Grauner wandte sich an die Kollegen. »Marché und Tappeiner, ich will, dass Maries und Michaels Mitschüler und Lehrer weiter befragt werden. Alle. Einzeln. Ich will alles über Michaels Vater wissen. Über eventuelle Liebschaften. Alles. Und über seine Mutter. Ein paar Männer sollen sich weiter im Dorf umhören. Saltapepe, du fährst morgen zu diesem Bürgermeister und fühlst ihm auf den Zahn. Wenn er kooperiert, sei lieb. Wenn er sich ziert, werd laut!«

Grauner erhob sich. »Ich fahre gleich in der Früh nach Meran. Zu diesem Dr. Rabensteiner. Auch wenn ich nicht …« Grauner stockte, er suchte nach anderen Formulierungen und fand keine. »Wir müssen jeder Spur nachgehen.«

Normalerweise war Belli es, der solche Runden mit einem unnützen Schlusswort beendete. Aber der war bereits dabei, sich aus dem Raum zu schleichen. Vom Staatsanwalt abgesehen erhob sich jedoch niemand von seinem Platz. Es war Grauner, als würde keiner von ihnen den Fall einfach so liegen lassen wollen. Feierabend machen. Die Nacht ungenützt verstreichen lassen. Erst als auch der Commissario sich in Richtung Tür bewegte, taten es ihm die anderen gleich. Ohne ein Wort zu sprechen.

15

Meistens hörte Grauner während der Fahrt zum Hof eine von Mahlers Sinfonien, doch auch wenn die Stille ihn fast erdrückte, diesmal war ihm nicht danach. Das leise Brummen des Motors und das Quietschen der Reifen in den Serpentinen waren die einzigen Geräusche, die er wahrnahm. Die Lichter der entgegenkommenden Autos zeichneten leuchtende Kegel ins Schwarz.

Kurz bevor der Commissario sich verabschiedete, hatte Belli noch eine Pressemitteilung rausgegeben. Der Staatsanwalt hatte sich zum Formulieren derselben über eine halbe Stunde in Grauners und Saltapepes Zimmer zurückgezogen und im Anschluss einige Telefonate mit Journalisten geführt.

Dann war er pfeifend aus dem Büro gekommen und hatte Saltapepe zum Abschied auf die Schulter geklopft. Der Ispettore würde wahrscheinlich noch die halbe Nacht über der Annotazione sitzen, in der er den abgefeuerten Schuss erklären musste. Grauner hatte den Vorfall schon halb vergessen, aber Belli verlangte einen umfassenden Bericht. Und *umfassend* hieß bei Belli mindestens zehn Seiten lang.

Die nächste Serpentine kam näher. Grauner verlangsamte, schaltete in den ersten Gang und zog das Lenkrad mit aller Kraft nach links. Wie mechanisch gingen die Bewegungen vor sich, unendliche Male war er diese Strecke bereits gefahren.

Der Commissario starrte auf die vom Fernlicht erhellte Straße. Er war sich sicher, dass sich alles nicht so einfach fügte und erklären ließ, wie Belli es gegenüber der Presse behauptete. Täter bereits gestellt. Nur noch abwarten, bis er sich irgendwann dann doch dafür entscheidet, umfangreich auszusagen.

Erneut verlangsamte Grauner und schaltete einen Gang runter, er kam an die siebte Serpentine, und da, direkt hinter der Kurve, stand es plötzlich. Es musste aus dem Wäldchen auf die Straße gesprungen sein.

Der Panda kam leicht ins Schleudern, es knackste, es war ein Knacksen, das sich anhörte, als wäre alsbald ein Besuch beim Mechaniker nötig. Dann stand das Auto still. Die Scheinwerfer leuchteten das Rehkitz an, das für einen Moment reglos mitten auf der Fahrbahn stand. Den Kopf erhoben, die Ohren gespitzt. Grauner schaute dem Tier in die Augen, das Tier schaute zurück.

Grauner machte das Fernlicht aus. Nur einen Wimpernschlag später drehte sich das Kitz um, streifte noch das rechte Vorderlicht des Autos und verschwand im Dunkeln des Waldes.

Der Commissario war wie gelähmt. Der Motor des Panda war abgestorben. Grauners Herz pochte.

Er wollte nach Hause. So schnell wie möglich. Es war ihm

auf einmal, als würde jede Sekunde zählen. Er wollte kurz in Saras Zimmer schauen. Eine gewaltige Sehnsucht, seine Tochter zu sehen, übermannte ihn. Sie atmen zu hören. Sie zu beschützen.

Er wollte seine Frau umarmen. Sie fest an sich drücken. Das tat er viel zu selten. Noch zwei Serpentinen, noch drei Kilometer bis zum Hof.

27. März

1

Nachts in ein fremdes Haus zu schleichen, in dem einer schläft, das kostet Überwindung. Da zieht es einem den Magen zusammen. Da braucht es allen Mut, für jeden Schritt. Was, wenn der aufwacht, der da auf der Ofenbank ruht? Was, wenn der nach dem Jagdmesser greift, das auf dem Tisch neben der angeschnittenen Speckschwarte liegt?

Still dastehen. Warten, bis sich die Augen an die Dunkelheit gewöhnt haben. An diese Dunkelheit, die einem anfangs nur als pechschwarzes Nichts erscheint und dann, nach vier, fünf Blinzlern, doch Konturen freigibt: Tisch, Kredenz, das Kreuz im Herrgottswinkel, die Treppen nach oben, das Grün zweier Katzenaugen. Erst knurrt sie, die Katze, dann umstreift sie miauend die Hosenbeine.

Nicht miauen. Still sein, ganz still. Verrat mich nicht. Ich bin gleich weg, ich muss nur suchen … finden. Schubladen auf. Die Treppe hoch. Ins Zimmer rein. Schubladen zu. Auf. Zu. Auf. Zu. Schrank. Bett. Wo? Wo hast du es versteckt?

2

Auch das noch. Ausgerechnet bei den Pferden. Sosehr Grauner Kühe mochte, so sehr misstraute er Pferden. Die Kuh, so sah es der Commissario, war der Hund unter den Stallviechern. Durchaus stur, aber treu und genügsam. Das Pferd war ganz anders. Es war wie die Katze. Falsch, hinterlistig, schadenfroh, ob seiner Schönheit eingebildet.

Obwohl, was hieß schon schön? Was ließ die Menschen Pferde schöner finden als Kühe? Warum trug Ferrari den Gaul im Wappen und nicht die Kuh? Was ließ Sara, als sie noch jünger war, Pferdefilme lieben, Pferdeheftchen, Pferdesticker? Und keine Kuhfilme? Kuhheftchen? Kuhsticker?

Grauner hatte das noch nie verstanden. Warum erkannte niemand außer ihm die anmutige Schönheit der Kuh? Ihre treuen Augen. Ihre zart geschwungenen Hörner. Ihre Stärke. Ihre Beständigkeit. Die Ruhe, die sie ausstrahlte. Besonders diese Ruhe war es, die Grauner dem Gezappel, Gescharre und Gewieher des Pferdes vorzog.

Dr. Rabensteiner würde heute erst nachmittags in die Praxis kommen, hatte die junge Frau am Empfang gesagt. Vormittags sei der Herr Doktor meistens mit den Pferden zum Training auf der Rennbahn. Zwei davon habe er ja, der Herr Doktor. *Alpenglühen* hieß das eine, das heute zum ersten

Mal nach einer Gelenksverletzung wieder galoppieren durfte. *Sogno d'Oro* hieß das andere, das beim vergangenen Großen Preis von Meran den ersten Platz nur um eine Nüsternlänge verpasst hatte. Dieses Jahr sollte das nicht mehr passieren. Schließlich galt es, ein Preisgeld von dreihundertachtzigtausend Euro zu gewinnen. Das sind ja keine Peanuts, sagte die junge Frau, nicht einmal für den Herrn Doktor.

Grauner hatte den Panda neben dem schwarzen Maserati geparkt. Etwas zu eng daneben. Kurz verweilte er im Auto, um die Radionachrichten abzuwarten. Saltapepe und Marché waren in der Zwischenzeit unterwegs ins Tal. Silvia Tappeiner trieb von ihrem Schreibtisch aus die Recherchen voran. Sie hatte bereits das Internet durchforstet. Marie war bei Facebook und Instagram, aber das hatte die Ermittler nicht weitergeführt. Bilder mit Klassenkameraden. Ein paar Sprüche, pubertäre Lebensweisheiten.

Michael tauchte in den sozialen Netzwerken nicht auf. Vielleicht nutzte er einen anderen Namen. Vielleicht nutzte er sie überhaupt nicht.

Die Stimme des Nachrichtensprechers riss Grauner aus den Gedanken.

Das war's von der Lokalpolitik. Und nun zum Mädchenmord im Ultental: Der Geständige sitzt seit gestern Abend in Untersuchungshaft. Er verweigert jegliche Aussage zum Tathergang oder Tatmotiv. Laut eines Berichts des Südtirol Kurier *wird in St. Gertraud dessen Sohn der Tat verdächtigt. Die Ermittlungen kommen nur schleppend voran. Der Fundort der Leiche ist allem Anschein nach nicht der Tatort. Die Beamten der Polizia di*

Stato suchen seit gestern im Wald nach Spuren, um den Ort des Verbrechens zu lokalisieren. Doch bislang erfolglos. Der leitende Kommissar Johann Grauner, so schreibt der Kurier *weiter, tappt im Dunkeln …*

Grauner hörte die Meldung nicht zu Ende, sein Herz pumpte schneller, er knirschte mit den Zähnen.

»Charly, du Schmierfink«, knurrte er gegen die Windschutzscheibe des Panda.

Beim Aussteigen bemühte er sich, mit der Tür bloß nicht gegen den Lack des polierten Angeberautos zu stoßen. Ein Kratzer in einem Maserati, das hätte ihm an diesem Morgen gerade noch gefehlt. Nicht erst diese Radiomeldung, nein, bereits die frühesten Stunden des Tages waren anstrengend genug gewesen.

Seine Tochter Sara sprach nicht mehr mit ihm. Seit Tagen schon. Am Frühstückstisch weigerte sie sich, die Kopfhörer abzunehmen. Der Krach, der aus ihnen drang, war lauter, als wenn Grauner Mahlers wuchtiges Scherzo der Sechsten hörte. Ohne Kopfhörer. Er kannte den Lärm: *Warriors of Destruction*.

Vor einigen Tagen hatte sich Saras Klassenlehrerin gemeldet. Sara habe im Februar und März dreizehn Tage gefehlt und sei beim vormittäglichen Shoppen unter den Lauben erwischt worden. Mit Micky. Ihrem neuen Freund! Grauners Puls begann zu rasen, allein schon beim Gedanken daran, dass dieser Micky mit seinen grünen Haaren und diesem Ring in der Nase einmal sein Schwiegersohn sein könnte. Dieser Rotzlaggl! Nie im Leben würde er dem seinen Stall und seine Kühe überlassen. Grauner hatte Sara Stubenarrest erteilt, zwei Wochen.

»Wenn du nicht sofort diesen Krach ausmachst«, hatte er

heute am Frühstückstisch gegen die Kopfhörer angeschrien, »dann verlängere ich den Arrest um eine weitere Woche!«

Sara reagierte nicht. Sie rollte nur mit den Augen.

»Beruhig dich, Grauner«, mischte sich Alba ein. Sie nannte ihren Mann stets beim Nachnamen, wenn sie unterstreichen wollte, dass nun auch mal gut war.

»Ich beruhig mich nicht«, antwortete er. »Wahrscheinlich schwänzt sie auch heute. Ich beruhig mich erst, wenn das alles vorbei ist. Diese Sturköpfigkeit, dieser Eigensinn, dieses Rumgehänge mit diesem … diesem Micky. Wann ist das endlich vorbei?«

»Das ist noch lange nicht vorbei, das fängt grade erst an«, hatte Alba gesagt und ihrem Mann einen Kuss auf die Wange gedrückt.

Dr. Rabensteiner stand zwischen den beiden Pferden und fütterte sie abwechselnd. Die Tiere waren ebenso auf Hochglanz poliert wie der Maserati und ebenso schwarz.

Der Arzt tat ein Weilchen so, das spürte Grauner genau, als hätte er nicht bemerkt, dass jemand an ihn herangetreten war. Erst beim dritten Räuspern drehte er sich betont langsam um, schaute betont überrascht und trat aus der Stallbox hervor.

»Grüß Gott. Wer sind Sie und was wollen Sie von mir?«

Grauner antwortete nicht gleich. Er musterte den Arzt von oben bis unten. Der Mann trug eine karierte Schottenmütze, einen Lodenmantel und Wildlederstiefel.

»Mein Name ist Johann Grauner, Commissario der Polizia di Stato, ich muss mit Ihnen sprechen.«

Rabensteiner zeigte keinerlei Regung.

»Vielleicht haben Sie es bereits gestern Abend oder heute Morgen in den Nachrichten gehört.«

»Was soll ich gehört haben? Ich bin gestern spätnachts von einem Psychiatriekongress aus Innsbruck zurückgekommen.«

»Es geht um einen Ihrer Patienten. Michael Haller. Er ist …« Der Commissario überlegte kurz. »Er ist da in etwas verwick… Er ist, äh, wird des Mordes verdächtigt.«

»Des Mordes? Michael?« Rabensteiner schrie mehr, als dass er sprach. »Das ist … das hätte nicht passieren dürfen.«

Der Arzt war schlagartig blass geworden.

»Kommen Sie, Commissario, wir setzen uns auf die Tribüne. Da sind wir ungestört. Da können Sie mir alles erzählen.«

3

Saltapepe lenkte den Alfa durch die dunklen Tunnel des Tals. Die enge Straße, die bedrohlich nahen Leitplanken, die unübersichtlichen Kurven, all das machte ihm nichts aus, all das kannte er aus seiner Heimat, wenn er an den Wochenenden rausfuhr aus der Stadt, die Amalfiküste entlang. In Gedanken war er auch jetzt noch in Neapel.

Am frühen Morgen war er von seiner Wohnung in Bozen losgejoggt, über die Talferwiesen gen Norden, bis zu der Stelle, wo die Talstation der Jenesiener Seilbahn stand und das Sarntal begann, dann den Bergrücken entlang, ein Stück die Oswaldpromenade hoch. Dort, wo es am steilsten wurde, hatte er abbrechen müssen. Die Kondition war dahin.

Seine Mutter hatte ihn in Neapel regelrecht gemästet. Nachdem er ihr erzählt hatte, dass die Bewohner dieser nördlichen Provinz, in die er versetzt worden war, sich am liebsten von trockenem Brot und klein geschnittenen Speckhäppchen ernährten, hatte sie ihm zweimal täglich Teller voller Pasta all'Amatriciana, alla Carbonara und al Sugo delle Olive aufgetischt. Mittags und abends. Nachmittags hatte er am Grab seines Bruders gestanden und mit sich gehadert.

Der Ispettore fuhr sich über den Wanst und schaute hinunter auf die Dächer von Bozen. Er hatte das alles nicht mehr sehen können: dieses Alpenstädtchen, das die vergangenen Monate hinweg unter einer dicken Schneedecke gelegen hatte. Die hohen Berge, die tiefen Schluchten, in denen man selbst mittags, wenn die Sonne am höchsten stand, den kalten Schatten nicht entfliehen konnte.

In den zurückliegenden Wochen hatte Saltapepe einmal mehr bemerkt, wie sehr ihm seine Heimat fehlte. Das Tröten der Frachter am Morgen. Das Kreischen der Hafenmöwen. Der Espresso – ristretto e bollente. Der Klang des neapolitanischen Dialekts. Der Sound der Straße, das Hupen der Autos und Motorini. Der Sportteil des *Mattino*, der, anders als die *Gazzetta dello Sport*, weit mehr über den SSC Neapel berichtete als über die verhasste Juve aus dem Norden. Die Pasta al Pomodoro, die niemand, wirklich niemand, so zubereiten konnte wie seine Mutter.

Er hatte kaum Schlaf gefunden in der vergangenen Nacht. Es war gegen halb zwei Uhr morgens gewesen, als er die letzten Zeilen des Berichts über die Vorfälle am Fundort der Leiche verfasste. Er wusste, dass er die Waffe nicht hätte entsichern, niemals einen Schuss hätte abfeuern dürfen. Und gerade weil er dies wusste, fiel es ihm so schwer, Argumente dafür zu finden, warum er es doch getan hatte.

Er schrieb, er habe die Situation falsch eingeschätzt. Er habe sich bedroht gefühlt. Bedroht. Von wem? Von ein paar wild gewordenen Bauersleuten? Contadini! Cafoni! Es war sein Stolz, mit dem er kämpfte, diese Zeilen zu Papier zu bringen. Die Waffe ziehen, schießen, in Neapel war das normal gewesen. Da gab es kein Zögern. Wer zögerte, füllte abends keine Verbali mehr aus. Wer zögerte, war tot.

Nach dem Morgenlauf, einer kalten Dusche und einem Espresso in der *Bar dello Stadio* war Saltapepe losgefahren. Auf der MeBo war viel Verkehr, und auf den Serpentinen hoch über der Gaulschlucht ins Ultental hinein musste er mit seinem Alfa einem Lastwagen hinterhertuckern – ohne jegliche Chance zum Überholen. Endlich, nach anderthalb Stunden, erreichte er nun sein Ziel.

Die frische Bergluft brachte ihn zum Gähnen. Er würde noch einige Espressi brauchen, um den Tag in halbwegs wachem Zustand hinter sich zu bringen, und Saltapepe grauste es jetzt schon vor der Kaffeebrühe, die in den Gasthäusern dieses verdammten Tales zu erwarten war. Als er aus dem Auto ausstieg, schoss ihm ein ziehender Schmerz in den linken Unterschenkel. War das schon der zu erwartende Muskelkater vom Morgenlauf?

Das Amtszimmer des Bürgermeisters, das sich im Gemeindehaus des Hauptortes St. Walburg befand, war von kalter Nüchternheit. Jedes Versicherungsbüro hatte mehr Charme. Keine Zimmerblumen standen auf dem Fenstersims. Helle Rechtecke waren an der schmutzig-weißen Wand zu erkennen und hie und da ein Nagel, der im Beton steckte. Spuren der Vergangenheit. Spuren des Vorgängers.

Der Bürgermeister reichte ihm steif die Hand und wirkte dabei wie ein fleißiger Klassensprecher, der den Lehrer am ersten Tag des neuen Schuljahres freudig begrüßt.

»Mein Name ist Hannes Kofler, Herr … Herr …«

»Claudio Saltapepe. Polizia di Stato.«

Kofler schaute zu Boden und nickte hastig, fast so, als ob es ihm peinlich wäre, das nicht gewusst zu haben.

Saltapepe schätzte ihn auf nicht größer als ein Meter sechzig, jedenfalls konnte er ihm, während Kofler den Kopf als Geste der Unterwerfung senkte, auf die freie Stelle im lichten orangeroten Haar schauen. Auch wirkte der Mann trotz der kleinen Hinterkopfglatze jünger, als er sein musste. Unter Schülern hätte man ihn kaum für den Lehrer gehalten.

Kofler richtete sich auf und verschränkte die wurstigen Finger vor seinem prallen Bauch, über dem er ein kariertes Flanellhemd trug.

Der Ispettore machte eine einladende Handbewegung hin zur Sitzecke am Fenster, die dem Bürgermeister zugestanden hätte. Der nickte, sprintete rüber, setzte sich, drückte den Rücken durch und legte die Hände auf die Oberschenkel.

Eigentlich hatte sich Saltapepe eine andere Eröffnung für das Gespräch zurechtgelegt, aber er entschied sich um: »Herr Bürgermeister, wie lange sind Sie bereits im Amt?«

Kofler schaute zu Saltapepes Verwunderung kurz auf seine Armbanduhr und antwortete dann pfeilschnell und in pflichtbewusstem Ton: »Jetzt haben wir Ende März …« Er kniff kurz die Augen zusammen. »Also seit dreizehn Monaten, wenn wir diesen dazuzählen.«

»Ihr Vorgänger …«

»Gestorben. Vorletztes Jahr. Kurz vor Weihnachten. Das Herz, zu viel Glühwein, hat der Hausarzt gesagt.«

Kofler bekreuzigte sich und fuhr hastig fort: »Und so mache das jetzt halt ich, weil ich die zweitmeisten Stimmen hatte. Der Pfarrer hat gesagt, ich schaffe das schon. Auch wenn ich erst vierundzwanzig bin und bislang im Gemeinderat nur für das Fischereiwesen zuständig war. Mein Vater war Fischer, und ich fische auch gerne. Jeden Morgen unten am Zoggler-See, eines der Boote dort ist meins. Bevor ich Bürgermeister wurde, habe ich draußen in Lana für eine Speditionsfirma meines Onkels gearbeitet. Ganztags, jetzt helfe ich da nur noch aus. Und …«

»War er schon alt?«, fragte Saltapepe.

»Wer?«

»Ihr Vorgänger.« Saltapepe hatte es sich beruflich längst abgewöhnt, sein Gegenüber ausreden zu lassen. Kaum schweifte jemand ab, ging er dazwischen. Das, so hatte er sich einmal ausgerechnet, ersparte ihm nicht nur Nerven, sondern auch Lebenszeit. Nicht Stunden, sondern Monate – mindestens.

»Nein«, antwortete Kofler. »Gerade mal fünfzig war er. Aber der Stress und der viele Wein, das hat ihn dahingerafft. Einfach umgefallen ist er. Im *Schwarzen Adler*. Am Budl. Mit dem Weinglas in der Hand. Er hat's ausgetrunken, die Augen verdreht, und dann lag er schon auf dem Boden, das zersplitterte Glas neben ihm. Unser Dorfarzt konnte nichts mehr machen. So einen Tod würd ich mir auch wünschen.«

Saltapepe wünschte sich nicht so einen Tod. So ein Tod, an einer Theke, im Schatten der Berge, war das Gegenteil davon, wie er sich sein Ableben vorstellte. Wenn er sterben sollte, dann an der Küste, draußen, im offenen Meer. Rausschwimmen, irgendwann das Ufer nur noch als schmalen Streifen am Horizont wahrnehmen. Loslassen. Warten, bis das Meer einen nicht mehr trägt, bis es einen in die Tiefe zieht, bis man verschwunden ist, da unten, wo die letzten Geheimnisse der Welt lauern.

Verschlungen vom Meer, das war ein Tod! Nicht besoffen verrecken in einem Dorfgasthaus.

»Stress? Welcher Stress?«, fragte Saltapepe.

»Was?«, erwiderte Kofler.

»Welchen Stress der Bürgermeister hatte?«, wiederholte der Ispettore. »Sie sagten, er habe Stress gehabt. Ich frage mich, welchen Stress man hat in so einem Dörfchen am Ende eines Tales, wo es keinen Verkehr gibt, keine Rushhour, keine Hochhäuser, keine verpestete Luft, keine Fabriken – was für einen Stress hat man hier?«

»Die Wilderer«, antwortete Kofler und drehte nervös an seinem Siegelring. »Gegen die hat er sein ganzes Leben lang angekämpft. Früher haben die Leute gewildert, weil sie nicht genug zum Essen hatten, jetzt haben sie genug, aber das Wildern hört nicht auf. Das steckt in uns drin. Dem Bürgermeister waren die Wilderer immer ein Dorn im Auge. Da gab es oft Streit, im Gasthaus. Das hat er sich zu sehr zu Herzen genommen. Ich sag ja immer, das sollen die Jäger und Wilderer unter sich ausmachen. Ich bin Dorfbürgermeister, nicht Waldbürgermeister. Ich muss schauen, dass im Dorf alles in Ordnung ist. Was im Wald passiert, geht mich nichts an.«

Kofler fuhr sich über das Sommersprossengesicht. »Eigentlich habe ich eh nicht viel zu sagen. Schauen Sie, die Gemeinde St. Pankraz, vorne am Taleingang, hat einen eigenen Bürgermeister. Ich bin für St. Walburg, Kuppelwies, St. Nikolaus und St. Gertraud zuständig – theoretisch. Aber da die letzten beiden Dörfer eine eigene Kirchengemeinde bilden und der Pfarrer … na ja, Sie haben ihn ja kennengelernt … deshalb ist dahinten er der Chef. Das war schon bei meinem

Vorgänger und meinem Vorvorgänger so. Das vordere Tal gehört der Politik, das hintere der Kirche. Vorne haben die Leute das Sagen, hinten der liebe Gott. Die aus dem vorderen Tal mögen die aus dem hinteren nicht, die von der Sonnenseite die von der Schattenseite nicht – und umgekehrt.« Erneut bekreuzigte Kofler sich. »So ist das bei uns«, sagte er und zuckte mit den Schultern.

Aus Neapel war Saltapepe es gewohnt, dass die Mächtigen, die Wissenden, nicht unbedingt immer in den Gemeindestuben zu finden waren, sondern in den Palazzi der Bosse. Aber dass ein einfacher Dorfpfarrer ein halbes Tal im Griff hatte und sich einen Bubi als Bürgermeister hielt, das war ihm noch nie untergekommen.

Die Sonne glitzerte durch die Scheiben der Gemeindestube auf Saltapepes Gesicht. Kofler saß im Schatten. Der Ispettore fasste sich an den linken Unterschenkel, um den stechenden Schmerz zu massieren, der von dort aus nun in Richtung Ferse zog. Dann fixierte er den Bürgermeister streng. Er spürte die Unsicherheit seines Gegenübers. Es war die Unsicherheit eines unvorbereiteten Schülers.

»Herr Bürgermeister, wir haben Benedikt Haller gestern vorläufig festgenommen. Er sitzt in Bozen in einer Zelle. Er hat gestanden, will aber keine Details preisgeben.«

»Wahrscheinlich will er sich nicht weiter belasten.«

»Sie glauben also, dass er es war?«

Der Bürgermeister hob die Schultern. »Warum nicht?«

»Erzählen Sie mir von Haller. Was ist das für ein Mensch?«

»Keiner von uns. Der ist zugezogen.«

»Er hat sich einen modernen Glasbau am Rande von St. Gertraud hingestellt. Ich nehme mal an, das wird nicht jedem gepasst haben.«

»Nein, ganz sicher nicht. Aber das Stück Bauland dort gehört dem Unterweger, dagegen konnte niemand was machen. Selbst der Herr Pfarrer war da machtlos.«

»Wem gehörte der Baugrund?«, fragte Saltapepe.

»Dem Unterweger …« Kofler stockte. Er schien zu überlegen, ob und wie er weitersprechen sollte. »Dem Rudolph. Der ist hier aus St. Walburg. Unternehmer. Er wohnt unten, zwischen der Straße und der Falschauer. Der Rudi ist der Einzige, der mit dem Haller zusammensteckt.«

»Was machen die beiden gemeinsam – Haller und dieser Unterweger?«

»Ich …« Wieder stockte er. »Ich weiß es nicht genau. Da müssen Sie sich anderswo umhören.«

»Wo?«

»Na, am besten im *Schwarzen Adler*, wo sonst?«

Saltapepe schmunzelte.

»Warum schmunzeln Sie?«, fragte Kofler irritiert.

»Nur so«, sagte der Ispettore.

Er hatte in dieser Provinz eines gelernt: Wenn man in den Dörfern zum Wesentlichen vorstoßen wollte, dann half es nichts, einfach nur zum Bürgermeister zu gehen, auch nicht zum Dorflehrer oder sonst irgendwohin. Man ging dahin, wo das Leben seinen Kern hatte. In die Bar. Ins Gasthaus. An die wackeligen Kartentische. An die schnapsverklebten Budl. An die verrauchten Kegelbahnen. Da wartete man, schweigend. Und hörte dem Schweigen der anderen zu. Man wartete so lange, bis einer aufhörte zu schweigen. Man wartete, bis der Vernatsch dem ein oder anderen die Zunge lockerte. Das hatte sich der Ispettore von Grauner abgeschaut, und auch wenn er es nie zugeben würde, Grauner hatte recht.

»Kommen Sie, Herr Bürgermeister, ich lade Sie auf einen Kaffee ein.«

»Wie, äh, ja …«

»Im *Schwarzen Adler*. Ich hoffe, der schmeckt da einigermaßen.«

4

»Dr. Rabensteiner, Sie haben mich nicht richtig verstanden. Nicht *ich* erzähle *Ihnen* etwas, ich will, dass *Sie mir* etwas erzählen.«

Der Commissario und der Arzt saßen auf der leeren Tribüne des Meraner Pferderennplatzes. Über dem Dach kreisten krächzend Raben. Es war ein unwirklicher Moment. Wo sonst Trubel herrschte, wo sich die Südtiroler Prominenz, die Möchtegernprominenz und der Provinzadel ein paarmal im Jahr dem Rennplatztrubel hingaben, wo ein paarmal im Jahr Alpenschick auf Ascot-Style traf, Lederhosen auf virtuose Hutkreationen, Chardonnay auf Champagner, Meraner Würstchen auf Lachstatar, da war nun nichts. Hinter den meterhohen Hecken rauschte leise die Stadt. Nur das Rattern einer elektrischen Rasenschere störte die Idylle. Im hintersten Eck der Rennstrecke stutzte ein Gärtner ein Hindernis zurecht.

»Ich mag Pferde«, sagte Dr. Rabensteiner nach einer Weile des Schweigens. »Pferde sind dem Menschen ähnlich. Sensibel. Nach Anerkennung lechzend. Störrisch.«

Der Arzt kramte in der Tasche seiner Lodenjacke und holte eine Zigarre hervor. Er drehte sie, schnüffelte daran, zwackte eines der Enden ab, zückte ein silbernes Feuerzeug, entzündete es, nuckelte und blies den beißenden Rauch aus.

»Wenn alles zusammenpasst, dann wird ein Pferd zum Rennpferd, zum Sieger. Wenn nicht, dann bleibt es ein Nutztier. Von kurzer Lebensdauer. Schlachtvieh. Die einen rennen um den Sieg, die anderen werden als Filetto di Cavallo gereicht. Mit gedünsteten Schalotten serviert, ein Büschel Petersilie obendrauf, ein herrliches Gericht.«

Grauner sog den Duft des frisch geschnittenen Grases ein, in den sich der milde Geruch der brennenden Tabakblätter mischte, der ihm durchaus behagte. Er fragte sich, worauf der Mann hinauswollte. Ob er überhaupt auf etwas hinauswollte. Er beschloss, ihn erst einmal reden zu lassen.

»Mit jungen Menschen ist es wie mit jungen Pferden, Commissario. Wenn in den Jahren der geistigen Verwirrung und körperlichen Verwandlung alles im richtigen Maße zueinander findet, dann wird so ein zartes Geschöpf seinen Platz erobern in diesem herrlichen Chaos, das sich Leben nennt. Wenn nicht ...«

Rabensteiner nahm einen weiteren Zug von seiner Zigarre. Dann begann er einen neuen Satz: »Bei Michael Haller hat vieles nicht zueinander gefunden. Sie müssen wissen, Commissario, er leidet an einer höchst interessanten Variante einer Persönlichkeitsstörung an der Grenze zum Borderline-Syndrom. Sie enthält schizoide Merkmale und soziale Phobien, jedoch ohne die für das Alter symptomatischen autoaggressiven Verhaltensmuster. Ein von mir neu entwickeltes und in Wissenschaftskreisen hochgelobtes Störungsmodell hat ergeben: Die Bipolarität drückt sich bei ihm vielmehr in Aggressionsverhalten gegenüber Dritten aus.«

Grauner verlor langsam die Geduld. »Herr Rabensteiner, kommen Sie zum Punkt. Und sprechen Sie so, dass es auch ein Laie versteht.«

Der Arzt räusperte sich, er hatte auf diesen Einwand nur gewartet. Warum, dachte Grauner, wimmelte es um ihn herum nur so vor Narzissten. Die schlimmsten unter ihnen waren jene, die in jeden fünften Satz, den sie äußerten, ein »Sie müssen wissen« oder ein »Nun, es ist tatsächlich so« einstreuten.

»Nun, es ist tatsächlich so«, fuhr Rabensteiner fort, »dass in der Gefühlswelt dieses Jungen einiges aus dem Gleichgewicht geraten ist. Michael Haller hat die Kontrolle über seine Emotionen verloren. Er liebt zu sehr. Er hasst zu intensiv. Er will einerseits festhalten, was ihm entgleitet, deshalb beißt er, kratzt, reißt. Er entwickelt andererseits überbordende Abneigungen, die auch in Gewaltausbrüchen münden können. Faszinierend, nicht wahr?«

Grauner sagte nichts.

»Sagen Sie, Commissario, wie hat Michael das Opfer, ich meine, oder nein, lassen Sie mich raten ...«

Dem Raten wollte Grauner zuvorkommen: »Sie haben schon wieder etwas falsch verstanden, Herr Rabensteiner. Ich hatte eingangs gesagt, dass Ihr Patient des Mordes verdächtigt wird. Nicht, dass er gemordet hat.«

Für einen Moment glaubte Grauner Enttäuschung in den Gesichtszügen des Arztes zu erkennen.

»Diese Persönlichkeitsstörung des Jungen, wie kam es dazu, wo rührt sie her?« Er hoffte inständig, das Gespräch endgültig dorthin verlagern zu können, wo er es haben wollte. Gleichzeitig wunderte er sich darüber, wie unbekümmert der Arzt Auskunft über einen seiner Patienten gab.

»Vererbung? Familiäres Umfeld? Vater Alkoholiker? Mutter depressiv? Oder umgekehrt. Oder alles ganz anders«, antwortete Rabensteiner. »Offen und ehrlich: Das kann man nie ganz genau sagen. Die Psychotherapie ist da, wie so viele

Bereiche der Wissenschaft, aber auch der feinen Künste, Moden unterworfen. Zurzeit total *en vogue*: Gene! Gene! Gene! Die Gene sind an allem schuld. Trenne ich Ihnen mit der Elektroschere den Hals durch«, der Arzt zeigte auf den Gärtner, »war nicht ich das, sondern die bösen Gene, die mir mein böser, böser Ururgroßvater vererbt hat. Nein«, Rabensteiner schüttelte den Kopf, »bei solch einer komplexen Störung ist es schwierig, die genaue Ursache zu ermitteln. Klar, der Junge wurde als Sohn eines weltenbummelnden Stararchitekten ständig aus seinem vertrauten Umfeld gerissen. Und klar, Benedikt Haller ist einer, der aufs Ganze geht. Ich kannte ihn bereits, da war sein Sohn noch nicht mein Patient. Bei einem wie Haller ist neben Haller nicht mehr viel Platz. Weder für einen Sohn noch für eine Frau. Zumindest, bis …«

Der Arzt stockte.

»Bis …?«, hakte Grauner nach.

»Herr Commissario, Sie haben das alles nicht von mir, und das, was ich Ihnen gleich sage, auch nicht.« Rabensteiner machte eine Handbewegung vor dem Gesicht wie ein Zauberer, der einen Geldschein vor den Augen des Saales verschwinden lässt.

»Benedikt ist krank. Krebs. Niemand außer mir und seinen Ärzten weiß davon.«

Konnte das der Grund sein, warum er nicht nach Berlin, sondern ins Ultental gezogen war? Grauner überlegte, was diese wichtige Information zu bedeuten hatte, doch er kam zu keinem Ergebnis. Seine Gedanken kreisten wieder um Michael.

»Was hat das Tal mit dem Jungen gemacht, Herr Rabensteiner?«

»Es sind nicht die Täler, die etwas mit einem machen.

Nicht die Städte, nicht die Dörfer. Es sind die Menschen.« Rabensteiner hatte schnell geantwortet und zog erneut an der Zigarre. »Michael ist mit einem Stigma behaftet. Er ist der Beißer, der Kratzer. Er ist der, der Mädchen die Haare ausreißt. Er ist der, der an Kreuzungen plötzlich in sich zusammengekauert zu wimmern beginnt und der sich hinter Bäumen versteckt. Der zu schreien beginnt wie ein Hahn, zu Heulen wie ein Wolf. Der des Nachts herumschleicht, weil er nicht schlafen kann. Das alles ist ein wenig besser geworden, seitdem er im Ultental am Rande des Dorfes lebt. Aber das Stigma ist geblieben.«

Grauner schaute auf den Rennplatz, Rabensteiners Pferde waren aus dem Stall geführt worden und trabten den Zieleinlauf entlang. Erst gemächlich, dann immer schneller. Die Jockeys ließen ihre Peitschen knallen, dann drosselten sie das Tempo wieder.

»Gibt es etwas Schöneres?«, sagte Rabensteiner und breitete die Arme aus. »Diese Eleganz! Diese Formvollendung! Diese Pferde sind die Krönung der Schöpfung. Stark. Schön. Über jeden Zweifel erhaben. Dagegen sind wir Menschen verunglückte Abfallprodukte.«

Der Commissario stand auf, reichte dem Arzt die Hand und ging die Tribünentreppe hinunter, rüber zum Parkplatz. Er öffnete die Tür des Panda, die knallte gegen den Maserati. Er machte den Motor an und fuhr davon.

5

Grauner traute seinen Augen nicht. War das sein neapolitanischer Kollege, der niemals freiwillig einen Fuß in ein Südtiroler Wirtshaus setzte? Saltapepe saß da, die Espressotasse in der einen Hand, die Salzburger Spielkarten in der anderen, so als ob er sein ganzes Leben lang nie etwas anderes gemacht hätte. Als ob er der Dorfpolizist von St. Gertraud wäre, der vormittags im *Schwarzen Adler* eine Runde Watten spielte, nachmittags zwei, drei Strafzettel hinter die Scheibenwischer der Autos der Wanderer heftete und nach Feierabend am Budl noch ein Glas Rotwein trank.

Neben Saltapepe saß der junge Bürgermeister, der Ispettore ließ ihn in die Karten schauen.

Grauner ging zu ihnen hin. »Claudio?«

Saltapepe reagierte nicht. Er schaute zum Bürgermeister, zeigte auf eine der Karten. Kofler nickte. Der Ispettore spielte die Karte aus und machte den Stich.

»Claudio! Kommst du?« Grauner hatte den hintersten Tisch des Gasthauses freiräumen lassen, um dort eine Lagebesprechung abzuhalten. Sovrintendente Marché war bereits da.

»Ispettore!«

»Subito, Grauner, ich komme gleich. Ich muss nur noch …« Er warf seine letzte Karte auf den Stapel. Die drei Mitspieler um ihn herum, ältere Männer mit furchigen Gesichtern, verzogen keine Miene. Nur im Blinzeln ihrer Augen war eine feine Spur respektvoller Überraschung zu entdecken. Der junge Bürgermeister klopfte Saltapepe sanft auf die Schulter.

»Gut gemacht, Herr Inspektor.«

Saltapepe und sein Gegenüber hatten die vorgeschriebenen achtzehn Punkte erreicht und das Spiel damit gewonnen.

»Was, wie …«, stammelte Grauner, als Saltapepe sich erhoben hatte und sich an ihm vorbei in die Richtung des Ermittlertisches bewegte.

»Grauner«, sagte der Ispettore. »Man muss eins werden mit den Leuten im Dorf. Ihre Sprache sprechen. Ihren Kaffee trinken, ihre Kartenspiele spielen. Dann kriegt man auch das eine oder andere aus ihnen heraus.« Saltapepes Grinsen reichte von Ohrläppchen zu Ohrläppchen. »Vieni, lass uns anfangen, es gibt Neuigkeiten.«

Belli war inzwischen ebenfalls eingetroffen. Der Staatsanwalt sah sich mit skeptischem Blick im Gasthaus um, den Mantel behielt er an. Es gab eine Neuigkeit aus dem Labor. Das Wischtuch aus Hallers Küche war untersucht worden, die dunklen Flecken waren tatsächlich menschliches Blut. Maries Blutgruppe. Aber auch die Blutgruppe von Benedikt und Michael Haller. Das Blut sollte nun einem DNA-Test unterzogen und mit der DNA von Vater, Sohn und der Leiche abgeglichen werden – doch das konnte dauern.

Weiherer war noch im Wald, er wollte gleich dazukommen. Die Ermittlerrunde hatte sich vom Wirt Speckbrote auftischen lassen und eine klare Fleischsuppe mit Meraner Würstchen.

»Wie?«, fragte Saltapepe, »habt ihr Südtiroler, während ich weg war, das Mittagessen noch weiter vorverlegt?«

Nun war es Grauner, der schmunzelte. Seit sie sich kannten, stritt er mit dem Ispettore darüber, um welche Zeit man mittags zu Tisch zu sitzen hatte. Um Punkt zwölf, wie es der Tiroler bevorzugte, oder all'Italiana, niemals vor eins.

»Claudio, um das mit dem Essen zu verstehen, braucht es halt mehr, als eine halbe Stunde die Wattkarten in der Hand zu halten. Das ist doch kein Mittagessen.« Grauner zeigte auf die dampfende Suppe und die Brote. »Das ist ein Halbmittag.«

Belli hatte bereits ein halbes Dutzend Würstchenstücke in sich hineingelöffelt und eröffnete mit vollem Mund: »Ho, wasch schibt esch schonscht nosch Neuesch?«

Grauner erzählte von seiner Begegnung mit Michaels Psychotherapeuten. Er konnte sich zwar nicht mehr daran erinnern, was genau er sich vom Gespräch mit Rabensteiner erhofft hatte, aber auf jeden Fall war es wenig aufschlussreich verlaufen.

Nur eine Sache war ihm die gesamte Fahrt über vom Pferderennplatz bis nach St. Gertraud nicht aus dem Kopf gegangen: Warum hatte Rabensteiner so offen und unverblümt über Michael und seinen Vater Auskunft gegeben? So als ob es sich um eine harmlose Gasthaustratscherei handelte? Grauner hatte die Erfahrung gemacht, dass mancher zur Schweigepflicht verdammte Mediziner oder Geistliche im Angesicht eines Polizisten unsicher wurde, nichts falsch machen wollte und dabei alles falsch machte; ausplauderte, was ihm weltliches Gesetz und göttliches Beichtgeheimnis auszuplaudern verboten.

Aber doch nicht einer wie Rabensteiner. Der hatte einen Ruf zu verlieren. Der war mit allen Wassern sämtlicher Südtiroler Gletscherbäche gewaschen. Es gab nur zwei Möglichkeiten: Entweder war das alles nur Fassade und dahinter verbarg sich ein Tollpatsch. Oder er hatte so viel geplaudert, um zu vertuschen, dass er Wesentliches für sich behielt.

Saltapepes Stimme drang in Grauners Gedanken. Er schilderte den Besuch bei Kofler, und kurz drehten sich alle zum Kartentisch um, wo dieser immer noch saß. Der Ispettore skizzierte die Machtverhältnisse im Dorf, die Übermacht des Pfarrers, die Unterwürfigkeit des Bürgermeisterneulings. Er erzählte vom plötzlichen Tod des alten Bürgermeisters und dessen ewigem Kampf gegen die Wilderer.

»Einfach umgefallen«, sagte Grauner.

»Ja«, sagte Saltapepe, »so behauptet es Kofler zumindest.« Dann erzählte der Ispettore von der Freundschaft Benedikt Hallers mit einem Sägewerkbesitzer namens Rudolph Unterweger.

»Warum sind die befreundet? Wie kam es dazu?«, fragte Grauner.

»Der Bürgermeister wusste es nicht. Aber beim Kartenspielen habe ich mich diesbezüglich umgehört.« Saltapepe deutete erneut rüber zum Tisch.

Die Kartenspieler lugten verstohlen zurück.

»Dieser Unterweger soll angeblich so ein altes Hotel im Wald gekauft haben. Mitterbad. Weiter vorne im Tal, bei St. Pankraz. Das soll früher ein Kurbad gewesen sein, heute aber ist es verfallen. Gemeinsam mit Haller, so sagen die Kartenspieler, will Unterweger es neu aufbauen.«

Das war interessant, dachte Grauner. Aber zwei Dinge waren wichtiger. Viel wichtiger. Die Tatwaffe. Und der Tatort. Ohne den Fund einer Tatwaffe sank die Aufklärungsquote rapide, ohne die Spuren am Ort des Geschehens ebenso. Das hatte er als junger Poliziotto auf der Polizeischule gelernt, und dass es stimmte, hatte er im Laufe seiner Karriere oft erfahren müssen.

»Wir brauchen dringend die Waffe«, sagte Grauner verdrossen.

Saltapepe räusperte sich. »Ich habe die Kartenspieler auch dazu befragt.«

Grauner bekam dieses Bild von vorhin einfach nicht aus dem Kopf: Saltapepe mit seinen überteuerten Dolce-&-Gabbana-Sneakers und dem vielen Gel in den Haaren und die Einheimischen mit blauem Tiroler Schurz und Jägerhut gemeinsam am Kartentisch.

»Ich habe zwar nicht alles verstanden«, fuhr der Ispettore unbeirrt fort, »aber: Fast jeder im Tal hat Flinten und Büchsen zu Hause. Fast jeder ist Jäger. Oder Wilderer. Oder beides. Auch Maries Vater.«

»Fast alle sind Jäger oder Wilderer«, sprach Grauner vor sich hin. Das stimmte – und machte alles noch komplizierter. An wie vielen Jacken, an wie vielen Händen mochten Schmauchspuren zu finden sein?

Saltapepe lehnte sich nach vorne und senkte die Stimme. »Heute Vormittag sei einer im Gasthaus gewesen, sagen die Männer. Der habe etwas gesehen. Gestern, im Vorbeifahren, in aller Früh, so gegen sechs, am Zoggler-See. Da habe eine Person gestanden. Ganz vorne am Staudamm. Dort, wo das Wasser tief ist. Die Person habe etwas reingeworfen in den See. Das könnte ein Gewehr gewesen sein. Der Zeuge habe die Gestalt in der Dämmerung und im Nebel jedoch nicht erkennen können.«

»Wie heißt der Mann, der das beobachtet hat?«, fragte Grauner.

»Morandell. Peter Morandell«, antwortete Saltapepe.

»Wir brauchen diesen Mann. Marché, such den! Der muss sich an irgendwelche Details erinnern. Wie sah die Gestalt aus? Groß? Dick? Klein? Dünn? Irgendwas!«

Die Augen des Sovrintendente leuchteten. Der Commissario wandte sich an Belli. Der Staatsanwalt wischte sich grade einen Suppentropfen vom Kinn.

»Bekommen wir eine Taucherstaffel?«

Belli schaute irritiert. »Die müssten wir erst aus La Spezia anfordern.«

»Das dauert zu lange«, sagte Grauner. »Wir könnten jedoch die Taucher der Berufsfeuerwehr von Bozen herbeiordern.«

»Außerdem müssten wir die Turbinen des Wasserkraftwerks abschalten lassen«, gab Belli weiter zu bedenken, ohne auf den Vorschlag einzugehen, »ansonsten ist das Tauchen am Damm wegen der Sogwirkung verboten. Wissen Sie, was das kostet, die Turbinen abzuschalten, Grauner?«

Der Commissario interpretierte die Frage des Staatsanwalts als rhetorisch und erwiderte nichts; er schaute Belli nur aufmerksam an.

»Meinetwegen«, sagte dieser schließlich.

Grauner ahnte, was sein Vorgesetzter in dem Moment dachte: Ein Geständnis ist gut. Aber ein Geständnis und eine aus dem See gefischte Tatwaffe sind noch viel, viel besser.

»Wie lange wird das dauern?«, fragte Grauner.

Marché antwortete anstelle von Belli: »Die Taucher der Feuerwehr könnten in anderthalb Stunden hier sein und in den See gehen. Vorausgesetzt, wir können den Ort, an dem dieser Morandell jemanden gesehen haben will, einigermaßen eingrenzen.«

»Das ist gut«, sagte Grauner. »Aber das reicht mir nicht.«

»Was willst du machen?«, fragte Saltapepe.

Grauner schloss die Augen und schwieg. Seine Leute kannten ihn mittlerweile. Keiner fragte nach. Keiner unterbrach die Stille, bis der Commissario es schließlich selbst tat.

»Alle sind Jäger oder Wilderer. Auch Maries Vater«, sagte er erneut. Jeder Jäger hatte eine Schrotflinte für die Feldhasen, Füchse und das Federwild, und jeder hatte eine Büchse für Gamswild, Rotwild, Rehwild. Er öffnete die Augen. »Wenn dem so ist, dann müssen wir das Gewehr gar nicht finden. Wir müssen nur den finden, dem eines fehlt.«

Grauner schaute erneut zu Marché. Der nickte. Die Waffen der Jäger waren bei der jeweils zuständigen Carabinieri-Station registriert. Wenn man die Denuncie di Armi besorgte, konnte man diese mit den Waffenschränken der aufgelisteten Personen abgleichen.

»Okay, aber dafür brauche ich einen Verbale, sonst rücken die Carabinieri damit nicht raus.« Marché wusste ebenso wie Grauner, dass die Carabinieri nur auf Geheiß von oben kooperieren würden. Sie waren zudem sicher beleidigt, dass Belli die Ermittlungen der Polizia di Stato zugewiesen hatte.

Grauner und Marché schauten gespannt zum Staatsanwalt. Der nickte zögerlich.

Grauners Anspannung löste sich, auch wenn damit noch nicht alle Hürden beseitigt waren. Polizei und Carabinieri waren zwar jederzeit berechtigt, ohne besonderen Grund die Waffenschränke der Jäger zu konsultieren, trotzdem rechnete er mit Protest. Kein Jäger ließ gerne einen Fremden ins Haus. Schon gar keinen Polizisten. Was, wenn der Polizist auf die Idee käme, die an der Wand hängenden Hirschgeweihe zu zählen? Was, wenn der sich ausrechnete, dass da mehr Geweihe hingen, als es zum Abschuss freigegebene Hirsche gab? Was, wenn sich mehr als nur die registrierten Waffen finden ließen? Grauner war klar, es würde zäh werden.

Der Commissario wollte die Runde gerade auflösen, als sich der Chef der Spurensicherung an den am Budl stehenden Männern vorbei nach hinten drängte. Marché rutschte tiefer in die Eckbank hinein. Weiherer ließ sich wortlos neben ihn plumpsen, sein hochroter Kopf verriet seine Laune. Ohne zu grüßen, polterte er los. Seine Stimme klang vorwurfsvoll, Grauner fragte sich, gegen wen der Vorwurf gerichtet war. Schließlich war *er* nicht schuld daran, dass sie einen Mord aufzuklären hatten.

»Wir sind seit sechs Uhr morgens im Wald unterwegs. Auch mit Spürhunden.« Weiherer knallte die aktuelle Ausgabe des *Kurier* auf den Tisch. »Das halbe Dorf schleicht durch die Wälder! Beeren sammeln, sagte einer, den wir erwischten. Beeren sammeln! Ende März! Ich mag ein Stadtmensch sein, aber so einen Blödsinn lasse ich mir nicht erzählen! Die sind neugierig. Die suchen nach dem Tatort. Die suchen nach Beweisen, dass Michael Haller es war. Da herrscht Lynchstimmung.«

Dem Anfang von Weiherers Ausführungen war Grauner noch gefolgt. Doch dann war es, als legte sich Watte über seine Ohren, er hörte die Stimme nur noch dumpf und wie aus weiter Ferne. Es war, als würden alle seine Sinne in den Sparmodus verfallen, um einen Teil ihrer Energie den Augen zukommen zu lassen, die in diesem Moment alle Kraft benötigten.

Grauner verengte sie zu Schlitzen. Zwischen dem Staatsanwalt und Saltapepe schaute er hindurch, rüber zum Budl, wo sich rund zwei Dutzend Männer aus dem Dorf versammelt hatten. Die Kirchenglocken hatten noch nicht geläutet, es musste kurz vor zwölf sein. Zeit, einen zweiten Schwarzen zu bestellen, ein Glas Weißburgunder, damit das Mittagessen, die Knödel, die Hauswurst mit Kraut, die Gerstsuppe, gleich noch besser schmeckte.

Die einzelnen polternden Stimmen vermischten sich zu einem Gewirr, die sich drehenden und wendenden Köpfe verschwammen, das Gestikulieren der Hände und Arme nahm der Commissario wie in Zeitlupe wahr. Nur zwei Gesichter sah er ganz klar.

Inmitten der Menge stand Charly Weinreich. Der Reporter vom *Kurier*. Neben ihm einer der Männer aus dem Dorf, eine matt schimmernde Perlenkette in der Hand. Er hielt sie in die Höhe. Weinselig, stolz.

Im Nu war es, als würde die Watte von Grauners Ohren genommen. Und er vernahm des Mannes Stimme: »Da, Wirt, schau was ich im Wald gefunden habe! Bring uns ein paar Flaschln! Ich zahl eine Runde für alle! Komm, Schreiberling, lass uns auf meinen Fund anstoßen! Danach darfst du auch noch ein paar Fotos von mir machen.«

Im Nachhinein konnte Grauner sich nicht mehr daran erinnern, wie er so schnell an den Budl gelangt war. War er tatsächlich über den Tisch gesprungen? Hatte er Belli einfach so beiseite geschoben? Er hatte Charly an der Gurgel gepackt und dem Mann neben dem Reporter die Kette aus der Hand gerissen.

»Her damit! Das darf doch nicht …«

Die Kette riss. Saltapepe zog Grauner mit aller Kraft zurück. Weinreich war vor Schreck ganz bleich geworden. Alle Gespräche waren plötzlich verstummt. Keiner bewegte sich. Nur das leise Surren der Spülmaschine war noch zu hören. Und das Rollen der Perlen über den alten Holzboden.

Grauner schnaufte. Schweißbächlein liefen ihm über den

Hals in den Kragen. Er bückte sich, hob zwei Perlen auf und hielt sie dem Mann neben Weinreich hin.

»Wo hast du die gefunden!« Das war keine Frage. Das war eine Aufforderung, ein Befehl, zu antworten.

Der Mann schaute erschrocken, er zog den Kopf ein.

»Sag mir, wo du die gefunden hast, oder es tuscht!«

Doch der Mann hatte den anfänglichen Schreck offenbar schnell überwunden. Er blickte jetzt trotzig und richtete sich zur vollen Größe auf.

Grauner war bewusst, dass dies nicht geschehen durfte. Es galt, die Oberhand zu bewahren. Er hatte sich weit vorgewagt, er hatte im Gasthaus inmitten der Männer aus dem Dorf einen Machtkampf herausgefordert. Alle schauten auf ihn. Sie starrten ihn an. Es galt, diesen Kampf zu gewinnen. Sonst wäre der Respekt verloren. Der Fall verloren. Das Dorf gegen ihn. Er spürte, dass er zu lange zögerte.

»Sag ihm, wo du die Kette her hast! Sofort!«

Ruckartig drehten sich alle Männer im Gasthaus zur Tür hin. Sie stand offen. Der Wind wischte etwas Erde und ein paar Ahornblätter über die Schwelle. Niemand hatte den Pfarrer eintreten sehen. Die Männer hielten respektvoll Abstand. Er sagte nichts mehr, blickte bloß in die Runde. Der Blick besagte: Das ist mein Dorf, das sind meine Männer. Wenn ich will, dann schweigen sie. Wenn ich will, dann reden sie. Ohne mich könnt ihr ermitteln, so lange ihr wollt. Aber ohne mich ermittelt ihr ins Leere.

»Oben«, sagte der Mann. »Weiter oben im Wald. In der Nähe einer Lichtung. Da habe ich sie gefunden. Heute früh.«

6

An den Lärchen standen Kerzen. Sie hatten gebrannt, rund um den Docht war das Wachs geschmolzen. Nun waren sie erloschen. Hinter dem Fundort der Leiche führte ein schmaler Pfad in den Wald hinein. Der Mann aus dem Gasthaus war vorangegangen, Grauner, Saltapepe, Belli, Weiherer, zwei Männer von der Spurensicherung und zwei Polizisten wanderten hinterher. Sie kamen an der Stelle vorbei, wo Weiherers Leute die Schmuckstücke entdeckt hatten.

Der Pfad verzweigte sich mehrere Male, das Gestrüpp wurde dichter, steil abfallende Felsspalten und meterhohe Steinbrocken erschwerten das Vorankommen. Wer sich hier nicht auskannte, verlor bald die Orientierung. Der Wald erwachte dieser Tage aus dem Winterschlaf, Grauner spürte, wie das Gebüsch um ihn herum zu leben begann. Blätter raschelten, Knospen platzten, Vögel zwitscherten. Immer noch schwirrte ihm ein Gedanke vom Vortag durch den Kopf: Warum hatte der Täter die Leiche des Mädchens durch den Wald geschleppt, um sie an die Lärchen zu legen? Er fand keine Antwort.

Marché und einige Polizisten hatten die Perlen im Gasthaus zusammengesammelt und waren an den Lärchen zurückgeblieben. Sie sollten sicherstellen, dass niemand aus dem Dorf der Gruppe zum vermeintlichen Tatort folgte. Auch Charly Weinreich nicht.

»Vor allem Charly nicht«, hatte Grauner dem Sovrintendente eingebläut. Die Perlen wurden indes nach Bozen gebracht. Auch sie sollten untersucht werden. Eine Streife war unterwegs zur Wohnung von diesem Morandell, um dessen

Zeugenaussage zu Protokoll zu nehmen und sich die genaue Stelle am See zeigen zu lassen.

Nach einer knappen halben Stunde hatten Grauner und der Rest der Truppe die Lichtung erreicht. Am Rande einer Wiese ragte eine Felswand empor. Über die obere Kante sprudelten Gletschertropfen, nicht in einem Strom wie bei einem Wasserfall, mehr wie bei einem Sprühregen. Grauner legte die Hand auf das moosbewachsene, feuchte Gestein.

Der Mann aus dem Gasthaus zeigte auf eine Stelle am Waldrand. »Dort«, sagte er. »Dort, ein Stück weiter rein, unter den Bäumen, da lag die Kette.«

Weiherer und seine Männer waren bereits in ihre weißen Schutzanzüge geschlüpft. Saltapepe, Belli und die beiden Polizisten standen etwas unbeholfen am Rande des Felsens. Der Finder der Kette trat von einem Bein auf das andere. Grauner sah, dass die Lippen des Mannes vor Nervosität zitterten.

»Haben Sie noch etwas gefunden?« Instinktiv war er vom Gasthaus-*Du* zum Ermittler-*Sie* gewechselt.

Grauner schaute ihm tief in die Augen. Der Mann senkte den Blick. Das hier war nicht mehr sein Gebiet. Er war umgeben von Ermittlern.

»Eine Waffe vielleicht? Eine Patronenhülse? Weiteren Schmuck?«

Der Mann schaute kurz auf. »Blätter.«

»Was?«

»Papier.«

»Was für Papier?«

»Boh«, sagte der Mann. »Ich weiß auch gar nicht, ob die Blätter was mit der ganzen Sache zu tun haben. Sie lagen am unteren Rand der Wiese. Sie hatten sich in einem Busch verfangen.«

»Was haben Sie damit gemacht?«, fragte Grauner drängend.

»Ich habe sie mit nach Hause genommen und in die Holzkiste gelegt. Zum alten Zeitungspapier. Zum *Kurier*. Ich brauche immer ein bisschen Papier, um den Ofen einzuheizen. Damit die Holzscheite anfangen zu brennen. Noch ist es kalt in der Nacht …«

Grauners Gesichtszüge erstarrten.

»Was stand auf dem Papier?«

Erneut presste der Mann ein »Boh« hervor, das im Südtirolerischen so viel hieß wie: Keine Ahnung! Lass mich doch in Ruhe mit deinen Fragen! »Irgendein Gekritzel.«

»Sie haben es bereits verbr…«

»Ich weiß es nicht.« Der Mann wirkte jetzt kleinlaut. Ihm wurde langsam bewusst, dass er eventuell wichtiges Beweismaterial in den Händen gehalten hatte. »Meine Frau heizt immer ein.«

»Wann macht sie für gewöhnlich Feuer?«

Der Mann schaute auf die Uhr. »Nach dem Mittagessen, also, äh … jetzt.«

Grauner drehte sich um und pfiff die Polizisten heran. »Nehmen Sie den mit! Bringen Sie ihn nach Hause! Retten Sie mir diese Papiere, bevor seine Frau sie verbrennt!«

Nach wenigen Sekunden waren die Polizisten mit dem Mann zwischen den Bäumen verschwunden.

»Meine Herren!« Der Chef der Scientifica winkte die Runde zu sich heran und zeigte auf den Boden vor sich. Die Erde war mit Fußspuren übersät. Ein Teil des platt gedrückten Grases war dunkel eingefärbt. »Meine Herren!«, sagte Weiherer noch einmal. »Ich glaube, wir haben gefunden, wonach wir gesucht haben. Dieser Ort ist nun mein Gebiet.

Lasst uns arbeiten. Heute Abend hoffe ich, erste Ergebnisse präsentieren zu können.«

Grauner klatschte in die Hände. »Ja, lasst uns ins Dorf gehen. Es gibt einiges zu tun.«

7

Der *Schwarze Adler* war fast leer, als sie dorthin zurückkehrten. Die Männer waren daheim beim Mittagessen oder hatten es bereits hinter sich und ruhten auf den Ofenbänken, bevor am frühen Nachmittag die Arbeit auf den Feldern weiterging. Nur der Bürgermeister saß mit den Kartenspielern noch am Tisch, in eine Partie vertieft. Und der Pfarrer saß etwas abseits, alleine. Er trank ein Glas Roten.

Grauner, Saltapepe, Marché und Staatsanwalt Belli standen am Budl. Kurz hatte der Commissario überlegt, den Pfarrer und den Bürgermeister wegzuschicken, aber dann entschied er sich anders. Du kannst nicht gegen das Dorf, gegen die Leute arbeiten, sagte er sich. Du musst sie zum Reden bringen, du musst ihnen in die Augen schauen, sie erzählen lassen, zuhören. Du musst diese Mauer des Schweigens durchbrechen – oder zumindest schauen, dass sie nicht noch massiver und höher wird.

Der Wirt hatte sich an der Kaffeemaschine zu schaffen gemacht. Die Maschine zischte und gurgelte. Saltapepe beobachtete kritisch jeden der Handgriffe. Dann brachte der Hausherr die Espressi an den Tisch und setzte sich dazu.

Es waren kaum zwei Minuten vergangen, da kamen die Kollegen herein, die den Finder der Perlenkette nach Hause begleitet hatten. Grauner versuchte, etwas aus ihren Gesichtern herauszulesen, aber die Züge verrieten nichts.

»Sagt nicht, dass die Papiere bereits im Ofen gelandet sind?« Grauners Frage klang wie eine Drohung.

Einer der beiden holte drei Plastikhüllen hervor. In den ersten beiden lag je ein Blatt. Altes, festes Papier. Rostgelb. In der dritten lag ein angekohlter Streifen.

Grauner wischte mit dem Ärmel den Budl sauber, dann legte er die Hüllen darauf. Als Erstes beugte er sich über das Papier, das schon in den Flammen gelegen hatte. Auf dem Streifen waren nur noch Wortfetzen zu sehen. Er wendete sich den beiden anderen Schriftstücken zu.

Die Zeilen waren schwer lesbar. Das Papier war von der Walderde braun gefleckt und die Tinte an manchen Stellen etwas verlaufen. Grauner erinnerte sich an Hallers Schrift auf dem Geständnis. Es war eine völlig andere. Viel runder. Geschwungener. Diese Zeilen hier stammten wohl von einer älteren Person. So krakelig schrieb heute kein Mensch mehr. Außerdem waren sie mit schwarzer Tinte verfasst. Grauner hatte in der Schule noch mit Tinte geschrieben, seine Tochter Sara schrieb nur noch mit Kugelschreiber oder auf dem Computer.

Langsam, stockend und mit unsicherer Stimme begann der Commissario die Zeilen laut vorzulesen.

Inbrünstige Sehnsucht, Riesenkraft, sie hat mich wieder. Ein unbeschreiblich reines, ein unverhofftes Herzensglück ist mir geschehen. Bislang habe ich nur unter Dämonen, Kobolden, tiefen Unholden und erkenntnisstummen Gespenstern Freunde gehabt. Hier nun schloss ich neue Bekanntschaften. Mit einem Bauersmädchen und einem Bauersjungen, beide vom Dorfe. Dieses Thal, es macht etwas mit mir. Die Wonnen der Gewöhnlichkeit umschlingen mich. Sie gießen Ströme von Gefühl und Wärme durch meine Adern! Ich lasse es geschehen.

Ich habe einen Gipfel erklommen – – – eine veritable Gletscherpatie – – – ich atme die Höhenluft – – – frisch, rein, aromatisch – – –

»Was ist das für kitschiges Gefasel?«, sagte Saltapepe, als der Commissario das erste Blatt beiseite legte. »So schreibt doch kein normaler Mensch.«

Grauner ignorierte ihn und schaute gespannt auf das zweite Schriftstück. Rechts oben war ein Datum gekritzelt. Grauner versuchte, es zu entziffern. Die erste Zahl sah aus wie eine Sieben. Oder war es eine Eins? Siebter September. Oder erster September. Ja, erster September! Die römische *IX* für den Monat war klar zu erkennen. Erneut las Grauner wie in Zeitlupe, von Wort zu Wort stolpernd.

Mitt – – bad bei Meran d. 1. IX. 19–1

Des Nachts in Schweiß gebadet wach gelegen. Mit zitterndem Leib und rasendem Herzen. Wann zuletzt mein eigenes ICH so gespürt? Welch' entsetzlicher That habe ich beigewohnt! – – – Gott, Hans, mein Hans, was hast Du – – – ? – – – für Dich

Ich wand mich im Laken bis zum Morgengrauen. Still war es. Nur das Rauschen des Sturzbaches – – – Wie soll ich auch schlafen – – –

Grauner las das Geschriebene mehrmals. Er konnte sich keinen Reim darauf machen. Was sollte diese komische Rechtschreibung? Wer war dieser Hans? Der Täter? Ein Freund des Täters? Ein Freund des Opfers? Was hatte er getan?

»Recherchiert, ob es einen Hans in diesem Tal gibt. Ich will eine Liste mit Namen und Adressen«, befahl Grauner. »Vergleicht außerdem diese Schrift mit den Schriften von Personen im Umkreis des Opfers, die ihr auftreiben könnt. Das Schriftbild scheint mir nicht aus heutiger Zeit, aber wer weiß …«

Saltapepe hatte recht. So kitschig, schwülstig, altmodisch schrieb kein Mensch mehr. Waren die Zeilen tatsächlich alt? Vor langer Zeit verfasst? Sie könnten aus einem Tagebuch stammen. Das nur halb leserliche Datum sprach schon mal nicht dafür, dass sie von Michael Haller stammten. *19–1.* Welches Jahr konnte gemeint sein? Grauner murmelte.

»Mitten… – Mittel… – Mitter…«

Hatte er das irgendwo gelesen? Hatte irgendjemand davon gesprochen? Dann plötzlich lichtete sich der Nebel.

»Mitterbad! Saltapepe, hast du nicht davon gesprochen?«

Der Ispettore blätterte in seinen Notizen. »Ja, Mitterbad, so hieß das alte Hotel, von dem die Kartenspieler erzählten. Das Hotel, das Haller und dieser Unterweger neu aufbauen wollen.«

»Dieser Tagebucheintrag, oder was auch immer das ist, wurde in diesem Hotel geschrieben«, schlussfolgerte Grauner. Er schaute sich im Gasthaus um und rief den Bürgermeister heran. Auch den Pfarrer und den Wirt bat er an den Budl, ohne ihnen die Schriftstücke zu zeigen. Die restlichen Kartenspieler geleitete Saltapepe zur Tür. Grauner schaute auffordernd in die Runde: »Mitterbad. Was ist mit diesem Mitterbad?«

Bürgermeister Kofler hielt den Kopf gesenkt. Auch der Pfarrer machte keine Anstalten, zu antworten. Grauner schaute dem Wirt in die Augen. Der schien froh, erzählen zu dürfen.

»Unser Tal, das Ultental«, begann er Speckbrot kauend, »war einst das Tal der Bäder. Das Tal des Wassers und der Gesundheit. Alle kamen sie, um sich von ihren Wehwehchen kurieren zu lassen: Otto von Bismarck, Sigmund Freud, Franz Kafka, der Maler Franz von Defregger, die Gebrüder Thomas und Heinrich Mann, die Königinnen von Belgien und Hohenzollern, Thronfolger Franz Ferdinand, selbst der Kaiserin Sissi wurde es bei ihren Besuchen draußen in Meran irgendwann zu hektisch und überlaufen – deshalb kam sie zu uns.«

Der Wirt strahlte.

»Vierundsiebzig Heilbäder hat es in der zweiten Hälfte des 19. Jahrhunderts in ganz Südtirol gegeben, viele davon im Ultental – die Ultner Badln. Die Tradition reicht bis ins Mittelalter. Das schwefelhaltige Quellwasser, das Arsen, Phosphor und Eisen enthielt, wurde vor allem gegen Rheuma und Gliederschmerzen eingesetzt, aber auch gegen Hautkrankheiten, Menstruationsstörungen und Venenleiden, Magenschwäche und Erschlaffung der Eingeweide, Stockungen in Milz und Leber, Bleichsucht, Knochenschwäche, Lähmungen, Geschwüre und Gicht. Es gab Badstuben und Badhäuser. Wildbäder und Bauernbadln säumten den Weg ins Talesinnere. Bis zu zweitausend Gäste kamen alljährlich zu Fuß, zu Pferd oder mit der Kutsche in den Ultner Wald.«

Grauner hatte zwar rudimentär von alldem gehört, es aber längst irgendwo im hintersten Hirnbereich unter tausend anderen Dingen begraben. Saltapepe lauschte gebannt. Seine Mimik verriet eine Mischung aus Ekel und Unglauben. Der Wirt sprach weiter.

»Das schönste, beliebteste, edelste war das Mitterbad des Herrn Dr. Gottlieb Gottlob von Lobingen. Ein Mediziner aus Riva del Garda, der sommers auch in Mitterbad ordinierte. Alle kamen sie zu ihm. Er war der Promiarzt seiner Zeit. Die Leute fühlten sich wohl bei ihm. Sechsundzwanzig Badezimmer zählte das Haus, außerdem zwei russische Dampfbäder, Marmorwannen für die Gäste erster Klasse, Holztröge für die minderen Leut'. Es gab Tanzsäle, ein Kaffeehaus, einen Promenadenplatz, ein Kirchlein, den Heiligen Kosmas und Damian zu Ehren, eine Kegelbahn und einen Schießstand. Mit Ausbruch des Ersten Weltkriegs sind die Ultner Bäder langsam in Vergessenheit geraten. 1971 wurde das Mitterbad endgültig geschlossen. Sehr schade ist das. Das war eine lustige Zeit.«

»Lug! Humbug!«, zischte der Pfarrer, dessen Gesicht sich in den vergangenen Minuten zunehmend verfinstert hatte. »Von nichts sind diese Gäste in den Bädern geheilt worden. Die sind infiziert worden! Das waren Orte des Teufels. Das ganze Tal war des Teufels. Es war eine finstere Epoche für Ulten. Voller Laster, Fleischeslust.«

»Fleischeslust«, sagte der Wirt nachdenklich. »Ja, ein Urlaub in Mitterbad half augenscheinlich auch gegen Unfruchtbarkeit, besser gesagt: Manch' Bademeister dort half nach. Gehst du allein nach Mitterbad, gehst du zu zweit wieder fort, hieß es.«

Er grinste, doch der Pfarrer warf ihm einen drohenden Blick zu, woraufhin das Grinsen erstarrte.

Der Bürgermeister hatte die ganze Zeit kein Wort gesprochen.

Grauner befahl, von den Papieren Fotokopien zu erstellen, damit die Originale untersucht werden konnten. Es konnte sein, dass irgendetwas in diesen ihm noch wirr erscheinenden Zeilen mit dem Fall zu tun hatte. Es konnte sein, dass dieses Mitterbad damit zu tun hatte. Sie mussten dahin.

Bevor sie das Gasthaus verließen, erkundigte er sich noch nach Peter Morandell – dem Zeugen vom See.

»Der wurde aufgetrieben und konnte befragt werden«, informierte Marché die Runde. »Er kann sich nicht an mehr erinnern, als dass da jemand gestanden hat. Es war zu dunkel und neblig. Das Grau liegt morgens tief über dem See. Aber es gelang, ungefähr einzugrenzen, in welchen Bereich des Sees der Gegenstand geworfen wurde. Die Taucher mussten von einem anderen Einsatz im Sarntal erst noch zurück nach Bozen fahren. Aber jetzt sollten sie jeden Augenblick da sein.«

8

Die Straße, in die Grauner rechts abbog, war kaum als solche zu bezeichnen. Der Panda wackelte wie ein wild gewordener Ochse. Mal hob sich das linke Vorderrad, mal das rechte, je nachdem wie der Commissario die großen Steine, die auf dem Schotterweg lagen, zu umrunden versuchte.

»Vai piano!«, forderte Saltapepe, der neben ihm saß und dem das Unwohlsein ins Gesicht geschrieben stand.

Die Straße wurde steiler, die Steine größer. Grauner schaltete in den zweiten Gang, kurz darauf in den ersten. Bald war das Rauschen der Falschauer zu hören, erst leise, dann tosend. Der Weg führte in einen Wald hinein, weiter vorne war eine Holzbrücke. Das Nass triefte von den Balken. Die

Luft war feucht und schwer; von den Wassern beladen hingen die Äste der Bäume zu Boden. In die Frische mischte sich etwas Modriges, es war der Geruch von faulem Moos und schimmeligen Pilzen.

Grauner atmete tief ein, er liebte das. Saltapepe hielt sich die Nase zu.

Es passierte keine zwei Meter vor der Brücke. Erst war es ein Jaulen wie das eines Hundes, dem man versehentlich auf die Pfote getreten war, dann ein Tuckern wie das eines sterbenden Traktors, daraufhin ein Gurgeln, wie wenn der letzte Rebensaft aus dem Bottich läuft. Schließlich war da nichts mehr. Kein Laut. Kein Ton. Kein Fortkommen.

Der Motor war aus. Die Motorhaube glühte. Man hätte Hirschlenden darauf braten können. Grauner biss sich auf die Lippen. Sein halbes Ich wollte eine Fluchtirade loslassen, die andere Hälfte stemmte sich dagegen, doch das Fluch-Ich gewann die Oberhand, als er aus dem Augenwinkel Saltapepes schelmischen Gesichtsausdruck sah.

»Dio bono! Porco oschtia!«

Sie ließen die Brücke hinter sich. Sie ließen den Panda hinter sich, sie ließen die Falschauer hinter sich, deren Rauschen leiser und zarter wurde und hinter einer der nächsten Kurven vollends verschwand.

Der Weg wurde schmaler und erdiger, Tannenzapfen lagen am Straßenrand, an der Nordseite der Tannen und Fichten klebte noch Schnee. Hie und da säumten Totenmarterln den Weg. Sie waren aus Holz geschnitzt; unter den kleinen bunt bemalten Muttergottesbildern standen Gebetssprüche.

Nach etwa einer Viertelstunde erreichten sie das Ende der Straße. Sie traten in hohes, ungemähtes Gras. Ganz links stand eine mächtige Buche. An einem starken Ast hing eine Kinderschaukel. Sie bewegte sich leicht, der Wind hatte sie angeschubst. Es gibt nichts Unheimlicheres als eine leere, schwingende Kinderschaukel, dachte Grauner.

Die dicken Äste des Baumes spendeten einer kleinen Kapelle Schatten. Direkt vor den beiden Ermittlern stand ein verlassenes Wohnhaus, mächtige Holzbalken durchzogen die Mauern. Rechts davon ragte ein noch größeres, noch verfalleneres Gebäude empor. Drei Stockwerke hoch. In der Mitte ein imposantes Holztor.

Die Fensterscheiben waren eingeschlagen. Zwischen den losen Rahmen spannten sich Spinnennetze. Die sonnverbrannten Holzjalousien ließen ein ehemals sattes Dunkelgrün erahnen. Das Dach war zu großen Teilen eingestürzt, Mauerbrocken lagen vor dem Eingangstor. An der linken Flanke des Gebäudes war der Verputz abgefallen, das darunterliegende Steingemäuer war dadurch, einer offenen Wunde gleich, zum Vorschein gekommen.

PENSIO
BAGNI DI M ZZO ITTE

Mehr war auf dem Gemäuer nicht mehr zu lesen.

»Pensione. Bagni di Mezzo. Mitterbad«, vervollständigte Grauner.

Er war sofort verzaubert von diesem Ort, wo das Damals und das Jetzt aufeinandertrafen. Die Worte des Wirts kamen ihm in den Sinn. Südtirol, heute Land der Skipisten, anno dazumal Land der Heilquellen.

Gemeinsam kämpften sich die beiden Ermittler ums Haupthaus herum. Sie streiften durch Brennnesseln und Holunderstauden. Die Ruine war mit Efeu, Lianen und Gestrüpp überwachsen. Klee und Veilchen sprossen zwischen dem Bauschutt hervor. Fliegen summten, über großen Blättern flatterten bunt bemalte Schmetterlinge, Vögel pfiffen und zwitscherten. Sie kommunizierten, sie warnten vor den Eindringlingen, glaubte Grauner herauszuhören.

An einer Seitenwand des Gebäudes führte eine kleine Holztreppe ins Innere. Grauner und Saltapepe schauten sich an. Fast gleichzeitig nickten sie. Der Ispettore ging voran. Der Commissario folgte ihm. Die Treppe wackelte unter ihrem Gewicht, aber sie hielt stand.

Der lange Flur war von einer zentimeterdicken Staubschicht bedeckt, die Wände mit Graffiti bekritzelt.

Ulten rules stand da.

Warriors of Destruction FOREVER stand darüber.

Und ein paar Schritte weiter: *Fuck the Police!*

Grauner ignorierte die Kritzeleien. Es war vielmehr die noch so präsente Vergangenheit, die ihn packte. In den Zimmern standen leere Betten, manchmal lehnte eine schmutzige Matratze an der Wand. Kaputte Kleiderschränke standen offen da, die Sonnenstrahlen leuchteten durch das Blättergewirr ins Haus und ließen alles Alte und Zerfallene in neuem Licht erscheinen. Wie im Film liefen Szenen einer vergessenen Welt vor Grauners Augen ab. Er sah die Frauen, ihre Haare zum Dutt gebunden, ihre eng geschnürten Taillen, ihre Gesichter hinter Sonnenschirmen versteckt. Er sah die Männer, Pfeife rauchend, Zeitung lesend, Kaffee trinkend, an der Kegelbahn die Kugel in die Kegel werfend, am Schießstand das Schießeisen in Position bringend. Er sah die langen Flure, frisch gestrichen, die Holzböden, gewachst und doch unter dem Gewicht der wandelnden Gesellschaften ächzend. Er sah draußen im Hof die Kutschpferde.

Im nächsten Moment realisierte Grauner, dass er bereits im hintersten Bereich des Hauses angelangt war. Saltapepe war nicht mehr zu sehen oder zu hören. Er musste in einem der vordersten Zimmer verschwunden sein. Grauner sah sich weiter um. Eine Treppe führte in den oberen Stock, doch sie war eingestürzt. Er ging in ein gegenüberliegendes Badezimmer. Auch hier waren Graffiti an die Wände gekritzelt.

St. Pankraz Boys stand da.

Das Waschbecken lag auf dem Boden, irgendwann im Laufe der Jahrzehnte musste die Wand es fallen gelassen haben. Der Spiegel hing noch. Grauner wunderte sich über das saubere Glas. Er sah hinein und erkannte, dass an die Wand unter der Treppe ebenfalls etwas gekritzelt war.

Tief ist der Brunnen der Vergangenheit. Sollte …

Weiter schaffte er nicht, die Lettern zu entziffern. Mit einem lauten Krachen gab der Boden unter seinen Füßen nach. Er stürzte.

Grauner fiel auf einen Kegel aus Schutt und lag rücklings in einem Loch. Neben ihm war der Spiegel gelandet. Erstaunlicherweise war er nicht zersprungen. Grauner schaute hinein. Er sah seine übermüdeten Augen, dahinter tauchte für den Bruchteil einer Sekunde das Gesicht seiner Mutter auf. Dann das seines Vaters.

Erschrocken fuhr er zurück. Er blickte nach oben. Das Loch war kaum breit genug, um sich zu drehen. Ihm war klar, was gleich passieren würde. Die Zeit heilt die Wunden, hieß es. Die körperlichen vielleicht, dachte er, aber nicht die seelischen.

Die Gesichter der Vergangenheit, die ungesühnten Toten, sie attackierten ihn. In geschlossenen Räumen nutzten sie seine Platzangst.

Irgendwann muss sich jeder lösen, dachte Grauner, auch die Toten vom Leben, die Getöteten von den Lebenden – und umgekehrt. Er spürte die Panik in sich hochkriechen, er musste raus aus diesem Loch, bevor das Schwarz sich vor seine Augen legte. Mit letzter Kraft versuchte er, sich vom Boden abzustützen. Adrenalin schoss ihm ins Hirn.

»Claudio«, rief er. »Claudio, hilf mir!«

Die Dämonen kamen näher, sie streiften bereits seine Schuhspitzen.

9

Er wachte auf. Noch bevor er die Augen öffnete, roch und spürte er die Umgebung. Er roch das saftige Gras, die Walderde. Er blinzelte und sah sein eigenes Gesicht. Es spiegelte sich in Saltapepes viel zu großer Sonnenbrille.

»Grauner, Grauner … stai meglio? Geht es dir besser? Was machst du für Sachen, eh?«

Langsam drehte der Commissario sich zur Seite. Er lag inmitten der hohen Wiese vor dem Mitterbad-Haus. Sein Mund war trocken, sein Ellenbogen brannte, der rechte Unterarm war zerkratzt, und der linke Oberschenkel tat weh, als wäre eine seiner Kühe darauf herumgetrampelt. Hatte der Ispettore ihm aus dem Loch rausgeholfen? Ihm fehlten einige Minuten der Erinnerung. Die Situation war ihm unangenehm. Er wollte sich nichts anmerken lassen, zur Tagesordnung übergehen.

»Grauner, soll ich dich ins Spital fahren?«, fragte Saltapepe weiter.

»Nein, lass, es geht schon«, antwortete der Commissario mit schmerzverzerrter Miene.

Noch einmal blinzelte er ins Sonnenlicht. Er schaute rüber zur Kapelle und sah, dass unter dem Türspalt etwas glitzerte. Stöhnend richtete Grauner sich auf und schleppte sich schweren Schrittes zum Eingang des Gotteshäuschens. Er ging in die Hocke, zwängte zwei Finger zwischen Holz und Steinboden und zog einen rostigen Silberschlüssel hervor.

Saltapepe schaute verwundert. Grauner musste grinsen. Den Schlüssel zum Kuhstall schob er ebenfalls immer einfach nur ein paar Zentimeter hinter den Türspalt. Er steckte den Fund in das Schlüsselloch, knacksend ließ sich das Schloss öffnen.

Süßliche Luft strömte nach draußen. Grauner erkannte den Geruch sofort: getrocknetes Blut. Der Geruch erinnerte ihn daran, wie er als Kind zur Jägerkammer neben dem Stall geschlichen war, wo er vom Türspalt aus erspähen konnte, wie sein Vater die Gämsen und Hirsche aus der Decke schlug und das einige Tage abgehangene Fleisch in große Metzgersbrocken schnitt.

Grauner spürte, wie Saltapepe neben ihm zusammenzuckte, dann sah auch er, dass sich in einer dunklen Ecke neben dem Altar vier Geweihe stapelten. Über einer der Kirchenbänke lagen ausgebreitete Felle.

»Wildererbeute«, zischte Grauner. Der Ispettore schaute ihn mit großen Augen an. »Wahrscheinlich haben sie die Tiere im Wald ausgenommen und das Fleisch weggeschafft. Die Kapelle nutzen sie als Versteck für die Geweihe und Felle.«

»Wer mag das getan haben?«, fragte Saltapepe.

Grauner zuckte mit den Schultern. »Keine Ahnung. Aber wer auch immer das war, weiß vielleicht mehr darüber, wer sich sonst noch in Mitterbad herumtreibt.«

»Und wer sich drüben im Haus herumtreibt, weiß vielleicht, wer die Felle und Geweihe hier versteckt«, fügte Saltapepe hinzu.

»Die Graffiti …«, fuhr Grauner fort.

Und Saltapepe beendete seinen Gedanken: »Offenbar ist diese Ruine belebter, als man auf den ersten Blick denken würde.«

Grauner nickte. Er schloss die Augen und versuchte, die Dinge zu ordnen, doch Schwindel überfiel ihn. Kurz wankte er. Er setzte sich auf eine der Kirchenbänke und atmete ein paar Mal tief ein und aus.

»Grauer, bist du sicher, dass sich nicht ein Doktor deine Verletzungen ansehen sollte?«, fragte Saltapepe erneut.

Grauner schüttelte den Kopf. »Ruf Marché an«, befahl er schließlich. »Vielleicht sind die Kollegen bei der Suche nach der Tatwaffe weitergekommen.«

»Habe ich vorhin schon versucht«, antwortete der Ispettore. »Kein Netz im Wald.«

»Dann lass uns zum Wagen gehen«, sagte Grauner. Saltapepe half ihm auf, langsam liefen sie bergab. Neben der Brücke kletterte der Commissario ins wilde Bachbett der Falschauer. Dort, wo das Wasser nicht tief war, kniete er sich hin, schöpfte sich das kalte Nass in den Nacken, rieb sich das Gesicht damit ein und faltete die Hände zu einer kleinen Schüssel, um einen Schluck zu nehmen. Wie gut das tat! Besser als jede Aspirin oder anderes Apothekenzeug.

Der Panda sprang unerwarteterweise sofort an. Die Pause hatte ihm behagt, die Motorhaube war abgekühlt.

Saltapepe hatte in der Zwischenzeit Marché erreicht. Belli war nach Bozen gefahren. Ein seit Wochen geplanter Pressetermin – mit Foto! – beim Landeshauptmann. Für den Abend erwartete der Staatsanwalt allesamt in der Questura, zum Lagebericht.

»Die Taucher sind unterdessen am See und suchen nach der Waffe«, berichtete Saltapepe.

»Gut, lass uns dahin fahren«, sagte Grauner und legte den Gang ein.

»Grauner, es ist besser, wenn ich fahre. Du …«

»Mit meinem Panda? Würdest du mich mit deinem Alfa fahren lassen?« Grauner schenke ihm einen Blick, der keine weitere Diskussion zuließ.

10

In ihren schwarzen Taucheranzügen ähnelten sie Pinguinen. Es wirkte so surreal: der hellgrüne Bergsee, der dunkelgrüne Wald, die schneeweißen Gipfel. Die Kieselsteine am Ufer. Die Pinguine. Mit gekonnten Handgriffen schälten sie sich aus ihrer Gummihaut. Wie um ein Lagerfeuer standen sie im Kreis. Doch in der Mitte des Kreises lag kein Geäst gestapelt. Da lagen Gewehre.

Oben an der Straße drehte sich das Blaulicht des Feuerwehrautos. Es mischte sich wie die Reflexion einer Discokugel in die Wasseroberfläche, die das Grün des Waldes und das Weiß der Gipfel spiegelte. Grauner erkannte Marché und Weiherer, die neben den Tauchern standen.

Polizisten hatten das Ufer am Rande des Staudammes

mit Sicherheitsband abgesteckt. Hinter der Absperrung hatten sich einige Talbewohner versammelt. Die betenden Frauen standen da. Auch die Vespa-Buben. Den Bürgermeister konnte Grauner nicht entdecken. Auch den Pfarrer nicht.

»Sieben. Sieben Gewehre«, sagte Weiherer, als Grauner die Stelle am Wasser erreicht hatte.

»Früher, das haben mir die Schaulustigen drüben erzählt«, Marché deutete rüber zu den Dorfbewohnern, »habe der ehemalige Bürgermeister die beschlagnahmten Waffen der Wilderer hier versenkt. Sicher an die fünfzig Stück würden da unten am Seegrund liegen.«

Grauner betrachtete die gestapelten Gewehre. Wie eine Mikado-Pyramide lagen sie da, ineinander verkeilt. Mit der Schuhspitze brachte er die Pyramide zum Einstürzen und schob die Waffen auseinander.

»Fotografieren und untersuchen«, befahl er.

»Wird gemacht«, sagte Weiherer. »Aber Fingerabdrücke finden wir darauf keine mehr.«

Einer der Feuerwehrleute trat zu den Ermittlern, er stellte sich als der Leiter der Taucherstaffel vor und deutete auf eine der Büchsen. Sie glänzte, während die anderen verrostet aussahen. »Diese lag relativ nah am Ufer.« Er zeigte auf eine Stelle im See, die mit einer Boje markiert worden war. »Sie könnte tatsächlich von hier aus hineingeworfen worden sein.«

Grauner schaute auf das Wasser. Weiter hinten trieb eine zweite Boje. Er zeigte darauf. »Was ist dort markiert?«

»Wir sind mit dem Metalldetektor immer weiter hinein, wir haben immer mehr Gewehre gefunden. Da an der Boje haben wir knapp vierzig Meter Tiefe erreicht. So tief war ich bislang noch nie in diesem See. Eigentlich wollten wir aufhören, zu suchen …«, der Feuerwehrmann stockte, »… ich wollte noch das letzte da …«, er zeigte auf eins der Gewehre, »… das wollte ich noch holen, da tauchte im trüben Wasser etwas Schwarzes auf. Ein brüchiges Stück Mauer.«

Grauner schaute überrascht.

»Was reden Sie da?«, mischte sich Saltapepe ein.

Der Feuerwehrmann bedachte den Ispettore mit einem abschätzigen Blick.

»Ich bin näher ran, dann habe ich die dicken Holzstämme erkannt, übereinandergelegt, ineinander verkeilt, auf einem Steinfundament. Das waren die Überreste der Höfe, die für den Stausee geopfert wurden. Geisterhöfe. Zwei mindestens habe ich gesehen. Vielleicht drei, womöglich sind es noch mehr. Ich wollte ein Foto davon machen, aber dafür war das Wasser leider zu milchig von der Schneeschmelze.«

»Sie sind wohl zu schnell aufgetaucht. Sie haben einen Tiefenrausch!«, sagte Saltapepe.

Grauner packte ihn am Ärmel und zog ihn zurück. Er hatte keine Lust auf einen Streit zwischen seinem Ispettore und dem Feuerwehrtaucher, dessen Gesicht bereits zornesrot anlief.

»Lass, Saltapepe! Lass gut sein.«

Grauner scharte alle Ermittler um sich.

»Wie weit sind wir bei den Waffenschränken?«, fragte er.

»Das erwies sich tatsächlich als schwierig«, antwortete Marché. »Viele Jäger haben sich geweigert, da brauchte es Geduld und Überredungskunst. Einer wollte die Beamten sogar mit geladener Flinte vom Hof jagen. Mittlerweile sind aber fast alle Jäger überprüft. Alle bis auf fünf.«

»Gut«, sagte der Commissario. »Dann lass uns diese letzten fünf noch abwarten …«

»Grauner«, unterbrach ihn der Sovrintendente. »Unter diesen letzten fünf, die sich weigern, ist auch Bachlechner.«

»Bachlechner!« Grauner biss sich auf die Lippen und drehte sich zu Saltapepe. »Du besuchst den Sägewerkbesitzer, dem Mitterbad gehört. Diesen Unterweger. Ich knöpfe mir derweil Maries Vater vor.«

»Okay«, sagte Saltapepe. »Aber wie willst du ihn dazu bringen ...«

»Ich bluffe.«

11

Er kam sich vor wie eine Figur in einer Schneekugel, die von einer größeren Kraft geschüttelt wurde. Nur, dass die Flocken nicht aus Schnee waren. Sie schmolzen nicht, wenn sie Haut und Jackenstoff berührten. Sie blieben kleben, häuften sich. Sie waren honiggelb und nicht weiß. Es war kein Schnee, der auf ihn fiel. Es waren Holzspäne.

»Hallo! Polizia di Stato! C'è qualcuno? Ist da wer? Unterweger!« Saltapepe rief, doch er hörte sein eigenes Rufen nicht. Ein unerträglich lautes Surren und Zischen dröhnte durch die Fabrikhalle, und wo es an die blechernen Mauern drang, hallte es doppelt laut zurück.

Der Ispettore kämpfte sich voran, einen Arm hielt er sich vor das Gesicht. Er ging vorbei an rüttelnden Maschinen, die ihm vorkamen wie Wesen aus dem Weltall. Sie fraßen Baumstämme in sich hinein. Allerorten blinkte es gelb und rot. Saltapepes Herz pochte, jeden Moment, so schien es, könnte eines dieser Ungeheuer sich ihm zuwenden, ihn packen und anstatt eines Stammes verschlingen und klein sägen. Schlimmer konnte selbst Dante sich das Inferno nicht vorgestellt haben.

Weiter vorne entdeckte Saltapepe einige Männer im Blaumann. Sie schulterten zurechtgeschnittene Holzlatten und schleppten sie zum Fabriktor hinaus. Hinaus ins Licht. Hinaus aus dieser Hölle.

Die Männer trugen Ohrenschützer. Saltapepe stellte sich ihnen in den Weg. Er begann eine kurze Konversation mit Armen und Händen, zog schließlich sein Tesserino aus der Brusttasche und formte mit den Lippen das Wort »Capo«.

»Wo ist der Chef?«

Die Arbeiter zeigten auf ein kleines Büro am Ende der Halle. Hinter einer Scheibe stand ein Mann. Er telefonierte. Die Blicke kreuzten sich.

Saltapepe hob den Daumen in Richtung der Holzträger, so wie Stürmer den Daumen hoben, immer, auch wenn die Flanke des Außenverteidigers auf den Rängen landete. Dann ging er in Richtung des kleinen Glasraumes.

»Nein, ich kann die Maschinen nicht ausmachen!«

Im Büro war das Surren, Zischen, Dröhnen zwar etwas dumpfer, aber immer noch so laut, dass man sich anschreien musste. Rudolph Unterweger trug keinen Ohrenschutz.

»Wie halten Sie das bloß aus?«, schrie der Ispettore.

»Was?«, schrie Unterweger.

»Den Lärm.«

»Das ist kein Lärm. Die einen mögen das Zirpen der Grillen, andere das Rauschen des Meeres. Ich mag die Sägen.«

Unterweger hatte Saltapepe noch telefonierend die Hand gedrückt. Handwerkerfest. Der Ispettore hatte die rauen Finger gespürt. Anpacker-rau.

Bei der Ausbildung hatte Saltapepe gelernt, wie man den unterschiedlichsten Typen gegenübertreten sollte, Professoren, Mafiosi, auch den einfachen Leuten: Man musste im Gespräch auch in Mimik und Gestik immer die Oberhand behalten. Grinste einer, so grinste man auch. Lachte einer, so lachte man nicht mit, sondern schaute noch etwas ernster. Schaute einer ernst, so durfte ruhig ein Zug von Skepsis oder Spott um die eigenen Mundwinkel liegen. Legte einer einem die Hand auf die Schulter, blieb einem nichts anderes übrig, als es ihm gleichzutun. Tätschelte einer einem die Wange, tätschelte man zurück. Packte einer einen am Oberarm, so packte man ihn ebenso. Wollte einer einem etwas ausgeben, einen Kaffee, ein Glas Wein, so legte man dieselbe Summe auf die Theke und rührte das Geld nicht mehr an.

Bei Unterwegers Händedruck allerdings war Saltapepe machtlos. Er drückte auch, doch der Unternehmer drückte härter, der Ispettore versuchte, die Finger zu spreizen, aber die Hand des Sägewerkbesitzers ummantelte die seine und ließ sie zu einem zerquetschten Zwergenhändchen schwinden.

Unterweger presste dem Ispettore die rauen Finger auf die Schulter. »Wie stellen Sie sich das vor: Die Maschinen ausmachen? Schauen Sie«, er drängte Saltapepe, ein paar Schritte zu gehen, dann zeigte er durch die Fensterscheibe auf die Fabrikanlage, »wenn die Maschinen laufen, wenn es rattert, zurrt, zischt und dröhnt, dann wird gearbeitet, produziert, geliefert. Verstehen Sie?« Unterweger ließ Saltapepe los und rieb vor dessen Augen Daumen, Zeige- und Mittelfinger aneinander. »Wenn nicht, dann gibt's auch nichts. Kein Holz, kein Geld. So einfach ist das.«

Saltapepe hob eine Augenbraue und legte Unterweger nun ebenso die Hand auf die Schulter. Er führte den Kopf nah an den des Sägewerkbesitzers heran. Er sah, dass sich auch in dessen krausem Haar Sägespäne verfangen hatten. Er brüllte ihm ins Ohr: »Herr Unterweger, es heißt, Sie hätten mit Benedikt Haller eine Zusammenarbeit geplant, hier im Tal. Sie seien mit ihm befreundet.«

Unterwegers Ausdruck veränderte sich nicht. Er blinzelte nicht einmal.

»Ja, und?«, fragte er.

»Sie wollten mit ihm das alte Mitterbad neu aufbauen.«

»Das *wollte* ich nicht, das *will* ich immer noch.«

»Sie wissen, dass Haller in Untersuchungshaft sitzt, dass er gestanden hat, Marie Bachlechner erschossen zu haben.« Er hatte es absichtlich als Aussage formuliert.

»Ach«, Unterweger lachte. »Benedikt. Der weiß noch nicht einmal, wo bei einer Waffe vorne und hinten ist. Ich weiß nicht, was in ihn gefahren ist, so ein absurdes Geständnis abzulegen. Wie Sie schon richtig gesagt haben, ich bin mit ihm befreundet. Er hat nicht viele Freunde im Tal. Er ist einer, der Ideen hat, der weiter will – so wie ich auch. Ich habe ihn schon vor ein paar Jahren kennengelernt, wir haben uns sofort gut verstanden. Ich habe ihm von meinem Plan erzählt, ich wollte ihn als Architekt gewinnen. Ich habe mir seine internationalen Projekte angeschaut. London! Los Angeles! Ich wollte immer raus in die Welt. Aber wir Ultner sind heimatverbunden. Selbst wenn man weg will, schafft man es nicht so leicht. Weil die Wurzeln sich zu tief im Boden festkrallen. Mein Unternehmen …«, Unterweger löste sich von Saltapepe, machte zwei Schritte nach hinten, öffnete die Arme, »… ein Familienbetrieb, seit 1793, dieses Unternehmen lässt einen nicht gehen. Da ist der Freiheitsdrang, aber da ist auch die Verantwortung. Ein solches Sägewerk verpflichtet. Ich bin stolz auf mein Unternehmen, und ich bin stolz auf meine Familie. Eines Tages werden meine Kinder dieses Geschäft weiterführen. Die Ehre der Familie, das müssten Sie als Sizilianer …«

Noch so ein Alpenpadrino. Typen von dieser Sorte hatte Saltapepe bereits genug erlebt. Ihn ärgerte Unterwegers Anspielung, aber er spielte mit.

»Neapel. Ich bin Neapolitaner. Kein Sizilianer.«

»Ah, Napolitano. Wie auch immer. Affari. Famiglia. Stolz. Tradition. Sie verstehen also, was ich meine. Schauen Sie, ich habe Benedikt immer bewundert. Als er mir erzählt hat, dass er mit seinem Sohn nach St. Gertraud ziehen wollte, habe ich zugesehen, dass er sein Haus auf meinem Grundstück an den Lärchen realisieren konnte. Ich bin in der Baukommission des vorderen und des hinteren Tals. Ich wollte ihm eine Perspektive bieten. Ich will das alte Mitterbad neu aufleben lassen. Ich will, dass dieses Tal wieder zu einem touristischen Hotspot wird. Ein Treff der Prominenten, der Mächtigen und der Macher. Nicht nur ein Tal der Wandervögel, dieser Windjackentouristen! Wenn ich es schon nicht in die Welt hinaus schaffe, dann soll die große, weite Welt halt zu mir ins Tal kommen.«

»Wie konkret ist Ihr Vorhaben?«

»Wir stehen in den Startlöchern.«

»Wem gehörte Mitterbad eigentlich? Wem haben Sie es abgekauft?«

»Es liegt auf dem Gemeindegebiet von St. Pankraz. Aber es gehörte der Familie des ehemaligen Bürgermeisters von St. Walburg und St. Gertraud. Gott hab ihn selig! Es wurde mir nach seinem plötzlichen Tod günstig abgetreten. Das Haus ist ja nur noch eine Ruine.«

Saltapepe verschwieg dem Mann, dass er die Ruine bereits besichtigt hatte.

»Herr Unterweger, hatte Benedikt Haller eine Affäre mit Marie?«, fragte er unvermittelt.

»Was weiß ich. Er lebt getrennt von seiner Frau. Er kann machen, was er will. Über so etwas haben wir nie gesprochen«, antwortete der Unternehmer kühl.

»Wenn Sie sagen, dass Haller es nicht war, wer war es dann?«

Der Sägewerkbesitzer schaute irritiert. »Herr Ispettore, ich bin Unternehmer, kein Detektiv.«

»Das Dorf beschuldigt seinen Sohn, Michael.«

»Tja, vielleicht hat das Dorf ja recht.«

»Waren Michael und Marie ein Liebespaar?«

»Herr Ispettore, Sie wissen schon, dass Michael in psychologischer Behandlung ist? Und ich nehme an, Sie wissen auch, weswegen. Ich will es mal so sagen: Die Marie gehörte zu den schönsten Mädchen im Tal. Und die schönsten Mädchen stehen nicht auf Psychos, die stehen auf die coolen Buben mit den Vespas.«

»Marie war mit einem der Vespa-Buben zusammen?«

»Das weiß ich nicht.«

»Hängen die Buben in der Ruine in Mitterbad rum? Die Graffiti …«

»Ja, ein Ärgernis. Ich habe sie schon ein paar Mal verscheucht. Es ist gefährlich da drin. Aber die sind in einem Alter, da hören sie auf keinen.«

Der Sägewerkbesitzer ging zu einem Waschbecken, er nahm zwei Gläser und ließ Leitungswasser hineinlaufen.

»Auch ein Glas?«

Saltapepe schaute etwas verwundert. Normalerweise wurde ihm in diesen Schluchten zwischen den Bergen, wenn überhaupt, Wein oder Schnaps angeboten.

»Danke, nein«, sagte er.

»Unser Wasser ist das beste der Welt«, sagte Unterweger und hob das Glas hoch wie eine Trophäe. »Ohne unser Wasser wäre alles nichts. Ohne unser Wasser hätte ganz Norditalien keinen Strom. Ohne Wasser geht die Welt zugrunde. Wer das Wasser hat, hat das Sagen und das Geld und die Macht.«

Er trank das Glas in einem Zug aus.

Saltapepe holte Abzüge der am Tatort gefundenen Schriftstücke aus der Tasche.

Unterweger entfaltete die Papiere, der Ispettore beobachtete ein Zucken um dessen Mund. Der Unternehmer schaute auf die Zeilen – lange und ausgiebig.

»Sie kennen diese Schriftstücke?«, fragte Saltapepe auffordernd.

Unterweger schaute überrascht hoch. »Nein, wieso?«

»Sehen Sie auf dem einen Papier rechts oben? Das heißt Mitterbad.«

Der Sägewerkbesitzer antwortete, ohne zu zögern. »Ja, das heißt es.«

»Wir haben die Schriftstücke nahe dem Tatort gefunden. Es könnte sein, dass sie etwas mit dem Geschehenen zu tun haben.«

Unterweger sagte nichts.

Saltapepe blickte auf den Schreibtisch, auf dem sich Unterlagen türmten. Er scannte einige handgeschriebene Notizen. Unterwegers Schrift war viel runder.

»Könnten die Zeilen von Michael Haller sein? Von seinem Vater?«

Unterweger gab Saltapepe die Abzüge zurück. »Was weiß ich«, sagte er erneut. Er klang genervt. »Ispettore, dieses Gekritzel habe ich noch nie gesehen. Mehr kann ich Ihnen wirklich nicht sagen.« Unterweger zeigte auf die beiden

Lastwagen mit Doppelanhänger, die gerade von der Hauptstraße auf den Vorhof der Halle bogen. »Die Fuhren müssen heute noch ab nach Rostock. Wissen Sie, ich mag vielleicht nicht viel von der Welt gesehen haben, aber die Welt bekommt mein Holz. Ultner Holz. Unterweger-Holz. Das Beste vom Besten.«

Als Saltapepe seinen Alfa zwischen den beiden Lastwagen hindurchlenkte, sah er den Unternehmer noch hinter dem Tor stehen, das sich gerade öffnete, um die langen, zurechtgeschnittenen Bretter zum Verladen durchzulassen. Noch immer summte dem Ispettore der Lärm der Sägen in den Ohren. Er machte das Radio an. Das neue Live-Album von Eros Ramazzotti erklang. Applaus. *Buona sera, Roma!* Dann die ersten Gitarrenakkorde von *Un attimo di pace.*

Saltapepe dachte über das soeben geführte Gespräch nach. Aber eigentlich dachte er nur an einen einzelnen Moment, an eine einzelne Reaktion: das Zucken um den Mund des Unternehmers, noch bevor jener überhaupt versucht hatte, eine einzelne Zeile der Schriftstücke zu lesen. Hatte er die Schrift erkannt? Wessen Schrift war das?

12

Die Nachmittagssonne brannte vom Himmel. Sie wirkte wie eine Botschaft an den Winter, an Wolken, Schnee und Sturm, dass der Frühling das Kommando über die Temperaturen übernommen hatte.

Grauner fasste sich an den Ellenbogen. Er schmerzte immer noch vom Sturz in das Loch. Auch die Rippen taten ihm weh. Er griff nach der schmiedeeisernen Klinke des Friedhoftürchens und öffnete es, dann ging er an den Gräbern vorbei, an die Südseite der Kirche, wo ihm im Schatten ein Mann den Rücken zukehrte.

Maries Vater war nicht zu Hause gewesen, auch nicht auf den Feldern oder im Gasthaus. Er stand in gekrümmter Haltung vor dem Familiengrab. Vergilbte Fotos zierten den Grabstein. Grauner überflog die Namen der Verstorbenen:

Alfons Bachlechner
** am 5. Mai 1858 † am 18. August 1943*
Marianne Bachlechner geb. Hinteregger
** am 23. November 1860 † am 12. Dezember 1898*
Greta Bachlechner
** am 29. März 1884 † am 31. August 1901*
Adalbert Bachlechner
** am 12. November 1931 † am 1. März 1994*
Vaja Bachlechner geb. Maier
** am 8. August 1975 † am 14. Februar 1999*

Letztere musste Maries Mutter gewesen sein. Maries Vater kniete am Grab. Er holte eine Streichholzschachtel aus der Jackentasche, er entzündete das erste Streichholz, doch ein Windstoß ließ es erlöschen. Das Gleiche passierte beim zweiten, auch beim dritten.

Josef Bachlechner ließ die halb leere Schachtel auf die feuchte Graberde fallen. Er hielt sich die Hände vors Gesicht.

Grauner hörte keinen Laut, kein Schluchzen, kein Wimmern. Aber er wusste, dass der alte Mann weinte.

Er kniete sich neben ihn, brachte ein Streichholz zum Brennen, hielt schützend eine Hand um die Flamme und zündete die drei roten Kerzen an. Schließlich legte er den Arm um die Schultern des Mannes und half ihm auf.

»Herr Bachlechner …« Alles in ihm wehrte sich, zu sprechen, aber es ging nicht anders. »… wir wissen seit gestern Abend definitiv, dass Ihre Tochter mit einem Jagdgewehr erschossen wurde. Mit einer Büchse. Die Tatwaffe ist noch nicht gefunden worden. Wir haben Taucher ins Tal geholt. Sie waren im Zoggler-See. Meine Männer sind dabei, in allen Häusern die Waffenschränke zu durchsuchen, um zu sehen, wo eine Waffe fehlt. Sie waren auch bei Ihnen. Warum wollten Sie sie nicht ins Haus lassen?«

»Ihre Männer waren schon einmal da, um Maries Zimmer zu durchwühlen. Nun ist genug. Es muss genug sein.« Bachlechners Stimme klang blechern.

»Ja, sie waren in Maries Zimmer«, Grauner passte sich dem Ton an, »doch wir wollen auch Ihren Waffenschrank sehen!«

»Ich werde Sie nicht mehr ins Haus lassen. Ich werde mich dagegen wehren.«

»Sie können sich dafür entscheiden, mich freiwillig reinzulassen. Nur mich. Ansonsten wird der Staatsanwalt ein halbes Dutzend Polizeiautos anfordern. Die schalten bereits in St. Pankraz die Blaulichter und Sirenen ein. Die halten vor Ihrem Haus. Die stellen es auf den Kopf.« Er sprach nun sanfter. »Herr Bachlechner, ich will das nicht, nehmen Sie mein Angebot an. Lassen Sie mich in Ihr Haus. Nur mich. Zeigen Sie mir Ihre Gewehre!«

Grauner musste nicht weitersprechen. Maries Vater unterbrach ihn.

»Sie würden die Büchse nicht finden.«

Grauner hielt den Atem an, Bachlechner sprach weiter.

»Sie ist weg.«

»Wo … wo ist sie?«

Maries Vater schwieg.

»Im See? Im Wald?«

Es verstrichen einige Sekunden, bis Bachlechner wieder zu sprechen begann. »Ich habe Ihnen gestern nicht ganz die Wahrheit erzählt. Als ich den Knall hörte, in der Nacht, war mir sofort klar, dass das meine Büchse war. Ein erfahrener Jäger kennt sein Gewehr. Er erkennt es blind, weiß, wie es sich anfühlt. Er erkennt es auch am Knall. Der Knall meiner Büchse ist beißender als der anderer. Heller.«

Bachlechner stockte kurz, dann sprach er weiter.

»Ich hörte den Schuss. Vorgestern Nacht. Ich lief zu meinem Waffenschrank, die Büchse war nicht da. Ich lief in Maries Zimmer, sie schlief nicht in ihrem Bett. Da spürte ich einen Schmerz im Bauch. Einen Schmerz, als ob die Kugel meines Gewehrs mich selbst getroffen hätte. Bis zum Morgengrauen betete ich.«

Grauner schaute auf die Kerzen. Der Wind blies nun stärker. Er ließ die Lichter flackern.

»War der Schrank verschlossen?«

»Ich … ich weiß es nicht. Meistens schließe ich ihn ab. Manchmal vergesse ich es. Den Schlüssel habe ich immer in meiner Jägerjacke. Dort war er auch in der Nacht.«

»Und die Jacke?«

»Die hängt immer im Flur.«

»Ich würde Ihnen gerne glauben, Herr Bachlechner …«

Maries Vater drehte sich zu ihm um, er packte ihn am Hemdkragen.

Grauner ließ es geschehen.

»Denken Sie, ich habe … meine eigene Tochter!«

Grauner wartete, bis Bachlechner den Griff lockerte, bis er mit einem entschuldigenden Blick von ihm abließ.

»Nein, das denke ich nicht.« Der Commissario rückte mit zwei Fingern seinen Kragen zurecht. »Aber ich denke, dass Sie mehr wissen, als Sie mir sagen. Und wenn Sie schweigen, lügen, kann ich den Fall nicht lösen.«

»Was hilft es mir, dass Sie Ihren Fall lösen? Meine Tochter ist tot.« Plötzlich war da erneut der raue Ton.

Grauner konnte das verstehen. Er gestand Bachlechner diesen Ton zu. Er fühlte mit ihm. Vielleicht fühlte er zu sehr mit ihm. Vielleicht wegen Sara, die fast im selben Alter war wie Marie. Vielleicht, weil auch er als junger Mann die wichtigsten Menschen in seinem Leben verloren hatte.

»Bachlechner …«

»Hören Sie auf! Ich brauche Ihre geheuchelte Zuneigung nicht. Verschwinden Sie!«

Der alte Mann holte seine Schnupftabakdose hervor, klopfte den Tabak auf seinen Handrücken und zog ihn durch die Nase. Dann bückte er sich wieder. Diesmal geschmeidiger. Seine Bewegung war nicht von Trauer gezeichnet, sondern von Trotz.

Bachlechner blies die Kerzen aus.

»Da ist kein Licht mehr. Da soll kein Licht mehr sein«, sagte er noch. Dann erhob er sich und ging zwischen den Gräbern hindurch und zum Friedhofstor hinaus. Seine Beine schienen ihn nur schwer zu tragen, er humpelte.

Grauner bemerkte erst jetzt, dass die Sonne nicht mehr brannte. Vom Südwesten her, über die Zufrittspitz und die Hintere Eggenspitze hatten sich Gewitterwolken angeschlichen. Bald würden sie das ganze Tal überzogen haben. Grauner spürte, wie das altbekannte Rückenleiden, das ihn bei Wetterumschwüngen und Stress befiel, an einem der untersten Wirbel zu ziehen begann. Es gesellte sich zum Schmerz an den Rippen, dem Ellenbogen, dem Unterarm und dem Oberschenkel.

Er schaute noch einmal aufs Grab, auf die erloschenen Kerzen, dann erblickte er Pfarrer Santer und in seinem Halbschatten die betenden Frauen. Sie standen am Kircheneingang und starrten zu ihm rüber. Er fragte sich, ob sie die ganze Zeit schon dort gestanden hatten.

Wir beobachten sie, aber sie beobachten uns auch, schoss es Grauner durch den Kopf. Sie geben nur preis, was nicht mehr geheim zu halten ist. Und selbst wenn eins der Geheimnisse an die Oberfläche gelangt, dann sind da noch Tausende weitere unter der Erde. Sie wollen uns hier nicht. Sie wollen nicht, dass wir ermitteln.

Ein erster, knödelgroßer Tropfen platschte dem Commissario auf den Kopf. Er spürte den kalten Gewitterwind um die Wangen. Die Kirchentür fiel zu. Pfarrer Santer und die betenden Frauen waren darin verschwunden. Grauner schaute hoch zur Turmuhr. Es war kurz nach halb fünf.

13

Saltapepe hatte nicht lange suchen müssen. Die Buben waren an der Bushaltestelle. Sie saßen auf ihren Vespas. Einer hielt ein Smartphone in der Hand. Scheppernder Gitarrenkrach tönte daraus. Die Buben sagten nichts. Sie schauten nur, rauchten, wippten im Takt und spuckten ab und an über den Holzzaun auf die Wiese.

Es gibt keinen besseren Ort als eine Bushaltestelle, um der Sehnsucht dieses Alters gerecht zu werden, dachte Saltapepe. Er hielt vor den Vespas, bremste gekonnt abrupt, sodass die Reifen des Alfa quietschten. Er stieg aus, ließ die Tür offen, steckte sich die Sonnenbrille ins gegelte Haar und nickte kurz zu den Buben rüber.

Ciao, ragazzi sagte das Nicken. Ein Blick, ein Moment, der alles entschied.

Er umkreiste die Vespas. Die Lackierungen waren sauber gemacht, das erkannte Saltapepe sofort, aber der Lack sollte nur davon ablenken, was sich unter der Karosserie befand.

»Keine Sorge«, einer der Buben war an Saltapepe herangetreten. »Alles legal. Nichts auffrisiert.«

Der Ispettore lachte. Der Junge lachte auch. Saltapepes Lachen sagte: *Natürlich sind die auffrisiert, das wissen wir beide. Aber ich werde euch schon nicht wegen eurer Vespas hopsnehmen. Wir haben das ja selbst gemacht, früher.*

Das Lachen des Buben sagte: *Na, beeindruckt? Willst wissen, was die so drauf haben? Na dann, frag mal!*

»Auspuff?«, fragte Saltapepe.

»Rennauspuff von Falc«, antwortete der Junge stolz.

»Zylinder?«

»Auch von Falc. Dazu eine Vollwangenkurbelwelle von BGM.«

»Getriebe?«

»Ein Vierundzwanziger. Gerade verzahnt.«

»Wie schnell?«

»Hundertzehn. Hundertvierzehn talauswärts, mit ein bisschen Rückenwind.«

Saltapepe hob anerkennend die Augenbrauen. Die Buben

erinnerten ihn an ihn selbst, an seinen Bruder, an die neapolitanischen Jungs, wie sie mit den Motorini durch die engen Gassen der Quartieri Spagnoli gebrettert waren. Immer zu zweit auf einer Vespa, immer ohne Helm. Damit die Gelfrisur nicht platt gedrückt wurde und um nicht als Killer zu gelten. Denn nur Killer fuhren in Neapel mit Helm durch die Gegend.

»Und, wo hängt ihr so rum, wenn ihr nicht an der Bushaltestelle sitzt?« Saltapepe versuchte das Gespräch dahin zu lenken, wo er es haben wollte, ohne dass es gleich wie ein Verhör wirkte.

»Im *Schwarzen Adler*. In der *Alten Post* in St. Pankraz. Am Zoggler-See. Bei einem zu Hause, PlayStation spielen.«

»Auch in Mitterbad?«

»Manchmal«, sagte der Junge mit gleichgültiger Miene.

»Ich war heute auch da«, sagte Saltapepe und schaute seinem Gegenüber streng in die Augen. »Ich habe etwas entdeckt. In der Kapelle.«

Die Gleichgültigkeit im Gesicht des Jungen wich.

»Wir haben Geweihe und Felle gefunden. Die Beute von Wilderern. Wir fragen uns, wer die sind. Nun, es kann ja durchaus sein, dass ihr die vielleicht einmal gesehen habt.«

Der Junge schüttelte den Kopf. Viel zu schnell. Viel zu heftig.

Saltapepe legte nach: »Du könntest mir jetzt sagen, wen ihr gesehen habt. Und ich vergesse etwas, das ich gesehen habe. Diese Graffiti, mir gefällt das durchaus, aber das ist natürlich Vandalismus. Eigentlich muss das angezeigt werden. Und dann müssen wir ermitteln, wer das gewesen ist …«

Der Junge atmete tief aus und zündete sich eine Zigarette an.

»Die beiden Unterweger-Söhne, die sind's«, sagte er schließlich. »Wir haben von der Ruine aus gesehen, wie die beiden die Geweihe und Felle in der Kapelle versteckt haben. Wir hatten Schiss, dass die unsere Vespas entdecken, die wir hinter Sträuchern geparkt hatten. Mit den Unterweger-Brüdern legt man sich nicht an. Wäre nicht das erste Mal, dass die jemanden spitalreif prügeln. Erst letzten Sommer, beim Kirchtag, haben sie ein paar Buben aus Lana zusammengeschlagen. Zu zweit gegen fünf.« Er blies die Worte gemeinsam mit dem Rauch aus.

»War Michael auch manchmal dabei in der Ruine?«, fragte Saltapepe.

»Ja, wir haben ihn manchmal mitgenommen, er hat ja keine eigene Vespa.«

»Hat er auch Graffiti gemalt?«

»Ja, aber nichts Cooles. Nur wirres Zeug. Michael ist oft alleine nach Mitterbad. Auch nachts. Zu Fuß. Durch den Wald. Ich glaube, der hat da viele Stunden ganz für sich verbracht. Der Michl, der …«, der Junge tippte sich mit dem Finger an die Stirn, »… der lebt ein bisschen in seiner eigenen Welt.«

»Und Marie?«

Der Junge schaute zu Boden, dann flüchtig rüber zu seinen Freunden. Schließlich schüttelte er den Kopf.

»War Marie die Freundin von einem von euch?«

Wieder das Kopfschütteln. »Es ist nicht so, dass keiner von uns auf sie gestanden hätte. Sie … sie ist …« Er schluckte und schaute zu Boden. »Einige hätten sie gerne gehabt. Nicht nur wir. Sie hat eine Zeit lang im *Schwarzen Adler* ausgeholfen. Als Kellnerin.« Der Junge spuckte auf den Boden. »Wie die sie immer alle angestarrt haben! Die Alten. Die Kartenspieler. Selbst der Pfarrer. Der Wein ist denen aus den Mundwinkeln gelaufen. Und je mehr sie getrunken haben, desto mehr haben sie geschaut, und manchmal hat auch einer nach ihr gegriffen. An einem Abend ist sie heulend rausgelaufen, als wieder einer seine Finger nach ihr ausgestreckt hat.«

»Wann? Wann war das?«

Noch ein Zug von der Zigarette. »Anfang Februar. Geschneit hat's, das weiß ich noch.«

»Und dann, was ist dann passiert?«, fragte Saltapepe weiter.

»Am nächsten Tag ist der alte Bachlechner ins Gasthaus gekommen. Der kam sonst nie. Er hat sich an einen Tisch mittendrin gesetzt. Der hat kein Wort gesagt. Und sonst auch niemand. Über eine Stunde hat er da gesessen. Er hat ein Glas Rotwein getrunken und alle angeschaut, einen nach dem anderen. Dann ist er verschwunden. Und ganz langsam ist das Geraune losgegangen, und erst nach einer halben Stunde oder so war alles wieder wie immer. Saufen, schreien, Karten spielen.«

»Die Marie …«

»Die Marie ist nimmer zur Arbeit gekommen seitdem.«

»Wer? Wer hat sie angefasst an dem Tag?«

Der Junge ließ den glimmenden Stummel auf den Boden fallen und drückte ihn mit dem Schuh aus. Nun warf er dem Ispettore doch noch einen skeptischen, abweisenden Blick zu. Seine Freunde setzten die Helme auf und traten in die Anlasser. Sie gaben Zwischengas und legten den ersten Gang ein. Auch der Junge ließ die Vespa anrollen, dann schob er das Visier des Helms noch einmal hoch.

»Der Morandell war's. Der Morandell Peter.«

14

»Wo sind die Gewehre aus dem See?«, fragte Grauner.

»Bereits auf dem Weg nach Bozen«, antwortete Saltapepe.

»Gut«, sagte der Commissario und legte die Denuncia di Armi von Maries Vater auf den Tisch. »Dann wollen wir mal hoffen, dass Bachlechners Waffe dabei ist. Das Mädchen ist damit erschossen worden.« Grauner schaute in fassungslose Gesichter.

»Der eigene Vater …«, brach es aus Marché heraus.

»Ach was!«, unterbrach ihn der Commissario. Er berichtete in knappen Worten von seinem Gespräch auf dem Friedhof. »Die Büchse kann ihm gestohlen worden sein.«

Sie saßen am hintersten Tisch des *Schwarzen Adler*. Grauner, Saltapepe und Marché. Weiherer war vom See noch einmal in den Wald und zu Hallers Haus gefahren, um sich mit seinen Männern zu besprechen. Am Tatort waren inzwischen weitere Stofffasern gefunden worden. Einige davon konnten Maries Kleid zugeordnet werden, andere nicht. Auch weiteres getrocknetes Blut war gefunden worden. Die Fasern und Blutproben waren auf dem Weg nach Bozen zur Analyse.

Von dort gab es Neuigkeiten zum Schmuck. Laut zweier Experten stammten die Stücke aus der Mitte des 18. Jahrhunderts. Erbstücke vielleicht.

In St. Gertraud gab es keinen Hans, berichtete Marché weiter. In St. Walburg einen und in St. Pankraz drei. Einen zwölfjährigen Schüler, zwei Männer um die vierzig, der eine Bankangestellter in Lana, der andere selbstständiger Grafikdesigner. Der vierte war ein siebzigjähriger Bauer – an den Rollstuhl gebunden. Bei keinem der vier ließ sich eine Verbindung zum Fall herstellen.

Aus der Küche dampfte es. Ein paar der Gasthausbesucher hatten Hirschgulasch mit Plent bestellt. Vorne am Budl wurde gelacht, ein kehliges Bauernlachen, leere Weingläser wurden aufs Holz geknallt. Die Männer verschlangen die dick aufgeschnittenen Speckscheiben, die der Wirt ihnen zusammen mit etwas Schüttelbrot und Gurken hingestellt hatte.

Die Arbeit war getan, der Regen hatte den Feierabend eingeläutet, doch noch war es nicht Zeit, nach Hause zu gehen. Eine Runde Watten noch, die Revanche, die Bella, eine Runde Vernatsch, schnell fragen, was es Neues gab, ob sie den Michl, das Schwein, immer noch frei herumlaufen ließen, ob der denn immer noch in Meran bei seiner Mutter war?

Ob man nicht selbst da mal einschreiten müsse!

Ob man sich nicht zusammentun solle, rausfahren nach Meran, sechs, zehn, zwölf Mann. Dann würde der Junge seine gerechte Strafe schon bekommen.

»Geh, reg dich ab!«, sagte der eine. »Trink du mal lieber deinen Wein aus. Was willst du draußen in Meran? Sei froh, dass der weg ist, der Hurnsbub, und auch sein Vater, der Herr Architekt.«

»Geah, heib die Gousch«, antwortete ein anderer im breitesten Dialekt, der schon zwei Täler weiter nur schwer zu verstehen war. »Drpluit und ogschlogn gehören sie, diese Hallers, alle beide.«

Grauner hörte die Stimmen. Er sah die Blicke, neugierig, wissbegierig, die bis nach hinten zu den Ermittlern an den letzten Tisch durchstachen.

»Was ist mit dieser Geschichte vom Taucher? Was will der tief im See gesehen haben?«, fragte Saltapepe in die Runde.

Grauner fand, es war an der Zeit, den Ispettore aufzuklären. »Es gibt rund ein Dutzend Stauseen in Südtirol, viele davon im Ultental. Sie sind irgendwann in den Fünfziger- und Sechzigerjahren angelegt worden. Wo die Seen entstehen sollten, entschied die Regierung in Rom. Auf die Menschen im Tal nahm man dabei keine Rücksicht. Wenn ein Stausee dahin sollte, wo Höfe oder ganze Dörfer standen, wurden die Bewohner zwangsumgesiedelt und mal mehr, mal weniger entschädigt.«

Saltapepes Blick blieb skeptisch.

Grauner beließ es dabei. Seine Gedanken kreisten längst um anderes. Er holte die Fotos des Schmuckes aus seiner Jackentasche.

»Wir müssen mehr über diese Stücke erfahren«, sagte er. »Der Fund der Perlenkette hat sich sicher längst rumgesprochen. Es bringt nichts mehr, Ohrringe, Brosche und Armreif geheim zu halten. Marché, schick ein paar Leute mit Fotos los. Vielleicht erfahren wir von irgendjemandem irgendwas.«

Der Sovrintendente nickte, Grauner drehte sich zu Saltapepe: »Was hast du von diesem Sägewerkbesitzer erfahren?«

»Nichts, was wir nicht schon wüssten. Er war mit Haller befreundet, er kann sich nicht vorstellen, dass der einen Mord begangen hat. Und ja, sie wollten gemeinsam Mitterbad auf Vordermann bringen.«

Saltapepe berichtete auch von seinem Treffen mit den Vespa-Jungs; dass es den beiden Söhnen von Unterweger baldigst einen Besuch abzustatten galt – und dass er bereits in Eigenregie zwei Polizisten losgeschickt hatte, um diesen

Morandell erneut ausfindig zu machen. Eine Streife warte vor seiner Wohnung auf ihn.

»Vielleicht hat der selbst das Gewehr in den See geworfen«, überlegte Marché. »Wäre nicht das erste Mal, dass ein Täter sich als Zeuge meldet und stümperhaft falsche Fährten legt, oder?«

Grauner antwortete nicht. »Wann kommt Weiherer?«, fragte er. Doch noch bevor jemand aus der Runde antworten konnte, sah er ihn am Budl vorbei auf sie zukommen. Sein Trenchcoat war durchnässt. Er setzte sich, zog zwei durchsichtige Plastiktüten aus der Jackentasche und legte sie auf den Tisch.

In jeder lag ein Smartphone.

»Sind das …« Grauner brachte die Frage nicht zu Ende.

»Ja«, ging Weiherer dazwischen. »Das eine ist Michaels. Er hatte es in eine Wollsocke gewickelt und mit Klebeband unter der Regenrinne vor seinem Zimmerfenster befestigt. Das andere ist Maries. Es lag im Wald, in der Nähe des Tatorts.«

Der Commissario nahm die Geräte aus den Plastiktüten, hielt sie mit den Fingerspitzen. Es waren so dünne, leichte Dinger, wie auch Saltapepe eines hatte. Mit einem großen Display, mit dem man offenbar alles machen konnte, Nachrichten schreiben, im Internet surfen, Fernsehschauen, nach dem richtigen Weg suchen, die Fußballergebnisse checken, auch den Wetterbericht, Essen bestellen, fotografieren, Filme drehen – nur, wenn man mal die Nummerntastatur finden wollte, brauchte man dafür eine halbe Ewigkeit.

»Und?«, fragte Grauner. Er legte die Geräte auf den Tisch.

»Bei Michaels Handy ist der WhatsApp-Chat geleert. Da müssen unsere Spezialisten ran.«

»Der *was*?«, fragte Grauner.

»Wir haben keine Mitteilungen gefunden«, erklärte Weiherer.

Grauner brummte.

»Aber in der Tatnacht hat Michael Dr. Rabensteiner drei Mal angerufen. Um kurz nach fünf Uhr morgens.«

Grauner schaute überrascht. »Und Maries Handy? Was ist damit?«

»Auch hier keine Nachrichten. Aber ebenso ein Anruf in der Nacht. Früher. Eine nicht gespeicherte Nummer. Der Anruf wurde jedoch nicht entgegengenommen.«

Grauner schnappte sich erneut das Gerät. »Wo, verdammt, wo drückt man hier?«

Saltapepe nahm es ihm aus der Hand.

»Nicht drücken, Grauner, wischen!«

Weiherer setzte zum Protest an, doch da rutschte der Ispettore mit dem Finger bereits von links nach rechts über die Fläche, tippte einige Male auf das Display und reichte dem Commissario wieder das Smartphone.

Es klingelte. Leise. Grauner hielt sich das eine Ohr zu, um den Gasthauslärm zu dämpfen. Die Gesprächsfetzen. Das Klirren der Gläser. Das Zischen der Kaffeemaschine. Es klingelte weiter. Dann ein Brummeln. Jemand war rangegangen. Der Commissario hörte eine Stimme, doch er verstand nichts.

»Wer ist da?«

Ein lauteres Brummeln folgte, doch immer noch waren die Worte unverständlich. Der Lärm. Das Klirren, das Zischen. Es war wieder deutlicher zu hören. Es war so, als ob … er hörte es doppelt! Der Commissario sprang auf. Sein Stuhl kippte um. Der Mann, mit dem er sprach, den er nicht verstand, er war hier, hier im *Schwarzen Adler*. Grauner machte ein paar Schritte rückwärts und drehte sich um die eigene Achse.

Der Wirt hinter der Theke, Weingläser polierend. Die Männer am Tresen, gestikulierend. Die Männer an den Tischen, Karten spielend. Lachend. Fluchend. Am ersten Tisch, am zweiten, am dritten.

Nichts, niemand hatte ein Handy am Ohr. Doch dann diese eine Bewegung. Diese Hand, die unter einen Mantel gewandert war, der auf der Bank lag. Die da verharrte. Sich versteckte. Etwas versteckte. Grauner schaute von der Hand hoch zum Gesicht. Des Bürgermeisters Augen trafen die seinen, eine Hundertstelsekunde zu lang.

Langsam ging der Commissario zu Kofler rüber. Die Männer um ihn herum waren weiter ins Spiel vertieft. Die Schellacht stach die Laubsieben. Als Grauner neben dem Bürgermeister angelangt war, bückte er sich, fasste nach dem Mantel und schlug ihn beiseite.

Da war kein Ass, das er darunter verborgen hielt, um bei der nächsten Runde mit einem hohen Trumpf ins Spiel gehen zu können. Da lag ein Handy.

Grauner ging an die Theke. Er bestellte ein Glas Rotwein. Dann setzte er sich an einen der freien Tische am anderen Ende des Raums. Alleine. So, dass der Bürgermeister ihn gut sehen konnte. Kofler stand auf, raunte den Mitspielern etwas zu, dann kam er zu ihm rüber. Der Bürgermeister setzte sich ihm gegenüber, legte das Handy auf den Tisch und schaute zu Boden. Nur zögerlich begann er zu sprechen.

»Ich … ich. Erst am nächsten Morgen, nachdem man

mich aus dem Bett geklingelt hatte, nachdem man mir gesagt hatte, dass die Marie tot ist, da … da habe ich den Anruf gesehen.«

»Warum?«, fragte Grauner.

Kofler hob nun den Kopf und schaute ihn an.

Der Commissario präzisierte seine Frage. »Warum hat Marie Sie angerufen?«

»Wir … wir … ich weiß nicht, ob Sie es schon wissen. Es gab einen Vorfall, Marie …«

»Wir wissen davon«, unterbrach ihn Grauner.

»Ich hatte ihr einige Tage danach meine Handynummer gegeben. Ich hatte ihr gesagt, sie könne mich jederzeit anrufen. Ich …« Tränen kullerten nun über des Bürgermeisters Sommersprossen. Seine orangeroten Locken klebten an der Schläfe. »Ich konnte doch nicht wissen, dass sie in der Nacht, mitten in der Nacht … Ich hätte mein Handy nicht stumm schalten sollen. Ein Bürgermeister muss für seine Leute da sein. Immer. Auch nachts. Vielleicht würde sie noch leben, wenn … wenn ich …«

Grauner sah die Tränen. Aber er traute ihnen nicht. Tränen konnten Ausdruck von vielem sein. Trauer. Wut. Selbstmitleid.

»Hat *Ihnen* die Marie denn auch gefallen, Bürgermeister? Sie war ein hübsches junges Mädchen. Sie, Kofler, Sie sind jung, ledig.«

In Sekundenschnelle errötete der Bürgermeister, die Sommersprossen verschwanden nahezu vollständig. Grauner griff in die Tasche seiner Lederjacke und zog die Fotos des Schmucks hervor.

»Wissen Sie, wem der gehören könnte?«

Der Bürgermeister betrachtete die Fotos aufmerksam. »Keine Ahnung«, sagte er dann.

»Marie?«

»Ich weiß es nicht. Ich habe diesen Schmuck noch nie gesehen.«

»Dann andersherum gefragt«, sagte Grauner. »Was glauben Sie, wer könnte diesen Schmuck Marie geschenkt haben?«

»Ich weiß es wirklich nicht«, sagte Kofler. Er knetete die klebrig geschwitzen Hände.

Nun zog Grauner Kopien der Schriftstücke aus dem Wald hervor. Er entfaltete die Blätter und reichte sie seinem Gegenüber.

Der Bürgermeister machte ein verwundertes Gesicht.

»Sagen Ihnen diese Zeilen etwas? Sehen Sie eine Verbindung zu Marie? Zu den Hallers?«

»Benedikt Haller?«, fragte Kofler.

»Oder Michael.«

»Nein.«

»Von wem könnten diese Zeilen sein? Von einem der Buben aus dem Dorf?«

Der Bürgermeister las halblaut: »Inbrünstige Sehnsucht. Herzensglück. So ein Schmarrn! So schreibt doch kein junger Mensch von heute. Die schreiben nur noch WhatsApp-Nachrichten. Alter, Dicker, Hashtag hier, Hashtag da.«

Grauner verstand nicht genau, wovon der Mann sprach, wollte sich das aber nicht anmerken lassen. Er nahm einen Schluck vom Rotwein. Wie gut das tat.

»Was ist mit diesen Zetteln?«, fragte nun der Bürgermeister. »Woher haben Sie die? Was bedeuten die?« Seine Nervosität schien nachgelassen zu haben. Er drehte sich kurz zum Kartenspielertisch um. Die Männer warteten auf ihn.

»Nichts, nichts ist mit den Zetteln«, sagte Grauner. »Sie sind ein großes Rätsel.«

Der Commissario nahm Koflers Handy vom Tisch und

steckte es ein. Kofler protestierte nicht. Beide standen auf, der Bürgermeister kehrte dem Commissario den Rücken zu und setzte sich wieder an den Kartentisch. Grauners Gedanken rasten, seine Rippen schmerzten immer mehr, und die dicke, gulaschgeschwängerte Gasthausluft trieb ihm Schweißperlen auf die Stirn. Er zwängte sich zwischen den Männern hindurch, die am Budl standen und so taten, als würden sie ihn nicht beobachten, dabei aber, das spürte er, alles aufmerksam wahrnahmen.

Als er die Gasthaustür öffnete, drang ihm die frische Regenluft entgegen. Grauner versuchte, sich unter den Vorsprung des Schindeldaches zu drücken, doch da, wo das Wasser aus der Dachrinne plätscherte, waren die Tropfen noch schwerer und größer als draußen im Schauer.

Er trat ein paar Schritte nach vorne. Der Himmel ergoss sich über ihn. Das Wasser sickerte in seine Haare, es fraß sich in sein Hemd. Er ließ es für ein paar Sekunden geschehen. Er spürte, dass der Regen massiger wurde, weißer, kristalliger. Er schaute zum grauschwarzen Himmel hoch, er hörte das Grollen, es war das Grollen des Winters, der im Kampf gegen den Frühling um sich schlug.

Das Dorf, das ganze Tal, lag bereits im Dunkeln. Grauner schaute über die nassen Wiesen hinüber zur Falschauer, die zum reißenden Bach geworden war und das Wasser talauswärts peitschte. Er versuchte, seine Gedanken zu ordnen, aber es gelang ihm nicht. Zu viele Stränge lagen offen, zu viele Geheimnisse verdeckt.

Grauner stapfte unter dem Dachvorsprung um das Gasthaus herum. Hinten bei den Mülleimern, von drei Katzen umschlichen, lehnte der Wirt. Er zog an einer Selbstgedrehten und blies den Rauch in den Regen.

Der Commissario stellte sich neben ihn und lehnte sich ebenso an die Holzwand. So verharrten sie eine Weile.

»Wenn es regnet, dann bleiben sie. Dann spielen sie noch eine Runde und noch eine. Dann bestellen sie Gulasch und Knödel und Schluzer, mehr, als ich habe. Dann drehen meine Leute in der Küche durch.«

Grauner brummte. Er schaute erneut auf den Regen und auf die Falschauer, weiter draußen würde sie die Wasser des Stausees nähren.

»Wie viele Höfe sind da unten im See?«, fragte Grauner. »Wie viele Häuser hat er verschlungen?«

»Über zwei Dutzend«, antwortete der Wirt. »Einige davon gehörten zu den schönsten im Tal. Bis zu sechshundert Jahre waren sie alt.«

Der Wirt nahm noch ein paar Züge, dann hielt er die Zigarette nach vorne und wartete, bis einer der großen Tropfen darauf platschte.

Er verscheuchte die Katzen, schnippte den nassen Stummel in eine der Mülltonnen und deutete Grauner, mit durch den Hintereingang in die Küche zu kommen.

Aus dem Radio dröhnte Rockmusik.

»Ich steh auf Led Zeppelin«, sagte der Wirt und stellte sich an eines der Schneidebrettchen.

Grauner gefiel die Musik nicht. Da war ihm Saltapepes Ramazzotti noch lieber als dieses Gekreische. Er sehnte sich nach seinem Bauernhof. Nach seiner Stube. Nach den Klängen der Siebten. Nach dem langsamen Beginn in e-Moll, der sich so schön schauerlich zum Trauermarsch entwickelte, den er sich, das hatte er der Graunerin schon vor Jahren gesagt, für sein eigenes Begräbnis wünschte.

Die Küchenmitarbeiter rührten in großen Töpfen, sie schüttelten Pfannen. Kellnerinnen, die in preiselbeerroten

Dirndln steckten, knallten die Tür zum Gastraum auf und zu und schrien Bestellungen über den Herd.

Der Wirt hackte Petersilie, Grauner stellte sich neben ihn.

»Das Gerede, Sie bekommen alles mit«, sagte er.

»Ich bekomme alles mit, das Wahre und auch das Erfundene. Manches Erfundene wird so oft erzählt, dass es irgendwann wahr wird. Na ja, zumindest halb wahr«, antwortete der Wirt und grinste.

»Was ist mit Mitterbad? Was erzählen sich die Leute darüber? Wissen Sie noch mehr, als Sie uns gesagt haben?«

»Darüber gibt es so viele Geschichten wie Schneeflocken an einem stürmischen Wintertag.«

Beide schauten unwillkürlich zum Fenster raus.

»Erzählen Sie mir ein paar dieser Geschichten, Wirt!«, forderte Grauner.

»Da gibt es zum Beispiel die Geschichte vom jungen Otto von Bismarck. Der spätere deutsche Reichskanzler soll sich bei seinem Aufenthalt unsterblich in die Badwirtstochter verliebt haben. Sie hatte nussbraune Augen und pechschwarzes Haar. Er habe sogar um ihre Hand angehalten, heißt es, aber ihr Vater war dagegen. Ein protestantischer Preuße und eine katholische Tirolerin, das könne nicht gut gehen. Sie heiratete einen anderen, einen Salzburger, und starb jung, achtunddreißigjährig, angeblich an gebrochenem Herzen. Drei Tage nach ihrem Verscheiden fand sich ein Kranz aus Rosen an ihrem Grab. *Meiner unvergessenen Josepha. O. v. B.*, stand darauf.«

»Wahre Geschichte?«, fragte Grauner und grinste nun ebenfalls.

»Halb wahr auf jeden Fall«, antwortete der Wirt, verstreute Petersilie über die Schluzer und holte Knödelteig herbei. »Und da gibt es noch die Geschichte mit der Kaiserin.« Er gab Speckwürfel in den Teig und begann zu kneten. »Die Sissi, die konnte im Tal keiner leiden. Zickig war sie, sagten die alten Leute, die es von den noch älteren erzählt bekommen hatten.«

Der Wirt formte aus der Teigmasse die ersten Knödelkugeln. Die Muskeln seiner tätowierten Arme tanzten.

»Die Bauernbuben aus den Dörfern machten sich einen Spaß daraus, aus der Falschauer gefischte Forellen nach Mitterbad zu schmuggeln und sie der Kaiserin, während sie ein Bad nahm, in den Marmorbottich zu werfen.« Der Wirt lachte nun so laut, als ob er sich höchstselbst an die Streiche von damals erinnern konnte.

»Dass ein Bürgermeister am Budl trinkt und tot umfällt, ist auch eine interessante Geschichte«, sagte Grauner übergangslos. Emotionslos. Ohne zu lachen.

Er sah, dass sich ein Schatten über das Gesicht des Wirtes legte.

»Das war kein schöner Anblick«, erwiderte der nun ebenfalls ernst. »Das können Sie mir glauben. Er war dunkelblau angelaufen, röchelte, die Zunge hing ihm aus dem Mund, und die Augen hat es ihm fast aus den Höhlen gedrückt.«

»Mit wem stand der alte Bürgermeister da an dem Tag, als er starb?«

»Das kann ich nicht sagen, die Bar war voll. Alle waren da. Alle, wie immer.«

»Es könnte also sein … ich meine … der Bürgermeister soll ja Probleme mit den Wilderern gehabt haben … so ein Weinglas steht da … man schaut nicht andauernd hin, man dreht sich um, redet mit dem einen, mit dem anderen, trinkt einen Schluck …«

Jetzt schüttelte der Wirt den Kopf. »Sie glauben doch nicht …«

»Glauben tu ich gar nichts. Ich frage nur. Was wissen Sie über Marie? Sie hat im Gasthaus gearbeitet, dann gab es einen Zwischenfall … ein gewisser Peter M…«

»Dem Morandell habe ich ein paar geschmiert und ihm zwei Wochen Hausverbot erteilt. Aber dass sich die Marie erst zwei Tage lang nicht blicken ließ und dann nur auftauchte, um mir zu sagen, dass sie kündigt, das hat mich gewundert.«

Grauner verstand nicht. »Warum?«

»Marie wirkte zart, aber sie war es nicht. Mit so einem Besoffenen kam sie schon klar. Dem drückte die ein paar Sprüche rein, dann lachten alle am Tisch, und gut war. Ich habe mich bei ihr erkundigt, warum sie nicht mehr arbeiten wollte. *Ist es wegen dem Morandell?*, habe ich gefragt. Und ihr gesagt, dass er für immer Hausverbot bekommt, wenn es deswegen ist.«

»Und was hat sie geantwortet?«

»Es ist mehr passiert als das, was gesehen wurde, hat sie gesagt. *Viel mehr.* Dann ist sie gegangen. Ich habe bis heute nicht verstanden, was genau sie damit gemeint hat. Ich wollte sie noch einmal darauf ansprechen. Aber ich habe sie die darauffolgenden Tage im Dorf nicht gesehen. Ich habe sogar kurz überlegt, die Carabinieri zu verständigen, aber dann habe ich es bleiben lassen. Was hätte ich denen sagen sollen? Die hätten mich ja ausgelacht.«

Aus dem Radio erklangen die letzten Akkorde des Liedes. Der Wirt hatte zwölf frische Knödel nebeneinander aufgereiht. Nun ließ er sie ins siedend heiße Wasser plumpsen. Eine der Kellnerinnen haute die Tür auf.

»Vier mal Schluzer, zwei mal Gulasch, Tisch sieben!«, schrie sie und schnappte sich drei bereitstehende Teller. Der

Wirt drückte Grauner eine Platte in die Hand. Speckknödel, Kasknödel und Spinatknödel dampften darauf, daneben lagen Kraut- und Blattsalat. In die andere Hand drückte er ihm einen Weinkrug.

»Für Ihre Männer«, sagte er, und Grauner trat durch die Tür.

Er ging hinter dem Budl herum, zwängte sich erneut an den Gasthausbesuchern vorbei und stellte die Platte und den Krug vor Saltapepe, Marché und Weiherer auf den Tisch.

Die Ermittler verteilten die Knödel auf die Teller. Saltapepe griff nach einem Messer, aber Grauner nahm es ihm aus der Hand.

»Niemals!«, sagte er. »Wenn das deine neuen Freunde vom Kartentisch sehen …« Dann teilte er den Knödel des Ispettore mit der Gabel entzwei.

Der Duft von gekochtem Speck und Brot schlug ihm entgegen. Sein Magen knurrte. Grauner reichte Weiherer Koflers Handy, gab während des Essens das Gespräch mit dem Wirt wieder und erteilte noch ein paar Anweisungen. Er selbst wollte sich Michaels Psychotherapeuten noch einmal vorknöpfen. Saltapepe sollte noch einmal zu Unterweger, um ihn und seine Söhne mit den Geweihen und Fellen in der Kapelle zu konfrontieren. Und: Er sollte Morandell in die Mangel nehmen, sobald dieser aufgetaucht war. Der Vorfall im *Schwarzen Adler*. Der schwammige Zeugenbericht, der ebenso gut ein dilettantisches Ablenkungsmanöver sein konnte. Das Geschehen um Morandell und Marie war bislang die heißeste Spur in diesem Fall.

Nachdem Grauner geendet hatte, erstarben die Gespräche. Die Knödel ließen die Ermittler für einen Moment das

Gräuel vergessen. Vergessen, weswegen sie ins Ultental gekommen waren. Wie schön hätte es hier sein können – ohne die schreckliche Tat. Sie hätten Wanderer sein können, die Morgen für Morgen zu neuen Gipfeln aufbrachen. Oder Kartenspieler, die gleich noch eine Partie ausspielten.

So war es nicht, das wussten sie. Aber sie verdrängten es. Für ein paar Minuten, für die Dauer einer Mahlzeit. Sie tranken jeder noch einen Marillenschnaps und noch einen Schwarzen.

15

Die beiden Polizisten hatten den Einsatzwagen am großen Parkplatz abgestellt und waren die verbleibenden Meter zu Fuß gegangen. Sie hatten sich an den Brunnen gesetzt. Als es zu regnen begann, so sehr, dass der Regen das Wasser des Brunnens zum Wallen brachte, hatten sie Unterschlupf unter dem Dachvorsprung eines Heustadels gesucht. Auch von dort aus hatten sie das Haus, das inmitten von St. Walburg stand, gut im Blick.

Es war keins der alten Bauernhäuser, es war eines der Kondominien mitten im Dorf, das sie da beobachteten. Erster Stock, links oben, das war seine Wohnung. Hinter den Fenstern war es dunkel. Sie hatten trotzdem geklingelt. Nichts.

Warten. Schweigen. Das Prasseln des Regens und das Plätschern des Brunnens. Eine Katze, die unter dem Dachvorsprung der Scheune entlang huschte. Das Quietschen von Autoreifen. Dann der Schatten. Das Klappern der

Schuhe auf Pflastersteinen. Der Mann schaute sich um; fast an der Treppe zum Hauseingang angelangt, waren sie bei ihm. Kurz zuckte er, seine Muskeln waren dem ersten Gedanken gefolgt – weglaufen! Flucht! Aber der zweite Gedanke hielt ihn zurück. Sie sind zu zweit, sie sind zu nah. Ruhig bleiben!

Die beiden Polizisten begleiteten ihn in die Wohnung. Der eine setzte sich mit ihm an den Küchentisch. Der andere blieb im Flur, rief den Commissario an. Nur die Mailbox. Er wählte die Nummer des Ispettore. Es klingelte.

»Sì? Pronto?«

»Ispettore, Morandell Peter, l'abbiamo beccato. Wir haben ihn. Wir sind bei ihm zu Hause.«

Zehn Minuten später war Saltapepe vor Ort. Morandells Wohnung war klein und karg eingerichtet. Ein Flur, Arbeitsjacken, die neben einem Spiegel hingen, Arbeiterschuhe, gepresste Walderde im klobigen Profil. Eine Wohnküche, ein Bad ohne Fenster, eine verschlossene Tür, hinter der sich wohl das Schlafzimmer befand. Das warme Licht der Deckenlampe, ein gekreuzigter Jesus an der Wand.

Sie hatten sich in den vergangenen Stunden genauer über den Mann informiert. Er war Hilfsarbeiter, Tagelöhner. Die Mittelschule hatte er nie abgeschlossen. Mal arbeitete er zwei Wochen im Wald, mal verdingte er sich als Maurer, mal half er den Gemeindearbeitern beim Straßendienst. Bis vor zwei Jahren hatte er bei seiner Mutter gelebt. Sein Vater war vor langer Zeit gestorben. Nun war auch seine Mutter tot, nun lebte er allein.

Morandell saß auf der Eckbank, Saltapepe auf dem Stuhl,

zwischen ihnen war der Tisch. Die beiden Polizisten lehnten an der Küchenzeile.

»Sie wissen, warum wir hier sind?«

»Ich kann's mir denken. Wegen dem Mann, den ich am See gesehen habe, kann's ja nicht sein. Dazu haben mich Ihre Kollegen schon befragt.«

»Es gab einen Vorfall, Anfang Februar, im *Schwarzen Adler*. Marie hat dort als Kellnerin gearbeitet. Sie, Morandell, Sie sollen ihr gegen ihren Willen – gelinde gesagt – nahegekommen sein.«

Saltapepe wählte seine Worte mit Bedacht. Zu oft war er in der Vergangenheit zu schnell und zu abrupt vorgeprescht. Diese Südtiroler waren Sturschädel. Nicht so leicht zu knacken. Schon gar nicht, wenn man sie sofort unter Druck setzte. Erst einmal freundlich sein, hatte er sich vorgenommen, sich gut mit ihm stellen, dann, wenn es sein muss, einen anderen Ton anschlagen.

»Was heißt gegen ihren Willen? Ich hab sie angefasst, ja. Und ihr hat's nicht gepasst. Dann hab ich's noch mal versucht und noch mal. Wo ist das Problem? Bin schließlich ein Mann, wir sind doch Männer, oder?« Morandell war lauter geworden, er schaute Beifall heischend zu den beiden Polizisten. »Und was heißt bei den Weibern schon *nein*? *Nein* heißt *vielleicht*. Und *vielleicht* heißt *ja*. Wer's nicht probiert, kommt nicht zu seinem Glück. Das ist bei den Viechern nicht anders.«

»Wir sind keine Viecher, Morandell. Non siamo animali«, antwortete Saltapepe scharf. Auch er hatte die Stimme erhoben.

»Natürlich sind wir das, Viecher sind wir, und wenn wir gesoffen haben, dann erst recht. Schauen Sie, *Ispettore*«, er mischte eine Portion Verachtung und Ironie in die Stimme, als er Saltapepes Polizeirang nannte, »ich habe nach der Marie gefasst, ich wollt sie haben, sie mich nicht. Auch gut. Dann habe ich's halt gelassen. Sie hätte mir gerne eine schmieren können, so wie der Wirt es getan hat. Wär auch gut gewesen. Hat sie nicht gemacht. Sie ist gegangen und nicht mehr wiedergekommen. Wenn sie meint, dass das die Lösung ist, meinetwegen. Aber, dass Sie in mir einen Mörder sehen …«

»Wir versuchen, die Tat aufzuklären, alle Stränge, die mit der Tat zu tun haben könnten, freizulegen, um alles, was um Marie herum in den vergangenen Stunden, Tagen, Wochen, Monaten passiert ist, rekonstruieren zu können. Marie soll ein paar Tage nach Ihrem Übergriff gesagt haben, dass viel mehr passiert sei als das, was gesehen wurde. Wir fragen uns, was sie damit meinte. Haben Sie sich noch mal an ihr vergriffen, Morandell?«

»Nein, das habe ich nicht. Und eines sage ich Ihnen, ich war sicher nicht der Einzige, der sie gerne mal … Mich wundert's eh, dass die *Marie* tot ist.«

Saltapepe verstand nicht.

»Wenn einer tot sein müsste, dann bin *ich* das. Sie wissen wahrscheinlich, dass der Bachlechner, ihr Vater, der sonst nie ins Gasthaus kommt, dass der einen Tag später da war.«

»Ja, das wissen wir. Er soll sich hingesetzt haben, wortlos, und nach einer Stunde wieder gegangen sein.«

Morandells Augen wurden größer und größer. »Man muss nicht mit Worten reden. Am nächsten Morgen waren bei meinem Uno alle vier Reifen aufgeschlitzt. Und nicht nur das. Auf den Sitzen lagen Innereien. Von einer Sau. Gedärm, Leber, Milz, das Herz. Es hatte geschneit an dem Abend, wie auch am Abend zuvor und die Tage darauf. Auf dem Frontfenster stand eine Botschaft in den Schnee geschrieben: *Stirb!* Was glauben Sie, wer das war? Der Bachlechner war das!«

»Warum sind Sie sich so sicher?«

»Wer soll es sonst gewesen sein?«

Saltapepe erinnerte sich an sein erstes Gespräch mit dem Pfarrer. »Pfarrer Santer ist überzeugt, dass Michael nachts Schweinen den Kopf abgehackt hat.«

»Schmarrn. Der Bachlechner war das. Da verwette ich mein Leben drauf. Ich habe das, was er mit meinem Auto gemacht hat, niemandem gesagt. Ich habe es sauber gemacht. Den ganzen Gestank rausgewaschen, einen Tag lang habe ich geschrubbt und gewischt. Ich habe die Reifen gewechselt, und ich habe mich bemüht, dem Bachlechner von da an aus dem Weg zu gehen. Und seiner Tochter auch. Ich habe sie nicht umgebracht. Ich will keine Probleme haben. Und sterben will ich schon gar nicht.«

»Wo waren Sie vorgestern Nacht, Morandell? Wo waren Sie, als Marie starb?«

Erneut schaute der Mann in die Runde, so als ob ihm die beiden Polizisten, die an der Küchenzeile standen, hätten helfen können. »Hier war ich, hier zu Hause«, sagte er. »Frühmorgens bin ich dann rein nach St. Gertraud gefahren, weil ich dort einem Bauern helfen sollte. Der baut den Dachstuhl seines Stadls aus. Holzarbeiten, das kann ich gut. Ich wollte das gleich in der Früh erledigen, um dann noch bei einer anderen Baustelle aushelfen zu können. Man tut, was man kann. Beim Reinfahren habe ich den Mann am See beobachtet.«

»Sie haben keine Zeugen dafür, dass Sie die ganze Nacht über hier waren?«

»Nein. Aber ich habe ein reines Gewissen«, sagte er trotzig.

Saltapepe stand auf. Er deutete den beiden Polizisten, zur

Tür zu gehen. Dieser Mann hatte kein Alibi, er war verdächtig, seine Geschichte konnte auch erlogen sein, aber es gab keine Möglichkeit, ihn festzunehmen. Noch nicht, sagte sich der Ispettore.

Im Flur angelangt, drehte er sich um. Morandell saß immer noch gebückt da, er hielt sich die Hände vors Gesicht. Ein Flüstern war zu hören. Oder war es ein Wimmern? Betete oder weinte der Mann?

»Eine letzte Frage«, sagte Saltapepe, »wissen Sie, wessen Sau das war, deren Gedärme Sie in Ihrem Auto gefunden haben?«

Morandell schaute auf. Es war ein Wimmern gewesen. Seine Augen waren blutrot unterlaufen, seine Wangen nass.

»Die Sau gehörte dem Unterweger. Dem Sägewerkbesitzer. Er sagte am nächsten Tag, dass ihm eine gestohlen worden war.«

16

Es war schwarz draußen vor den Fenstern. Und es war schwarz drinnen im Raum. Nur die Schreibtischlampe brannte. Sie beleuchtete einige Papiere, die da gestapelt lagen. Eine randlose Brille auch. Und einen schweren silbernen Füller. Rabensteiner lehnte im Halbschatten. Mit den Händen stützte er sich an der Polsterung der Couch ab. Grauner konnte es nicht genau erkennen, aber es schien ihm, als krallten sich seine Finger darin fest.

»Sie haben uns angelogen«, sagte der Commissario, der in der Mitte des Zimmers stand.

»Habe ich nicht«, antwortete der Arzt knapp.
»Sie haben uns nicht die Wahrheit gesagt.«
»Vielleicht nicht die ganze Wahrheit.«
»Nicht die ganze Wahrheit zu sagen, das ist wie lügen.«
»Ist es nicht. Das ist das Leben.«

Grauner hatte Platz genommen. Im Wartezimmer. Es würde nur ein paar Minuten dauern, hatte die Empfangsdame gesagt, die wohl Überstunden machte. Er hatte eine Viertelstunde die Wand angestarrt. Und die Patienten, die ihm gegenübersaßen. Er hatte sie gemustert, sie ihn auch. Als sich nach zwanzig Minuten immer noch nichts gerührt hatte, war er aufgestanden, hatte den Protest der Dame ignoriert und war ins Behandlungszimmer getreten.

»Aufhören, Rabensteiner! Sagen Sie mir, warum Michael Haller Sie in der Tatnacht angerufen hat! Sagen Sie mir, was er gesagt hat, worüber Sie mit ihm geredet haben.«
»Ich habe nur einzelne Satzfetzen verstanden, Commissario. Die Verbindung brach mehrmals ab. Beim ersten Anruf war da nur ein Schluchzen. Ein Heulen. Im Hintergrund war ein Rauschen zu hören, wie das Rauschen des Windes im Wald.«
»Was hat er beim zweiten Anruf gesagt?«
»Dass sie tot sei. *Marie ist tot, Marie ist tot* hat er immer wieder geschrien.«
»Und beim dritten?«
»Wieder hat er geheult und geschluchzt. *Was soll ich tun … was soll ich nur tun?*«
»Ihr Handy …«
»Ich kann Ihnen nicht mein … ohne mein iPhone …«
»Ihr Handy, Rabensteiner!«

Wenig später bog Grauners Panda von der Parkgarage an den Thermen in den Meraner Abendverkehr ein. Über die MeBo, so hoffte er, würde er bei dem Regen in einer knappen halben Stunde in der Questura sein.

17

Unterwegers Frau saß am Küchentisch und knackte Nussschalen. Das unheimliche Geräusch, das so klang, als würden Knochen brechen, hallte durchs ganze Haus. Der Sägewerkbesitzer saß am Ofen, der eine wohlige Wärme ausstrahlte. Saltapepe spürte, wie die Wangen in Sekundenschnelle glühend heiß wurden, die Jacke trug noch die Abendkälte von draußen in sich.

»Was wollen Sie schon wieder?« Unterweger musterte den Ispettore wie ein Landbesitzer, dem ein Fremder über den Zaun geklettert war.

»Ich habe noch eine Frage«, sagte Saltapepe ruhig. »Diese Frage, ich muss sie loswerden, sie würde mich sonst die ganze Nacht wach halten.«

Die Schalen knackten, die Unterwegerin legte die freigelegte Nuss zu den anderen.

»Sie haben mir heute Morgen gesagt, dass Sie in Mitterbad die Jugendlichen mit den Vespas bereits ein paar Mal verscheucht haben, wegen der Graffiti. Nun, ich frage mich, ob das der einzige Grund ist, weshalb Sie die Jungs dort nicht haben wollen.«

Die beiden schauten einander in die Augen.

Noch zwei Mal durchbrach das Knacken der Schalen die

Stille, bevor Saltapepe wieder sprach. »Die Jungs sagen, sie hätten Ihre beiden Söhne beim Wildern beobachtet.«

Unterweger verzog das Gesicht, auf der Stirn bildeten sich Falten, tief wie Felsschluchten. »Blödsinn«, sagte er. »Lüge.«

»Wir haben Geweihe und Felle in der kleinen Kapelle gefunden«, fuhr der Ispettore fort.

»Ja und?«, konterte Unterweger. »Mitterbad ist eine Ruine. Die Kapelle verlassen. Was weiß ich, wer da erlegtes Vieh hinbringt.«

»Wir werden Ihre Söhne verhören, Unterweger. Heute noch.«

Nun grinste der Sägewerkbesitzer. »Das wird Ihnen nicht gelingen.« Er schaute auf die Uhr. »Die beiden sitzen gerade im Flieger nach Vancouver, Kanada. Da findet eine internationale Holzmesse statt. Mit über tausend Ausstellern aus über fünfzig Ländern. Da darf unser Holz nicht fehlen, das Ultner Holz, das Unterweger-Holz.«

Saltapepe ließ sich nicht aus dem Konzept bringen.

»Der ehemalige Bürgermeister ist vor über einem Jahr im Gasthaus am Budl tot umgefallen«, wechselte er das Thema. »Es heißt, er habe Probleme mit den Wilderern gehabt. Kurz nach seinem Tod haben Sie Mitterbad gekauft, das ihm gehörte.«

»Was wollen Sie damit …«, der Rest des Satzes war nicht mehr zu hören. Unterweger hatte auf den Tisch geschlagen. Ein paar der Nüsse waren zu Boden gefallen.

»Gar nichts«, antwortete Saltapepe betont ruhig, »ich wundere mich nur. Ein Bürgermeister, der sich mit Wilderern anlegt und plötzlich tot im Gasthaus liegt, ein totes Mädchen an den Lärchen, eine tote Sau – Ihre Sau – im Auto eines Zeugen, der sagt, der Vater der Toten soll die

Sau nachts heimlich abgeschlachtet haben. Und dann Ihre Söhne, zwei Wilderer, auf der Flucht nach Kanada.«

Unterweger lachte nun laut auf, und je lauter das Lachen wurde, desto mehr wurde es zu einem Schreien. Seine Frau versuchte, ihm besänftigend die Hand auf den Unterarm zu legen, doch er schlug sie beiseite. Er baute sich vor dem Tisch auf, sodass sich die Lampe verdunkelte, und ins Dunkel hinein brüllte er: »Verschwinden Sie aus meinem Haus, Sie Drecksermittler! Meine Söhne sind nicht auf der Flucht. Sie haben mit alldem nichts zu tun. Raus! Oder ich vergesse mich!«

Der Sägewerkbesitzer war bis auf wenige Millimeter an Saltapepe herangekommen. Dieser drehte sich wortlos um, öffnete die Haustür und trat hinaus in den Abend.

18

Sie saßen im selben Sitzungsraum wie tags zuvor. An den Wänden hingen Bilder der Toten, vom Tatort, der Leiche, Hallers Haus, Maries Zimmer und Mitterbad. Grauner kam es vor, als wäre in der Zwischenzeit ein halbes Leben vergangen. Am Garderobenständer hingen die nassen Mäntel. Das Nass dehnte sie zu Boden. Der Commissario reichte Weiherer das Smartphone des Arztes. Dann brachte sich die Runde auf den neuesten Stand der Dinge.

Das nah am Ufer gefundene Gewehr war tatsächlich Josef Bachlechners Büchse und gleichzeitig die Tatwaffe. Die Hülse lag noch im Patronenlager. An Bachlechners Waffenschrank waren nur dessen eigene Fingerabdrücke zu finden gewesen. Das musste nichts heißen; wer die Waffe entwendet hatte, konnte Handschuhe getragen haben. Dass es Maries eigener Vater gewesen war, konnte – wollte – Grauner nicht glauben. Aber er durfte diese Möglichkeit nicht verdrängen. Er musste auch diese Variante gedanklich durchspielen, so schwer es ihm fiel.

Zum Schmuck wollte oder konnte keiner der befragten Dorfbewohner etwas sagen. Die meisten hatten nur widerwillig auf die Fotos geschaut und wortlos den Kopf geschüttelt. Alle Handschriften der am Fall Beteiligten und Verdächtigen waren gesammelt und analysiert worden. Auch die von Unterweger, Pfarrer Santer und Bürgermeister Kofler waren noch einmal geprüft worden. Nichts. Keine davon glich der auf den gefundenen Schriftstücken. Auch keine der Spuren am Tatort konnte einem bestimmten Schuhprofil zugeordnet werden. Dafür war der Waldboden am Felsen zu matschig. »Aber es waren unterschiedliche Profile, mindestens zwei, vielleicht mehr«, versicherte Weiherer.

Die DNA-Tests zum Blut am Tatort und am Wischtuch in Hallers Wohnung würden frühestens am nächsten Morgen bereitstehen. Die Spezialisten arbeiteten auf Hochtouren und wollten eine weitere Nachtschicht einlegen.

»Wir sollten uns heute noch einmal Benedikt Haller vornehmen. Wir müssen ihn mit dem Fund der Tatwaffe konfrontieren«, forderte Saltapepe.

»Nein«, erwiderte Grauner. »Lass uns abwarten.«

»Wieso?«, fragte der Ispettore verständnislos.

»Vielleicht geht es Benedikt Haller einzig und allein darum, seinen Sohn zu schützen. Wenn dem so ist, dann wird er nicht reden, solange sein Sohn verdächtigt wird. Er wird nicht reden, solange sein Sohn nicht in Sicherheit ist. Vor den Leuten im Dorf, vor uns. In Sicherheit davor, festgenommen zu werden.«

Belli schaute grimmig. Sie hatten für den Geschmack des Staatsanwalts den ganzen Tag über zu sehr neuen Spuren nachgeschnüffelt, anstatt sich auf die Suche nach Beweisen zu konzentrieren, die Hallers Geständnis mit Fakten untermauern würden. Achtundvierzig Stunden konnte der Architekt höchstens festgehalten werden, dann musste der zuständige Richter über eine Verlängerung der Untersuchungshaft entscheiden. Was, wenn Belli recht hatte, was, wenn Benedikt Haller tatsächlich der Täter war? Und Michael ihn vielleicht beobachtet hatte? Grauner wurde diesen Gedanken nicht los.

Er wollte fortfahren, ihm war, als wäre Weiherer mit seinen Ausführungen am Ende gewesen, doch da hob der noch einmal kurz die Hand, kramte in seinem Koffer und legte ein neues Blatt Papier auf den Tisch.

»Ist das …« Grauner stellte die Frage nicht zu Ende.

»Ja«, sagte Weiherer.

Der Commissario ging um den Tisch herum und sah dem Chef der Scientifica über die Schulter. Festes Papier, gelblich. Leicht zerknittert. Schwer entzifferbare Schrift wie auf den anderen bereits gefundenen Schriftstücken.

Er begann langsam zu lesen: »Mitterbad bei Meran. Sieben oder eins. Zwei. Zweiundsiebzigster? Nein. Zwölfter. Zwölfter. Neunter. Neunzehnhundert … null. Eins. 1901.«

Der Commissario stockte kurz und schaute auf. Dann wiederholte er ungläubig Ortsangabe und Datumszeile:

Mitterbad bei Meran, 12. IX. 1901

Die anderen rückten näher.

Belli riss das Papier an sich. »Blödsinn!«, sagte er. Doch

dann wiederholte auch er die Jahreszahl. »Millenovecento e uno. Tatsächlich.«

»Die Zeilen können also definitiv nicht von Benedikt Haller stammen. Auch nicht von seinem Sohn oder von sonst jemandem, der noch lebt«, sagte Saltapepe resigniert.

Grauner las weiter.

Hans, mein Hans,

es sind einige Tage vergangen, seitdem wir uns in Mitterbad verabschiedeten. Es war freilich ein traurig' Nimmerwiedersehen. Wir hatten solch' schöne Zeit, bis Du das Unaussprechliche – – –

Du dachtest, ich sei vom Bade bereits in meine Suite zurückgekehrt, aber ich beobachtete alles vom Säulenbogen aus. Ich betrachtete Eure, Deinen!, nackten Körper, Deine breiten Schultern, Deine schmalen Hüften, Dein bastblondes Haar, Deine Augen, stahlblau, mit scharfem Blicke.

Sie hat Dir die Liebe versagt, und Du hast sie gemordet, Hans. Du drücktest ihren Kopf unter Wasser, bis das Zucken ihrer Arme erlosch und die Beine erschlafften. Was war in Dich gefahren? Mir zittert jetzt noch der Leib beim Gedanken daran.

Adieu, Hans. Bleib so wohlbehalten, wie man nur kann, im Wissen um – – –

Für immer Dein.
Thommy

PS: Heinrich weiß von nichts. Und sei gewiß, er wird von alledem nie etwas erfahren.

Die Ermittler verharrten eine Weile stumm.

»Ich werde aus diesen Texten nicht schlau«, sagte Saltapepe irgendwann. »Vielleicht will der Täter uns damit verwirren. Wer soll dieser Hans sein? Aus dem Tal ist er nicht, das haben wir geprüft. Und wer ist dieser Thommy? Wer dieser Heinrich? Sollen wir jetzt auch noch nach allen Thommys suchen und nach allen Heinrichs? Vielleicht haben diese Zeilen einfach nichts zu bedeuten und auch nichts mit unserem Fall zu tun.«

»Vielleicht«, sagte Grauner.

Der Commissario ließ die beiden anderen Schriftstücke danebenlegen. Diese dritte Botschaft war unverkennbar kein Tagebuchauszug, sondern ein Brief. Grauner las einige der Worte laut vor: »Du hast sie gemordet, Hans. Thommy. Heinrich.« Er runzelte die Stirn. Dann hob er den Kopf und fragte in die Runde: »Was hat der Wirt noch gleich erzählt, welche berühmten Persönlichkeiten haben ihrerzeit in Mitterbad übernachtet?«

Saltapepe schlug sein Notizbuch auf. Er blätterte darin, schließlich las er die Namen vor: »Otto von Bismarck. Sigmund Freud. Franz Kafka. Franz von Defregger. Thomas und Heinrich Mann. Die Königi…«

»Halt«, unterbrach ihn der Commissario. »Thomas Mann. Heinrich Mann.« Er schaute noch einmal auf den Brief. »Heinrich wird niemals davon erfahren. Dein Thommy.«

Grauners Augen leuchteten. Doch das Leuchten erlosch sogleich wieder. Belli schüttelte ungläubig den Kopf.

»Grauner, hören Sie auf, die Weltgeschichte umzugraben. Genug damit!«, sagte der Staatsanwalt. »Solange Haller bei seinem Geständnis bleibt und Sie mir keine gegenteiligen Beweise auftischen, bleibt er unser Täter, basta! Und was auch immer das hier ist, es führt zu weit von unserem Fall weg. Morgen früh konfrontieren wir Haller mit dem Fund der Tatwaffe, ich will seine Reaktion sehen. Die Presse sitzt mir im Nacken. Ein Mädchen ist gestorben. Ein siebzehnjähriges Mädchen! Die Leute sind außer sich vor Wut! Soll ich denen etwa von irgendwelchen Literaturheinis, verstorbenen Kaiserinnen, Künstlern und von Bismarck erzählen? Machen Sie sich nicht lächerlich!«

Grauner blieb ganz ruhig. Zu widersprechen würde der falsche Weg sein. Doch seine Gedanken rasten, während er sprach.

»Weiherer, die Papiere müssen noch mal untersucht werden. Nicht nach Fingerabdrücken, sondern danach, wie alt sie sind. Saltapepe, ich möchte außerdem, dass bis morgen um zehn möglichst viele Informationen zu den Geschehnissen im Dorf seit dem Tod des ehemaligen Bürgermeisters zusammengetragen werden. Und treibt den Dorfarzt auf, der den Tod des Bürgermeisters festgestellt hat. Versucht auch noch mehr über diesen gemeinsamen Plan von Unterweger und Haller herauszufinden. Und ich will, dass ihr Hallers Vergangenheit weiter umgrabt, findet alles, was sich zu ihm finden lässt. Stellt Kontakt zu Unterwegers Söhnen her, lasst aber auch Morandell nicht aus den Augen, sprecht mit Menschen, die ihn gut kennen. Weiß jeder, was zu tun ist?«

Die um ihn Versammelten nickten zustimmend. Als alle bereits aufgestanden waren, kam Saltapepe zu Grauner. »Und was machst du morgen früh?«, fragte er.

»Ich komme nach«, antwortete der Commissario. Er musste versuchen, das Geheimnis dieser Zeilen zu lüften. Und wenn auch nur, um auszuschließen, dass sie von Bedeutung waren.

19

Grauner hielt in der Kurve. Er drehte die Siebte leiser. Dann machte er den Motor aus. Es tat sich nichts. Nach einigen Minuten kam er sich blöd vor. Was hatte er sich denn gedacht? Warum sollte es ausgerechnet noch mal … genau in dieser Kurve. Er sah ein Scheinwerferpaar weiter unten im Tal die Serpentinen heraufkommen, in ein paar Minuten würde das Auto bei ihm sein.

Er drehte den Zündschlüssel um, drückte aufs Gas, drehte die Vogelstimmenimitation und das darauffolgende Nachtmusikgewitter des zweiten Satzes lauter. Und während er die letzten Meter hoch zum Hof fuhr, ließ er die Eindrücke der vergangenen Stunden Revue passieren. Noch einmal ging er in Gedanken durch die Ruine von Mitterbad, noch einmal stellte er sich vor, was für ein entzückender Ort es vor dem Verfall gewesen sein musste. Erneut sah er die Graffiti an der Wand. Die eine Zeile, bevor er in das Loch krachte.

Dieser eine Satz!

Grauner parkte den Panda neben der Stalltür. Seine Kühe begrüßten ihn mit einem tiefen Muhen. Er lief über den Hof zum Haus. Hier im Eisacktal war es trocken geblieben. Das Unwetter war über den Vinschgau hinweg nach Österreich gezogen. Im Haus angekommen, schaute er in Saras Zimmer. Der Lichtstreifen, der durch den Türspalt fiel, erhellte ihren Kopf. Sie schlief bereits.

Er schnappte sich ihr Notebook und ging damit in die Stube. Seine Frau stand in der Küche, leere Einweckgläser vor sich, sauber gespült. Sie polierte eines nach dem anderen. Alba, so schätzte Grauner, hortete in etwa eine halbe Million Einweckgläser. Die eine Viertelmillion stand gefüllt mit Tomatensoße, Zucchini, Melanzane und Pfirsich im Keller. Die andere reinigte sie regelmäßig, bevor sie im darauffolgenden Sommer auch diese befüllte.

»Johann, was machst du mit Saras Computer?«, fuhr Alba ihn an, als sie ihn vorbeischleichen sah.

»Du musst mir helfen«, sagte Grauner. »Du musst mir zeigen, wie ich damit ins Internet komme.« Er klappte den Rechner auf. »Ich muss etwas äh … goggelen.«

»Kannst du das nicht bei der Arbeit machen?«

»Im Grunde schon, aber es ist wichtig, und es ist mir jetzt erst eingefallen.«

»Und kann das nicht bis morgen …«

»Nein.«

Grauner schaute seine Frau bittend an.

Alba nahm den Rechner, klickte auf eins der Symbole. »Und was soll ich für dich *googeln*?«

»Tief ist der Brunnen der Vergangenheit.«

Grauner wiederholte den Satz noch einmal, langsam, Wort für Wort. Noch langsamer öffnete sich die Seite auf dem Bildschirm. Das schnelle Internet hatte Südtirols Bergdörfer noch nicht erreicht, vielleicht würde es dort auch nie ankommen. Grauner war das ganz lieb, eigentlich. Jedoch nicht in diesem Moment.

Endlich wurde die Trefferliste gezeigt.

Sie schauten auf den Bildschirm. Ihre Augen scannten die Zeilen.

»Tief ist der Brunnen der Vergangenheit. Sollte man ihn nicht unergründlich nennen? Thomas Mann. *Joseph und seine Brüder*. Das ist aus einem Roman«, sagte Alba schließlich.

Grauner sagte nichts. Er nahm seine Frau in den Arm, strahlte und küsste sie.

28. März

1

Alles still. Kein Atmen eines Schlafenden, keine herumschleichende Katze. Still, so still, da wirkt jedes Geräusch lauter als sonst. Selbst die Gedanken scheinen zu schreien.

Wenn alles so dunkel ist, dann scheint es einem, als wäre nur man selbst sichtbar. So als ob jemand einen aus der Dunkelheit mit einem Nachtsichtgerät anschauen würde. Einem folgen würde. Schritt für Schritt. Die Treppe hoch. Knapp hinter einem. Jederzeit bereit, zuzuschlagen.

Was, wenn einer von draußen sieht, dass hier drinnen einer herumgeht? Schmarrn! Wer soll das sehen? Wer soll jetzt, hier, mitten in der Nacht …?

Und wenn doch einer Alarm geschlagen hat? Wenn die Polizei längst unterwegs ist? Aber was bleibt anderes übrig, als zu suchen, immer weiter zu suchen?

Schubladen auf. Schubladen zu. Nächste Schublade. Auf. Zu. Auf. Zu. Schrank. Bett. Wo? Wo sind sie?

2

Erst war ihr nicht klar, wie spät es war. Erst dachte sie, es wäre nur der Nachbar, der ältere Herr, der mit seinen zittrigen Händen versuchte, das Schlüsselloch seiner Wohnung zu finden. Sie wollte schon die Tür öffnen, ihm behilflich sein, da bemerkte sie, dass kein Licht im Treppenhaus brannte. Sie hörte die Stimmen. Ja, es waren mehr als eine. Sie vernahm Schritte. Die Stimmen flüsterten, die Schritte ließen das alte Holz der Treppe ächzen. Sie blickte durch den Spion nach draußen. Ein weißes Licht zischte durch das Dunkel. Ein zweites. Wie zuckende Laserschwerter. Das waren Taschenlampen. Was machten diese Stimmen? Was machten diese Menschen? Waren es Einbrecher?

Schon wollte sie in die Küche gehen, dort lag ihr Handy, da hörte sie ein Klatschen, so als ob jemand eine Kelle in eine dickflüssige Gemüsesuppe tunkte. Sie lehnte an der Wand. Sie hielt sich die Hände vor den Mund. Ihre Augen waren weit aufgerissen, sie starrte ins Nichts. Dann hörte sie, dass etwas an der Tür entlangstreifte. Sie presste die Augen zusammen. Sie hielt sich selbst in den Armen.

Sie hörte das Gelächter, tiefes Männergelächter. Dann ächzte die Holztreppe wieder. Lauter als vorhin. Die Schritte entfernten sich.

Sie wusste nicht mehr, wie lange sie dagestanden hatte. Es konnten Minuten vergangen sein, vielleicht auch über eine Stunde. Mit zitternden Händen, so zittrig, wie die des alten Nachbarn, drehte sie den Hausschlüssel um, trat nach draußen. Sie roch die frische Farbe. Der Geruch war ihr immer ein unangenehmer gewesen. Es war der Geruch der vielen

Umzüge, des ständigen, verhassten Neuanfangs. Es war der Geruch der Karrieregeilheit ihres Mannes. Es war der Geruch, der ihren Sohn kaputt machte. Ihn stets aufs Neue dem entriss, was er brauchte.

Sie stand im Treppenhaus. Im Nachthemd. Sie tastete nach dem Lichtschalter. Die Lampe flackerte, einmal, zweimal. Dann leuchtete sie hell. Der Boden war mit Farbflecken bekleckert. Rote Rinnsale zogen sich an der weißen Tür nach unten. In fetten, großen Druckbuchstaben stand da:

MÖRDER!

Als sie in die Wohnung zurückging, sah sie Michael. Er sagte nichts, doch sein Blick sprach Bände. Sie gingen in sein Zimmer, nach wenigen Minuten hatten sie die wichtigsten Sachen zusammengepackt. Sie schlüpfte in eine Jeans und zog sich einen Pullover über.

Es war kalt draußen, auch im Auto. So kalt, dass ihre Finger fast am Lenkrad des alten Opel Astra kleben blieben. Die Fahrbahn war eisig glatt. Sie fuhr langsam. Sie sagte nichts. Auch Michael schwieg. Der Busbahnhof von Meran war menschenleer. Erst nach etwa einer Stunde gesellten sich die ersten Reisenden mit Koffern auf die Bahnsteige. Der Bus kam pünktlich. Um drei Minuten nach vier Uhr morgens schlossen sich schnaufend seine Türen, dann rollte er an. Im Fenster konnte Serafine Haller das Gesicht ihres Sohnes erkennen. Sein Atem ließ die Scheibe anlaufen, er wischte sie frei. Dann verschwand der Bus im Dunkeln.

Sie hatte zwei Stunden gebraucht, das Rot von der Tür zu schrubben. Immer noch war es als Schatten zu erkennen. Nun saß sie in der Küche. Draußen wurde es hell. Der Unterarm schmerzte. Der Verband hatte das Blut aufgesogen. Dieses Rot war dunkler als das an der Tür. Sie löste den Verband, ein Blutklumpen platschte auf die Tischplatte. Der Biss war tief. Einige Fasern des Verbands hatten sich ins Fleisch gefressen. Sie presste die Zähne aufeinander, dann zog sie mit einem Ruck daran. Die Fasern lösten sich.

So fest hatte er sie noch nie gebissen. Auch damals nicht, als sie ihm gesagt hatte, dass Benedikt und sie sich trennen würden. Dass sie in Meran bleibe. Dass er mit seinem Vater ins Ultental ziehen würde. Sie ging zum Waschbecken. Sie wusch die Wunde aus und trocknete sie mit einem Küchentuch. Dann legte sie einen neuen Verband an. Kurz wurde ihr schwindelig dabei. Sie fasste sich. Dann war alles wieder da. Sie hielt sich die Hände vor den Mund und schrie.

3

Bozen schlief noch, aber der alte Simoneck würde wachen. Wie oft hatte Simoneck davon erzählt, dass er morgens früh nicht schlafen konnte. Nicht wollte. Weil morgens früh, wenn die Nacht langsam verschwand und der neue Tag noch nicht geboren war, so behauptete er, das war die Zeit, in der es sich zu lesen lohnte. Weil da der Kopf noch klar war, noch leer, noch nicht vollgestopft mit all dem Alltagsschund. Morgens, wenn die Welt noch schlief, das war die Zeit der Dichter und Denker, das hatte der alte Simoneck immer gesagt, die Zeit der Schreiber und Poeten, der Künstler und Feingeister.

Grauner ging über den Waltherplatz. Drüben am Dom brummte ein oranges Straßenputzauto, das Wasser zischte aus den Düsen und drückte den Dreck aus den Lücken des Kopfsteinpflasters. Der Commissario lief die verlassenen Lauben entlang. Tagsüber quetschten sich hier die Einheimischen und die Touristen aneinander vorbei, nun wirkte Bozen wie eine Geisterstadt. Der Sarner Wind fegte durch die Gassen, er brachte die heruntergelassenen Gitter vor den Läden zum Rattern.

Grauner zog den Kragen seiner Lederjacke hoch. Er hasste diese Frühlingsmorgen, an denen man die fatale Fehlentscheidung traf, nur den dünnen Pullover überzuziehen, weil einem abends zuvor in den Nachrichten gesagt worden war, dass der Tag fast sommerlich warm würde. Was nicht gesagt worden war: dass es vor Sonnenaufgang eisig kalt war.

Grauner steckte beide Hände in die Taschen. Seine Schritte klapperten auf dem Trottoir, und das Echo ließ das Klappern bis in die Hinterhöfe hallen. Die Straßenlaternen leuchteten buttergelb. Manchmal sah Grauner einen Menschenschatten ins Dunkel huschen. Manchmal sah er ein Gesicht an einem der Erkerfenster hinter Vorhängen verschwinden.

In der Weggensteinstraße angelangt, stieg er die drei Marmorstufen zur nussbraunen Haustür empor. Bei jedem Schritt schmerzten die Rippen. Am Morgen hatte er einen großen blauen Fleck entdeckt, der gestrige Sturz hatte deutliche Spuren hinterlassen. Der Commissario klingelte. Es dauerte, bis ein Surren ertönte und die schwere Tür sich nach innen drücken ließ. Er ging über den Mosaikboden zum

Aufzugkäfig. Kurz dachte Grauner darüber nach, ob er nicht die Treppen nehmen sollte, doch dann beschloss er, dass es irrwitzig sei, dem alten Aufzug nicht zu trauen, trug er doch schon seit bald einem Jahrhundert die Menschen hoch zu ihren Altbauwohnungen und runter ins Erdgeschoss.

Dadurch, dass die Wände des Aufzugs nur aus einem grobmaschigen Gitter bestanden, durch das man nach draußen sehen konnte, würde ihn die Platzangst nicht übermannen. Trotzdem war ihm die Konstruktion unheimlich. Mit einem schweren Ruck zogen die Drahtseile an, fast hätte Grauner das Gleichgewicht verloren. Er musste über sich selbst lachen. Auf schmalen Berggraten hatte er kein Problem, ungesichert zu wandern, aber in diesem Blechkonstrukt spürte er plötzlich, wie ihm der kalte Schweiß über den Nacken lief.

Es war viel Zeit vergangen, überlegte Grauner, während der Aufzug knirschte, seitdem er zum letzten Mal an Simoneck gedacht hatte. Er hatte ihn immer gemocht, diesen Kauz, der schon damals, als Grauner selbst noch ein Schüler gewesen war, wie ein Greis gewirkt hatte und mittlerweile tatsächlich einer sein musste.

Der frühe Morgen, die Zeit der Dichter und Denker? Was wusste der alte Simoneck, der verträumte Bücherfuchs, schon vom echten Leben? Diese Zeit, jetzt, das waren die Stunden der zwielichtigen Gestalten, die ihr Nachtwerk beendeten, die ihre gestohlenen oder beim illegalen Watten gewonnenen Geldscheine nach Hause schleppten. Und es waren die Stunden der Bauern. Morgens, vor Tagesanbruch, wer hatte da schon Zeit, seine Nase in Bücher zu stecken? Grauner nicht.

Er schaute auf die Uhr. Der Minutenzeiger rutschte auf

drei nach sechs. Alba war wohl gerade im Stall, Sara würde noch schlafen. Die Graunerin würde eine knappe Stunde für das Melken brauchen, ohne Mahlers Sinfonien. Sara würde ihr später helfen, die vollen Milchkanister an die Straße zu stellen, wo sie der Milchmann, kurz bevor der Schulbus kam, abholte und runter ins Tal in die Molkerei vor den Toren Bozens brachte.

Klar, Grauner hätte das alles auch selbst machen können. Erst melken, dann wie gewohnt nach Bozen hinunterfahren, erst einmal am Obstmarkt einen Schwarzen trinken und sich dann zum alten Simoneck aufmachen. Aber er hatte die halbe Nacht wach gelegen, auf der Ofenbank, die letzten Klänge der Fünften noch im Ohr, das letzte Knistern der glühenden Scheite im Ofen. Der Fall beschäftigte ihn unaufhörlich. Und auch wenn die Überlegung absurd war, irgendetwas an den aktuellen Geschehnissen könnte mit dem längst vergangenen und vergessenen Besuch des Schriftstellers Thomas Mann im Ultental zu tun haben. Daher besuchte er in aller Herrgottsfrühe den einzigen ihm bekannten Menschen, der von Literatur Ahnung hatte. Vorsichtshalber.

Die Wohnungstür stand einen Spaltbreit offen. Licht und der Duft von Kräutertee drangen ins Treppenhaus. Grauner klopfte und trat ein. Simoneck stand in der Küche, über den Elektroherd gebeugt, den Rücken ihm zugewandt. Der Teekessel zischte.

Grauner war, als wäre er urplötzlich zurück in seine Kindheit katapultiert. Nicht nur, dass sein ehemaliger Deutschlehrer vor ihm stand, auch alles andere, das ihn umgab, wirkte wie aus vergangenen Jahrzehnten, aus dem vergangenen Jahrtausend. Die Wände versteckten sich hinter rauchgelben Blümchentapeten. Auf dem Tisch stand eine Kerze, deren Wachs sich wie ein Flussdelta über die zerkratzte Holzplatte verteilte. Der Flur war bis obenhin mit Büchern zugestellt.

»Herr Professor«, sagte er. »Herr Simoneck, ich …«

»Sagen Sie nichts weiter!«, unterbrach ihn der Mann und drehte sich immer noch nicht um. »Lassen Sie mich raten. – Ihre Stimme hat sich verändert, alle Stimmen verändern sich, aber die meisten erkenne ich auch nach Jahren noch. Das Augenlicht mag fast erloschen sein, aber das Gehör hat sich dadurch verstärkt.«

Simoneck drehte sich um und schritt auf Grauner zu. Direkt vor ihm blieb er stehen, hob die rechte Hand und führte sie an Grauners Gesicht.

»Ein alter, halbblinder Mann sollte morgens früh nicht einfach die Tür öffnen und dann dem unbekannten Hereintretenden auch noch den Rücken zuwenden.«

»Johann Grauner, Sie sind's, stimmt's?«

»Ja, Professor.«

Der alte Simoneck war natürlich kein Professor, aber Grauner sprach ihn trotzdem so an. Weil man es in Italien – und auch in Südtirol – mit Professorentiteln nicht so genau nahm und es einer Ehrerbietung gleichkam.

Erst jetzt kramte der Lehrer eine Brille mit Gläsern dick wie Milchflaschenböden aus seiner Tasche und setzte sie sich auf die Nase.

»Sind Sie nicht … Sie sind doch zur Polizei.«

»Ja. Ich bin bei der Polizia di Stato.«

»Wollen Sie mich verhaften? Ich habe nichts getan. Ich bin ein armer, alter, blinder Mann.« Selbst Simonecks hellblau glänzenden Augen lachten, während er dies sagte.

»Nein, Professor. Ich verhafte Sie nicht. Ich möchte mit Ihnen …«, Grauner räusperte sich. Er war sich der Komik des Moments durchaus bewusst. »Ich möchte mit Ihnen über Thomas Mann sprechen. Ich wüsste nicht, wen ich sonst fragen könnte. Sie sind der einzige Literaturexperte, den ich kenne. Und ich erinnere mich nur zu gut, wie Sie uns mit dieser schrecklichen Geschichte – *Mario und der Zauberer* – gequält haben.«

»Sie! Über Thomas Mann? Über die große deutsche Literatur?« Nun prustete das Lachen nur so aus Simoneck heraus. Er nahm die Brille ab und machte eine einladende Handbewegung in Richtung des Tisches. Dann ging er die paar Schritte zum Herd, nahm eine zweite Teetasse aus dem Regal, setzte sich an den Tisch und schenkte ein. Er blickte Grauner gutmütig an.

Es gibt nichts Nervigeres und zugleich Rührenderes als einen pensionierten Lehrer, der unbeirrbar so tut, als wären erwachsene Menschen immer noch seine Zöglinge, dachte Grauner.

Der Commissario war kein schlechter Schüler gewesen. In Mathematik, Physik und Chemie war er sogar unter den Klassenbesten, auch in Geschichte im vorderen Mittelfeld. Nur mit Deutsch konnte er sich nie anfreunden. Nicht, dass er mit Gedichten, Geschichten und Essays nichts anzufangen vermochte. Im Gegenteil, was er las, fand er durchaus interessant. Aber auszudrücken, was genau ein Text ihm sagen wollte, wie von Simoneck stets verlangt, war ihm ein Graus gewesen.

Ein schöner Text war ein schöner Text, was gab es da zu deuteln, fragte sich Grauner. Jede Einordnung machte doch allen Zauber zunichte. Gar selbst zu dichten, Aufsätze zu schreiben, das lag ihm am allerwenigsten. Er empfand es als Zumutung.

Grauner legte Simoneck Fotokopien der drei Schriftstücke hin. Er bat ihn, sie zu lesen. Der Lehrer zog die Brille erneut aus der Strickjacke, dazu eine kleine Lupe. Er beugte sich über die Papiere, hielt die Lupe vor die Gläser und rückte langsam von Buchstabe zu Buchstabe. An schwer lesbaren Stellen half ihm der Commissario weiter.

»Was soll das sein? Haben Sie das geschrieben, Grauner?«, fragte der Lehrer am Ende der Lektüre.

»Nein, nein. Ich möchte von Ihnen wissen, ob das von Mann ist. Ob der junge Thomas Mann das geschrieben haben könnte?«

Minutenlang sagte keiner der beiden etwas. Sie nippten am Tee.

»Hm«, machte Simoneck schließlich und schob die Papiere zu Grauner hin. »Die Schrift weist durchaus Ähnlichkeiten auf. Aber eins kann ich Ihnen vorab schon sagen. Wenn das von Thomas Mann sein soll, dann wäre das eine ziemliche Überraschung.«

»Wieso?«

»Die ersten beiden Teile scheinen Tagebuchauszüge zu sein. Der dritte ein Brief. Aber von einem Brief, in dem Thomas Mann einen Mord beschreibt, ist mir nichts bekannt. Und alle seine vor 1918 verfassten Tagebücher gibt es nicht mehr.«

»Warum?«, fragte Grauner.

»Thomas Mann war ein Mensch, der sehr auf seine Außenwirkung bedacht war. Er achtete penibel darauf, welches Bild die Nachwelt von ihm haben würde. Er hütete seine Aufzeichnungen wie seinen Augapfel. Vielleicht war ihm sein jugendliches Geschreibsel peinlich. Ganz sicher hat er später befürchtet, die Geheimnisse seines Lebens könnten den Nazis in die Hände fallen. Als er 1933 zuerst ins südfranzösische, dann ins Züricher Exil ging und die Tagebücher vorerst zurückließ, bereitete ihm das schlaflose

Nächte. Als er sie schließlich wiedererlangte, verbrannte er sie.«

Kurz schloss der alte Mann die Augen, wie um ins Hier und Jetzt zurückzukehren.

»Aber sagen Sie, woher haben Sie diese Schreiben?« Er klang nun wie ein Lehrer, der den Schüler dazu ermutigte, seinen Lausbubenstreich endlich zuzugeben.

Der Commissario erklärte kurz und knapp, was sich in den vergangenen Tagen ereignet hatte. Simoneck lauschte gebannt.

»Ulten«, sagte er. »Ich weiß tatsächlich recht viel über Aufenthalte bekannter Schriftsteller in Südtirol. Das hat mich immer schon interessiert. Goethe am Brenner. Ibsen in Gossensass. Heine in Brixen. Hugo von Hofmannsthal und Arthur Schnitzler gemeinsam in Welsberg. Karl May am Karerpass und auf der Mendel. Musil in Bozen. Rilke in Eppan. Stefan Zweig und viele andere in Meran. Und natürlich die vielen bekannten Namen damals im Ultental …«

»Wie kam es, dass auch Thomas Mann 1901 dort war?«, fragte Grauner.

»Nach allem, was ich weiß, litt Mann in besagtem Sommer an schrecklichen Zahnschmerzen. Er hatte soeben die *Buddenbrooks* vollendet, seinen ersten großen Roman. Das Werk, das ihm bald darauf Weltruhm und den Nobelpreis bescherte. Aber im Sommer wusste er noch nichts davon. Er war ausgezehrt von der Arbeit, vom anstrengenden Lektorat, vom Kampf mit dem Verleger, es ungekürzt zu veröffentlichen, wovon er ihn schließlich überzeugen konnte. Zu den Zahnschmerzen gesellten sich Darmbeschwerden und Magenkrämpfe. Also schleppte ihn sein älterer Bruder Heinrich mit nach Mitterbad – zum Kurarzt Dr. Gottlieb Gottlob von Lobingen.«

»Thomas Mann hat das Tal somit am Vorabend seines Ruhms besucht«, schlussfolgerte Grauner.

»So ist es.« Simoneck machte ein zufriedenes Gesicht. »Heinrich Mann war mit Gottlob von Lobingen schon des Längeren befreundet, er hatte ihn etliche Male in seinem Sanatorium in Riva del Garda besucht. Heinrich war um die Jahrhundertwende bereits ein angesehener Autor, in literarischen Kreisen bekannt, strotzend vor Selbstbewusstsein. Ganz anders Thomas, der Jüngere. Der Asket, damals ganz bestimmt noch ein Suchender. Literarisch und in der Liebe. Sein erotisches Verlangen nach jungen Knaben hat er öfter thematisiert, denken Sie nur an den *Tod in Venedig*!«

Grauner nickte unwissend.

»Nicht ausgeschlossen, dass er sich bei seinem Aufenthalt in Ulten in einen jungen Einheimischen verguckt haben könnte …«

Simoneck stand auf und ging zum Regal. Er kramte darin. Grauner fragte sich, wie man in diesen Türmen aus Büchern, Mappen und Zetteln überhaupt nur vermuten konnte, wo etwas zu finden war. Doch zu seinem Erstaunen kam sein ehemaliger Lehrer wenig später mit drei Bildbänden an den Tisch zurück und schlug sie auf.

Grauner betrachtete die Fotografien. Sie zeigten alte Aufnahmen aus dem Ultental, von Mitterbad, Fotografien eines jungen Mannes mit Schnurrbart und festem Blick aus tiefschwarzen Augen. Er glich eher einem Dampflokfahrerlehrling denn einem Dichter. *Die Tage vom 11. Juli bis Ende August hatten Thomas Mann und sein Bruder Heinrich gemeinsam in Mitterbad verbracht,* stand neben dem Porträt.

Der Commissario machte sich eine Notiz, dann entdeckte

er in einem der Bände die Zeilen eines Briefes, den Thomas Mann aus dem Tal verschickt hatte. Der Dichter regte sich darin fürchterlich über das Pferd auf, das ihn über die Gaulschlucht nach Ulten bringen sollte.

Ich ritt eine Art Schlachtroß von sagenhaftem Körperbau«, las Grauner amüsiert, *aber mit dem Temperament eines Faultiers und den Launen eines unausgeschlafenen Esels.*

Doch schlussendlich hatte es dem Schriftsteller dann doch gefallen.

Es lebt sich gut und erholsam hier, schrieb er weiter. *Die Kuranstalt liegt ganz einsam inmitten einer wirklich prachtvollen Berglandschaft, ein Sturzbach verursacht drunten im Thal ein ungeheuer besänftigendes Geräusch … Wir hausen sozusagen nahe den Wolken, manchmal sogar in den Wolken, was doch gewiß romantisch ist.*

»Schauen Sie …« Der Deutschlehrer zeigte auf ein Gedicht. »Das soll Thomas Mann am letzten Tag des Aufenthalts vorgetragen haben.«

Grauner überflog ein paar Verse.

Der Aufenthalt in Mitterbad
Ist Jedem zum empfehlen;
Mich hat er gelabt und frisch gestärkt,
Den Leib und auch die Seelen.

Nun rückte der Commissario erneut eine der mitgebrachten Kopien in die Mitte des Tisches. Den Briefauszug.

Sie hat Dir die Liebe versagt, und Du hast sie gemordet, Hans. Du drücktest ihren Kopf unter Wasser, bis das

Zucken ihrer Arme erlosch und die Beine erschlafften. Was war in Dich gefahren? Mir zittert jetzt noch der Leib beim Gedanken daran.

»Herr Professor, kann das von ihm stammen? Ist das vielleicht aus einem seiner Bücher?«

Der alte Lehrer senkte leicht den Kopf. »Nein, das wüsste ich.«

»Vielleicht ist das ja eine Geschichte, die er nie veröffentlicht hat.«

Simoneck schaute skeptisch, fast verärgert. »Nein, Thomas Mann schrieb doch keine Kriminalromane!«

Grauner merkte, dass er sich mit diesem Ausflug in die Vergangenheit immer mehr vom Kern des Falles entfernte, trotzdem kreiste ein letzter, absurder Gedanke in seinem Kopf. Er musste ihn aussprechen: »Was, wenn er tatsächlich einen Mord beobachtet, alles aufgeschrieben und die Aufzeichnung im Ultental zurückgelassen hat?«

Simoneck schüttelte den Kopf. »Nein, Grauner. Das kann ich nicht glauben, nach all der Zeit …«

»Sein Aufenthalt damals in Ulten, wer könnte uns noch mehr darüber erzählen?«

»Hm, mehr als hundert Jahre sind vergangen. Alles, was es zu erzählen gäbe, haben höchstens Großväter an Söhne und Enkel weitergegeben. Fragen Sie die Alten im Tal, vielleicht wissen die noch etwas. Und besuchen Sie Madame Charlotte.«

»Wen?«

»Madame Charlotte Klett, geborene von Lobingen. Sie ist die Urenkelin des Kurdoktors. Sie lebt in dessen alter Villa in Riva del Garda. Sie müssen wissen, ihr Urgroßvater war ein großartiger Arzt, aber …« Der Lehrer schmunzelte.

»Aber?«, drängte Grauner.

»Aber auch ein großer Schwätzer.«

Nun schmunzelte auch Grauner.

Erneut erhob sich Simoneck, ging raus auf den Flur und kam mit einem Notizbuch zurück. Er blätterte darin, nahm einen Zettel zur Hand und notierte eine Adresse und eine Zahlenreihe.

»Unter dieser Nummer dürften Sie Madame erreichen. Aber sprechen Sie laut. Sie ist mindestens genauso alt wie ich.«

Simoneck lachte nun.

»Herr Professor, ich würde Ihnen diese Fotokopien gerne überlassen. Ich möchte Sie bitten, sie eingehend zu studieren. Ich will … ich *muss* wissen, ob das Geschriebene echt sein könnte …«

Der alte Mann nahm die Papiere an sich, faltete sie und steckte sie in seine Westentasche. »Das will ich gerne machen. Ich werde dazu allerdings ein bisschen Zeit brauchen. Geben Sie mir ein, zwei Tage. Ich werde die Zeilen mit anderen handschriftlichen Dokumenten vergleichen. Ich werde sie auch einem renommierten Thomas-Mann-Forscher der Münchner Universität zukommen lassen sowie einem befreundeten Grafologen.«

Seine Augen leuchteten plötzlich. »Grauner, wenn das wahr wäre. Unbekannte Aufzeichnungen von Thomas Mann. Und wovon berichten sie: von einem Mord! Im Ultental!«

4

»Der Junge ist weg.«

Ohne anzuklopfen, war Marché in Saltapepes Büro gerannt.

»Wie weg?«

Der Kreislauf des Ispettore war immer noch nicht anständig in Gang. Er war nach dem Espresso in der *Bar dello Stadio* zu Fuß in die Questura gegangen, doch weder die prickelnde Morgenkälte noch der kurze Schwarze hatten ihn richtig wach rütteln können.

»Serafine Haller, sie hat vorhin angerufen.« Marché fasste das Telefongespräch kurz zusammen, in dem Michaels Mutter vom nächtlichen Besuch berichtete. Auch, dass sie ihren Sohn in Sicherheit gebracht habe.

»Wohin?«, fragte Saltapepe.

»Sie verrät es nicht. Sie vertraut uns nicht. Sie will ihn auf eigene Faust schützen.« Marché war ganz außer Atem. Saltapepe blieb ruhig.

»Wo waren die Carabinieri in Zivil? Die sollten doch vor dem Haus aufpassen?«, fragte er ungläubig.

»Die haben geschlafen! Nichts mitgekriegt.«

Der Ispettore ärgerte und freute sich zugleich. Das würde einen Rüffel von Belli geben. Und ein Rüffel für die Kollegen von nebenan war gleichzeitig immer ein Punkt für die Staatspolizei. Marché fuhr fort:

»Es gibt einen neuen Zwischenbericht von Weiherer. Auf dem Handy des Bürgermeisters waren neben Maries Anruf noch zahlreiche andere ein- und ausgehende Telefonate gespeichert. Nummern von Dorfbewohnern, die des Bürgermeisters aus dem Nachbardorf. Nichts Auffälliges. Auch alte Anrufe, die auf Maries Handy gespeichert sind, bringen uns nicht weiter. Es sind Gespräche mit Klassenfreundinnen, Tage und Wochen her. Wir haben die Schülerinnen kontaktiert. Sie konnten sich an die Gespräche nicht mehr erinnern, sie seien nicht von Bedeutung gewesen. Schulkram. Michael hatte über sein Gerät in den vergangenen Wochen nur mit seiner Mutter Kontakt. An den gelöschten WhatsApp-Chats laborieren die Spezialisten noch herum. Bislang erfolglos. Da braucht es noch Geduld. Aber die DNA-Ergebnisse aus dem Wald sind da. Das Blut ist Maries. Das Blut auf dem Wischtuch aus Benedikt Hallers Küche dagegen bereitet noch Schwierigkeiten. Die Auswertung dauert.«

Saltapepe schnappte sich sein Smartphone und versuchte, Grauner zu erreichen. Er sprach eine Nachricht aufs Band und schrieb ihm eine SMS, auch wenn er wusste, dass der Commissario keine Nachrichten abhörte und höchst ungern SMS las.

Es war kurz vor acht. Saltapepe klopfte an die Tür zum Büro nebenan. Er hatte ein schlechtes Gewissen. Als er gestern um zehn nach Hause gegangen war, hatte bei Silvia Tappeiner immer noch Licht gebrannt. Und heute Morgen war sie als Erste im Büro gewesen. Er sah ihr an, dass sie das Schicksal des siebzehnjährigen Mädchens bewegte – mehr noch als ihn und alle anderen.

Auf dem Schreibtisch von Grauners Assistentin stapelten sich alte Zeitungen, auf dem Boden davor lag ihre Kletterausrüstung. Sie winkte den Ispettore ins Zimmer, sie hatte tiefe Ränder unter den Augen.

»Ich habe die ganze Nacht den Lokalteil der Zeitungen der vergangenen Wochen durchgewälzt, um nachzuschauen, ob sich im Tal vor der Tat irgendetwas ereignet hat, das mit unserem Fall zu tun haben könnte. Ein Einbruch, ein Unfall, eine kontroverse Gemeinderatssitzung, irgendetwas zum geplanten Projekt von Haller und Unterweger …«, sagte sie.

»Und?«, fragte Saltapepe.

»Schau«, Tappeiner zeigte auf eine der Zeitungen. »Ich habe einen Artikel entdeckt. Im *Kurier.*«

Ein großes Foto der Kirche von St. Gertraud war zu sehen. Die Kapelle umringt von Gräbern und der Friedhofsmauer. Der spitze Turm, die rotkäppchenroten Schindeln, die goldenen Zeiger. Auf einem Foto daneben war passbildgroß das Konterfei des Pfarrers abgebildet.

Saltapepe las die Schlagzeile:

Ultner Pfarrer Martin Santer nachts überfallen

Ihm stach der Name des Reporters ins Auge. Charly Weinreich. Der Journalist, von dem er wusste, dass Grauner ihn hasste; aber er wusste nicht genau, warum.

Saltapepe las den Artikel, der vor drei Wochen erschienen war. Santer habe sich abends alleine in der Sakristei aufgehalten, als zwei vermummte Männer die Kirche betraten. Laut Aussage des Pfarrers sagten sie kein Wort. Als er sie verscheuchen wollte, sei er gestürzt und habe sich dabei leicht verletzt. Es sei nichts entwendet worden. Weder das goldene Messbesteck noch die Scheine und Münzen aus dem Klingelbeutel.

Der Ispettore erinnerte sich an den verbundenen Arm des Pfarrers. Ein harmloser Sturz? Daran glaubte Saltapepe keine Sekunde. Der war verprügelt worden, dessen war sich der Ispettore sicher. Ausgerechnet Santer, der scheinbar alles bestimmte im hinteren Tal, der angeblich alle im Griff hatte. Die Täter mussten eine Rechnung mit ihm offengehabt haben. Es standen also doch nicht alle hinter Don Martino. Wer konnte sich gegen ihn aufgelehnt haben? Wer konnte ihn hassen?

»Ich habe noch etwas herausgefunden, Claudio«, sagte Tappeiner und schaute ihn aufmerksam an. »Mitterbad. Die Ruine. Ich habe mir die Unterlagen vom Katasteramt zuschicken lassen. Seit rund einem Jahr gehört sie Unterweger und Haller – jedoch nur zu je einem Drittel. Es gibt noch einen Beteiligten.«

»Wer? Wer ist es?«

»Es handelt sich um eine gewisse Roswitha Klausner.«

Saltapepe runzelte die Stirn. »Wer soll das sein? Kennen wir die?«

»Sie nicht, aber ihren Sohn. Roswitha Klausner, verheiratete Rabensteiner. Es handelt sich um die Mutter des Psychotherapeuten aus Meran. Sie ist über achtzig und lebt bereits seit Jahren in einer Seniorenresidenz.«

5

Das Gefängnis von Bozen war ein Haus in bester Lage. Am Rande der Altstadt, keinen Steinwurf entfernt von der Universität und dem Stadttheater. Direkt an den Talferwiesen – mit Blick aufs Grün. Doch das Gefängnis selbst bot keinen einladenden Anblick.

Nun, nicht einladend zu wirken, das hatten Gefängnisse so an sich, dieses Exemplar aber war dermaßen heruntergekommen, dass es einer Baustelle glich. Der gelbe Verputz klebte nur noch an wenigen Stellen, großflächig waren die darunterliegenden Ziegelsteine zu sehen.

Grauner hatte den Panda vor der Questura abgestellt, die gegenüber dem Gefängnis lag. Er war kurz hochgegangen, um nach seinen Kollegen zu sehen. Saltapepe war bereits auf dem Weg ins Tal, also ließ er sich von Tappeiner und Marché auf den neuesten Stand bringen.

Eine halbe Stunde später passierte der Commissario das Wachhäuschen an der Einfahrt des Gefängnisparkplatzes. Der Wachmann winkte kurz zum Gruß. Die Beamten gehörten zur Polizia Penitenziaria, zur Gefängnispolizei, gleich nebenan befand sich die Kaserne der Carabinieri. Auf diesen paar Quadratmetern von Bozen lag die Dreifaltigkeit des italienischen Polizeiwesens so nahe beieinander, dass man fast bei jedem Schritt ein anderes Hoheitsgebiet betrat.

Grauner lief über den Hof an den Zellenfenstern vorbei. Er wusste in etwa, welcher Verbrecher hinter welchem Gitter saß. Er ahnte, wer ihn beobachtete. Da gab es den Mitterstädter Lexi, einen Kleinganoven, der sich im späten Herbst immer einen Diebstahl gönnte und sich dabei absichtlich so tollpatschig anstellte, dass die Polizei ihn erwischte. »Das Gefängnis, mein Winterdomizil«, sagte Lexi immer, wenn er eingesperrt wurde. In der warmen Jahreszeit schlief er unter einer der Talferbrücken, in wenigen Tagen würde er rauskommen.

Ein paar Fenster weiter saßen zwei ganz andere Kaliber. Drogenhändler, welche die feine Gesellschaft von Bozen und Meran mit Stoff versorgt hatten, bis sie bei einem nächtlichen Deal in einer Schutzhütte am Schlern gefasst worden waren.

Ein Stock tiefer befand sich die Zelle eines Bankräubers, der in den vergangenen zehn Jahren siebzehn Geldhäuser in den Dörfern Südtirols und des Trentino ausgeraubt hatte – bis eine mutige und starke Bäuerin in Partschins ihm mit einem Milchkanister eins überzog.

Ganz oben, hinter dem letzten Fenster links, da saß der Bärnthaler Ander ein, der »Ötzi-Mörder«, wie sie ihn nannten, der vor einem guten Jahr seinen Jugendfreund, den Sattler Peppi, umgebracht hatte. Drinnen in Schnals. Oben am Gletscher.

Grauner durfte eigentlich nicht hier sein. Die Verhöre der Verdächtigen, auch die der Untersuchungshäftlinge, hatten im Sitz der Staatsanwaltschaft stattzufinden. Belli wollte das so. Weil es so üblich war. Und: weil sich der Staatsanwalt nicht gerne ins Gefängnis begab.

Der Commissario hatte schon mehrmals beobachtet, wie es Belli regelrecht grauste, die Flure des Gebäudes entlangzugehen. Wie er stets exakt in der Mitte der schmalen Gänge wandelte, so als ob er Sorge hätte, dass die Hände der Bösen ihn erreichten. Grauner hatte beobachtet, wie der Staatsanwalt vor Türen haltmachte, um darauf zu warten, dass ein anderer sie für ihn öffnete. So als ob das Verbrechen eine ansteckende Krankheit wäre.

»Grauner!«

Belli stand am Eingang des Trakts, in dem die Zellen lagen. Dort, wo die Freiheit endete und die Welt der Eisenstangen und quietschenden Metalltüren begann.

»Wie konntet ihr den Jungen bloß entkommen lassen!«

Er hatte also bereits davon gehört, aber vergessen, wen er mit der Aufsicht beauftragt hatte.

»Wir doch nicht. Das waren die Carabinieri. Uns würde so etwas nie passieren. Außerdem haben wir doch einen geständigen Täter.« Grauner wollte es nicht so klingen lassen, aber natürlich lag eine Spur Trotz in seiner Stimme.

Er streckte dem Staatsanwalt die Hand hin. Der nahm die seine nicht aus der Manteltasche und wechselte das Thema. »Warum hier, Grauner? Warum um Gottes willen wollen Sie die Verhöre ständig im Gefängnis stattfinden lassen?«

Grauner sprach mechanisch. Er hatte Belli auf diese Fragen schon unzählige Male geantwortet. »Weil ich will, dass er spürt, wer die Macht hat. Weil nicht nur die Fragen, weil auch der Ort jemanden mürbe macht.«

Belli brummte. »Gestern Abend wollten Sie von einem weiteren Verhör nichts wissen. Woher der Sinneswandel? Warum sollte Haller heute auspacken, warum sollte er heute davon erzählen, wie und weshalb er das Mädchen getötet hat?«

»Das wird er nicht«, antwortete Grauner.

Sein Vorgesetzter schaute verwirrt.

»Er wird uns die Tat nicht schildern. Aber eins wird er vielleicht: uns der Wahrheit ein Stück näher bringen. Uns auch den Weg zu Michael weisen.«

»Warum?«

»Weil er seinen Sohn nun in Sicherheit vor uns und den Dorfbewohnern wiegt. Und – weil er ihn ganz bestimmt zurückhaben will.«

Ein Gefängnisbeamter geleitete sie durch mehrere Flure. Er hielt vor einer der Türen. Dahinter warteten Haller und sein Anwalt.

»Grüß Gott«, sagte Grauner und setzte sich.

»Buon giorno«, sagte Belli und lehnte sich an die Wand.

»Guten Morgen«, sagte der Anwalt.

Haller sagte nichts.

Er starrte auf die Tischplatte. Wie manisch fuhr er an ihren Kanten entlang. Als ob er sie mit den Fingern vermessen wollte.

»Ich verstehe nicht, warum Sie ein erneutes Verhör wünschen«, sagte der Anwalt. »Mein Mandant …«

Grauner unterbrach ihn. Dies war ein weiterer, vielleicht der einzig wahre Grund, warum er lieber hier mit den Untersuchungshäftlingen sprach als in Bellis Büro. Weil er hier laut werden durfte. So laut, wie er es sich in den Büros der Staatsanwaltschaft nie erlauben dürfte.

»Ganz einfach«, brüllte Grauner nun und versuchte einen Schuss ins Blaue. »Weil Ihr Mandant sein falsches Geständnis zurückziehen kann.«

Der Anwalt lachte höhnisch. Haller reagierte nicht. Zumindest nicht äußerlich.

»Warum sollte …«, sagte der Anwalt.

Aber Grauner unterbrach ihn erneut. »Weil es für Sie keinen Grund mehr gibt, dieses Spiel zu spielen.« Er hatte sich direkt an den Architekten gewandt und ihn fixiert. »Weil Michael verschwunden ist.«

Haller zuckte zusammen, mit hilflosem Blick schaute er um sich. Da war sie, die Reaktion, auf die Grauner gehofft hatte. Er fuhr fort. »Ihre Frau hat sich heute früh bei uns gemeldet. Es gab einen Farbanschlag auf ihr Appartement. Daraufhin hat sie Michael weggebracht. Weg von Meran, weg von hier.«

»Wo, wo ist er?« Haller sprang auf und schrie nun auch.

»Wir wissen es nicht.«

»Sie lügen«, sagte der Anwalt.

»Rufen Sie Ihre Frau an. Sie wird Ihnen alles bestätigen.«

Grauner sprach nun ganz ruhig.

»Benedikt Haller, ziehen Sie Ihr Geständnis zurück, und Sie sind ein freier Mann.«

Sie standen im Flur, in dem sich die Zellen aneinanderreihten. Es würde noch einige Zeit dauern, bis Haller das Gefängnis tatsächlich verlassen konnte. Aber bereits jetzt hatten ihm die Wärter die Handschellen abgenommen. Ein Karton, den er unter den Arm geklemmt hielt, barg seine Habseligkeiten. Kleidung, eine silberne Uhr, die Wildlederschuhe.

»Auf Wiedersehen«, sagte Haller.

Grauner erwiderte den Gruß nicht, auch wenn er sich sicher war, dass es ein Wiedersehen geben würde.

»Eine Frage habe ich noch«, sagte er stattdessen.

Er packte den Architekten am Arm und zog den Mann mit einem leichten Ruck zu sich heran.

»Wie lange haben Sie noch zu leben, Haller?« Er ließ den Arm nicht los.

Haller wirkte kurz überrascht, dann fasste er sich.

»Ein Jahr vielleicht. Es ist schon viel zu spät. Der Krebs ist überall. Ich will mich nicht mehr operieren lassen. Ich will das in Würde zu Ende bringen.«

»Ihr Sohn …«

»Mein Leben hat sich immer nur um mich selbst gedreht. Für meinen Sohn war kein Platz darin. Erst jetzt habe ich das erkannt. Wenn man den Tod vor Augen hat, dann liegt man nachts wach und sieht ganz klar, was wichtig ist im Leben und was nicht. Ich werde sterben, aber ich will nicht, dass auch Michael zugrunde geht.«

»Warum wollen Sie nicht, dass Ihr Sohn bei seiner Mutter ist? Sie kann für ihn sorgen.«

»Serafine trinkt. Seit Jahren schon. Ich kann meinen Sohn nicht einer Trinkerin überlassen. Sie trinkt und sie misstraut. Sie hört nicht auf Doktor Rabensteiner. Sie sagt, er spiele ein falsches Spiel. Sie ist wirr.«

Grauner musterte Haller misstrauisch. War das erneut so eine Geschichte, die der Architekt ihm auftischte? Gleichzeitig fiel ihm die Mineralwasserflasche ein, die Serafine Haller bei ihrem Gespräch mit zitternden Händen umklammert hatte. Wodka, das Wasser der Trinker.

»Sie und ihr neuer Lebensgefährte tun Michael nicht gut«, sprach Haller weiter, »das kann nicht gut gehen, in der Schule Lehrer, zu Hause Ersatzvater.«

Grauner verstand nicht. Sein Gesicht musste seine Verwirrung zum Ausdruck gebracht haben, denn Haller klärte ihn auf: »Serafine ist seit drei Monaten mit einem Lehrer von Michael zusammen. Martin Mayerhofer. Physik und Mathematik.«

Grauner hob erstaunt die Augenbrauen. Serafine Haller hatte dieses pikante Detail verschwiegen. Oder waren das alles nur taktische Schuldzuweisungen zerstrittener Eheleute? Ich darf diesen Mann nicht unterschätzen, ermahnte sich der Commissario und wechselte das Thema.

»Wie kam die Idee zustande, Mitterbad neu aufzubauen?«

Haller antwortete schnell, als ob er sich die Worte bereits vorab zurechtgelegt hätte. »Das war Unterwegers Einfall. Als Architekt fand ich das Projekt sofort interessant und stieg mit ein.«

»Wir wissen, dass auch Doktor Rabensteiner beteiligt ist.«

Haller schaute erst überrascht, dann fuhr er erklärend fort: »Ja, ich erzählte ihm davon, und so kam eins zum anderen. Mein Anteil soll einmal Michael gehören. Er soll im Tal leben. Unter Rabensteiners Obhut. Vielleicht wird Michael dann endlich gesund. Ich wünsche es so sehr, aber ich werde es nicht mehr erfahren.«

Der Architekt wollte sich umdrehen, doch Grauner hielt ihn zurück.

»Kannten Sie Marie, das tote Mädchen?«

Haller schüttelte den Kopf. »Mir war lediglich bekannt, dass sie mit meinem Sohn in eine Klasse ging.«

»Haben Sie vom nächtlichen Überfall auf den Pfarrer gehört, vor einige Wochen?«

»Ich habe davon im *Kurier* gelesen. Darüber wird nicht gesprochen in St. Gertraud. Es wird viel geschwiegen in so einem Tal. In der Stadt wird geredet. Viel zu viel geredet. Im Dorf herrscht Schweigen. Oder es wird nur hinter vorgehaltener Hand gesprochen. Aber ich kriege das nicht mit. Ich stehe in meinem Wohnzimmer, ich schaue zum Fenster hinaus. Auf die Bäume, runter zum Fluss. Ich warte auf das Sterben.«

»Das haben Sie ja wunderbar hingekriegt«, knurrte Belli, als er gemeinsam mit Grauner am Wachhäuschen vor dem Gefängnis stand. »Jetzt stehen wir wieder mit leeren Händen da. Ihretwegen! Wie soll ich das der Presse erklären? Mein Telefon wird heiß laufen. Was machen wir nun bloß?«

Der Commissario schaute zu den Gitterfenstern hoch. »Nun suchen wir weiter nach dem Täter.«

»Ja!«, sagte der Staatsanwalt immer noch mit Wut in der Stimme. »Michael! Ich werde sogleich die Fahndung einleiten. Und Benedikt Haller lassen wir beschatten. Sie haben recht. Der Vater wird uns zum Sohn führen. Marché soll alles koordinieren. Sehr gut, Grauner!«

Der Commissario sagte nichts. Er schaute dem Staatsanwalt hinterher, der auf der gegenüberliegenden Straßenseite hinter getönten Scheiben auf dem Rücksitz seines Dienstwagens verschwand. Belli hatte in den vergangenen Tagen keine Sekunde am Geständnis des Vaters gezweifelt. Nun, plötzlich, zweifelte er ebenso wenig an der Schuld des Sohnes.

»Zweifel«, sprach der Commissario leise. »Nur der Zweifel …«, der Wagen des Staatsanwaltes bog in die Drususstraße ein, »… führt zur Wahrheit.«

6

Die Sonne brachte den Himmel zum Leuchten, die Temperaturen waren noch winterkalt. Der Wind rauschte im Geäst der Tannen und Fichten. Die Falschauer mit ihrem Bariton stimmte in das Rauschen mit ein. Grauner hatte den Panda vor dem *Schwarzen Adler* geparkt und den Stein hinter eins der Hinterräder gelegt. Einige Touristen holten ihre Rucksäcke aus den Kofferräumen und schnürten ihre Bergschuhe fest. Der Tag war perfekt für eine Wanderung, den dichten Wald hinter sich lassen, vorbei an dunkelblauen Gebirgsseen, vorbei an letzten einzelnen Lärchen, manche vom Blitz verkohlt, hoch zu den Almen, dem Himmel entgegen. Grauner grüßte die Wanderer, aus den Augenwinkeln sah er die Vespa-Buben an der Bushaltestelle. Vor dem Eingang zum Gasthaus hatten sich Dorfbewohner versammelt.

An der Tür standen zwei Polizisten. Sie verwehrten den Einlass. Wieder war er zu spät dran, dachte der Commissario. Wieder hatte er keine Ahnung, was passiert war. Die Dorfbewohner waren in heftige Diskussionen vertieft, sie nahmen ihn kaum wahr.

»Sie haben den Haller freigelassen. Und der Bub ist abgehaun. Der kommt nicht mehr ins Tal. Den wird der Teufel holen.«

»Sie hätten den Vater drinlassen sollen. Und den Michl gleich mit einsperren. So kommen sie fein weg, diese Hallers, ohne dass die Marie gerächt wird.«

»Heib die Gousch, was redest du da? Deine Rache macht nichts wieder gut.«

»Das nicht, aber Strafe muss sein. Einer der Hallers muss dran glauben. Vater oder Bub!«

Grauner schlug einen großen Bogen, er schlich an der Bushaltestelle vorbei – die coolen Blicke der Vespa-Buben folgten ihm. Über die Wiese ging er hintenrum auf das Gasthaus zu. Eine der Katzen räkelte sich auf dem sandigen Boden. Dann erblickte sie ihn, sprang ihm entgegen und streifte um sein Hosenbein. Als er sie wegscheuchte, miaute sie beleidigt und verschwand zwischen den Mülleimern.

Über die Hintertür gelangte er in die Küche. Zwei Töpfe dampften auf dem Herd, auf einem Holzbrett waren frisch geformte Schlutzkrapfen aufgereiht. In einer Schüssel lag Knödelbrot, in einer anderen klein geschnittene Petersilie. Der Wirt stand an der Spüle und polierte die Teller. Er grüßte den Commissario mit einem Kopfnicken.

Grauner trat in den Speiseraum, am Budl standen zwei weitere Polizisten, er hörte die Stimmen der Leute von draußen. In der hintersten Ecke saßen Saltapepe und Weiherer. Der Rest des Raums war leer. Wieder standen halb ausgetrunkene Espressotassen auf den Tischen, auch zwei, drei Weingläser. Spielkarten lagen auf dem Boden.

»Was ist los?«, fragte der Commissario und setzte sich. Saltapepe schaute betrübt.

»Hast du wieder rumgeballert?« Grauner blickte den Ispettore streng an.

»Nein, aber beinahe. Es hat sich hier sofort herumgesprochen, dass Michael verschwunden und Benedikt Haller frei ist. Das Radio hat's gemeldet. Die Stimmung wurde immer gereizter. Als die ersten Kaffeetassen in unsere Richtung flogen, haben wir entschieden, das Gasthaus räumen zu lassen. Ich dachte, die frische Luft würde allen gut tun. Nun stehen sie draußen, viele beschwichtigen, aber manchen steht der Zorn ins Gesicht geschrieben. Sie brauchen einen Schuldigen, Grauner. Sie wollen den Mörder. Sie wollen Michael.«

Grauner ignorierte Saltapepes Appell. »Was gibt es Neues?«

»Das Papier der drei Schriftstücke ist tatsächlich alt«, sagte Weiherer. »Hundert Jahre, mindestens. Um sicherzugehen, lassen wir aber auch die Tinte untersuchen. Das kann jedoch ein paar Tage dauern. Und ...«

»Ja?«

»Wir waren vorhin bei Hallers Haus. Wir haben Einbruchspuren gefunden. Jemand hat das Polizeisiegel an der Tür zerrissen. Jemand war drin.«

»Vielleicht ein paar Männer aus dem Dorf«, sagte Saltapepe.

»Nach allem, was die Fußspuren bislang hergeben, war es nur eine Person«, erwiderte Weiherer.

Die beschmierte Wohnungstür war in der Zwischenzeit von den Carabinieri untersucht worden, auch hatte ein Maresciallo Michaels Mutter verhört. Das passte Grauner überhaupt nicht, aber es war Bellis Entscheidung gewesen, er musste es akzeptieren. Der Maresciallo hatte nichts aus ihr herausbekommen, sie hielt Michaels Aufenthaltsort weiterhin geheim. Tappeiner hatte von Bozen aus versucht, Unterwegers Söhne in Kanada ausfindig zu machen. Aber es war ihr bislang nicht gelungen. Die Handynummern der beiden hatten die Ermittler erst am Morgen von der Gemeindesekretärin erfahren, aber die Handys waren ausgeschaltet. Kein Wunder, es war mitten in der Nacht in Vancouver. Und in welchem Hotel sie weilten, wollte ihr Vater nicht verraten. Einer der beiden, auch das hatte Tappeiner recherchiert, war vorbestraft. Wiederholte schwere Körperverletzung. Waren es vielleicht Unterwegers Söhne, die den Pfarrer zusammengeschlagen hatten?, fragte sich Grauner. Aber warum?

»Wir haben auch mit dem Dorfarzt telefoniert«, ergänzte Saltapepe, »der sagt, er habe den Leichnam des ehemaligen Bürgermeisters nicht auf Gift untersucht. Es habe dafür keinen Grund gegeben. Die Leber sei fett wie die eines Ochsen gewesen. Den habe das Gesaufe umgebracht, nichts anderes.«

Grauner schaute zu Weiherer, doch der schüttelte bereits den Kopf, noch bevor die Frage formuliert war.

»Nach all der Zeit brauchen wir den nicht mehr auszugraben«, sagte er.

»Belli würde das auf bloßen Verdacht hin auch nie erlauben«, fügte Grauner hinzu. »Claudio, ruf die Tappeinerin an. Sie soll einen gewissen Martin Mayerhofer im Strafregister suchen.« Dann stand er auf und ging zum Fenster.

Er schob den groben Vorhangstoff zur Seite. Die Lage hatte sich etwas beruhigt. Nur noch ein halbes Dutzend Männer stand vor dem Eingang. Die Vespa-Buben waren verschwunden. Außer dem Bürgermeister konnte er kein bekanntes Gesicht erkennen. Auch Pfarrer Santer war nicht unter den Leuten.

Grauner öffnete die Tür und winkte Kofler zu sich heran. Schweigend folgte ihm der junge Mann ins Gasthausinnere. Kurz ging der Commissario in die Küche und deutete dem Wirt, sich dazuzusetzen. Vielleicht würden sie mehr erzählen, wenn der Pfarrer nicht dabei war.

»Wir haben Schriftstücke im Wald gefunden«, begann Grauner. »Noch mehr als jene, die ich Ihnen bereits gezeigt habe, Herr Bürgermeister. Und wir haben den Verdacht, dass diese Schriftstücke etwas mit dem Besuch von Thomas Mann vor über hundert Jahren in Mitterbad zu tun haben könnten. Es klingt zwar verrückt, aber es ist nicht auszuschließen, dass sie sogar von ihm stammen. Wir haben auch diesen alten Schmuck, von dem keiner etwas wissen will. Und je länger wir im Dunkeln tappen, desto mehr bin ich der Überzeugung, dass diese Funde uns weiterbringen könnten. Irgendwie. Ich will alles dazu erfahren. Sagen Sie mir alles, was Sie wissen. Das Wahre, das Unwahre, das Gemunkelte, das laut Ausgesprochene. Alles!«

Stille. Beide schauten zu Boden.

»Sie haben uns doch schon einiges übers Mitterbad erzählt.« Grauner wandte sich an den Wirt. »Was gibt es noch? Haben Sie den Schmuck schon einmal gesehen? Gibt es rund um Thomas Mann …«

»Zum Schmuck weiß ich nichts«, unterbrach ihn der Wirt. Das habe ich bereits den Polizisten gesagt.«

Grauner schaute nun zwischen den beiden hin und her. Er spürte, dass sie irgendetwas nicht aussprechen wollten. Irgendetwas ließ sie schweigen. War es Angst?

»Reden Sie mit mir! Auch wenn Sie sich fürchten, reden Sie, verdammt noch mal! Sagen Sie mir alles, und niemand wird von diesem Gespräch erfahren. Oder ich nehme Sie beide mit auf die Questura und verkünde überall, dass wir viel zu besprechen haben. Dann wird das Geraune losgehen im Dorf. *Der Wirt und der Bürgermeister haben geredet* wird es dann heißen. Und Ihre Furcht wird dann noch größer sein. Ich will …«

»Ja, es gibt da diese Geschichte …« Der Wirt schaute auf. »… die Alten erzählen sie manchmal noch. Es soll ein Tagebuch von Thomas Mann geben, versteckt – in Mitterbad. Und auch ein paar Briefe! Mehr weiß ich nicht. Wahrscheinlich ist das nur eine Gasthausspinnerei, aber sie hält sich schon seit Generationen.«

»Ein dummes Gerücht und nichts weiter«, zischte der Bürgermeister, der plötzlich aus seiner Starre erwacht war.

»Wir müssen auch Gerüchten nachgehen«, sagte Grauner. »Und wir müssen die Zusammenhänge dieser vielen einzelnen Stränge erkennen. Was könnte das alles mit Marie Bachlechner zu tun haben? Und mit Unterweger, dem Mitterbad heute gehört?«

»Die Bachlechners und die Unterwegers …« Der Wirt sprach leise und vorsichtig, »… man redet im Tal nicht darüber, und die Jungen wissen es gar nicht mehr, aber die Familien sind verfeindet, schon seit Ewigkeiten. Früher, als noch jeder eine kleine Mühle hatte, da waren die Bachlechners die Wohlhabendsten im hintersten Tal. Und weiter draußen waren es die Unterwegers.«

»Dem Unterweger scheint es auch heute nicht schlecht zu gehen«, schaltete sich Saltapepe ein.

»Ja«, sagte der Wirt.

»Anders als Bachlechner?«

Ein Nicken. »Der alte Bachlechner hat nie verstanden, dass sich die Welt weiter dreht. Dass seine Mühlen zu nichts mehr nutze sind. Dass es Staudämme und Stauseen gibt. Die Bachlechners waren die Gottesfürchtigen, die Kirchengänger, die Geizhälse, die Bescheidenen.«

»Und die Unterwegers?«, fragte Grauner.

»Die taten immer schon so, als gehörte ihnen die Welt. Sie haben verstanden, wie man ins Tal investiert. Die Familie ist an den Staudämmen beteiligt, ihr Holz ist ein Exportschlager.«

»Warum die Feindschaft?«

Der Wirt schaute zu Kofler. Grauner merkte, wie der Bürgermeister mit sich kämpfte. Das ganze Dorf schien diese Fehde zwischen den beiden Familien vergessen und verschweigen zu wollen. Warum bloß?

»Warum diese Feindschaft?«, wiederholte Grauner und brüllte nun Kofler an. »Sprechen Sie endlich!«

Der Bürgermeister sprach leise: »Sie sind zerstritten seit einem mysteriösen Mordfall vor über hundert Jahren. Es war die Schwester des Ururgroßvaters von Josef Bachlechner, die damals umgekommen ist. Greta hieß sie. Einer ihrer eigenen Brüder wurde verurteilt. Er soll ein Wahnsinniger gewesen sein.«

»Wahnsinnig, so wie der Michl«, fügte der Wirt leise hinzu.

»Sie liegt im Familiengrab der Bachlechners«, sagte Grauner gedankenverloren. Er glaubte, sich an den Namen auf dem Grabstein zu erinnern.

»Äh, nein«, sagte der Wirt.

»Nein?«, fragte Grauner überrascht.

»Nein, da liegt sie nicht. Da steht nur ihr Name. Ein leerer Sarg wurde damals beerdigt. Das ist ja das Mysteriöse. Ihre Leiche wurde nie gefunden. Nur ihr Kleid. Und das Jagdmesser ihres Bruders. An den Lärchen. So wie Marie vor zwei Tagen.«

Grauner fuhr hoch. An den Lärchen. Genau wie Marie. Nur dass damals Hallers Haus dort noch nicht gestanden hatte. Wenn der Täter ein Zeichen hatte geben wollen, so ging es ihm vielleicht gar nicht darum, auf Haller hinzuweisen, sondern auf die Lärchen. Vielleicht auf den Mord an Greta von vor über hundert Jahren? »Was ist mit Gretas Bruder geschehen?«, fragte Grauner angespannt.

»Sie haben ihn in die Falschauer geworfen«, antwortete der Wirt. »Angebunden an einen dicken Baumstamm. Als sie das Holz draußen in der Gaulschlucht aus dem Wasser fischten, hingen nur noch Fleischbrocken am Seil.«

Grauner lief es eiskalt den Rücken hinunter. Kurz herrschte Stille im Gasthaus.

»Alles schön und gut«, meldete sich Saltapepe zum ersten Mal zu Wort, »aber was haben die Unterwegers mit alldem zu tun?«

Der Wirt räusperte sich. »Die Legende sagt, dass es Gretas Bruder gar nicht war. Dass ihm das alles nur angehängt wurde. Ihm, der sich nicht wehren konnte. Weil er, na ja, keine fünf graden Sätze zustande brachte. Das Blut auf dem Kleid und auf dem Messer, damals, bei den Lärchen, das soll kein Menschenblut gewesen sein. Ochsenblut soll das gewesen sein. Außerdem soll es gestunken haben, das Kleid. Nach faulen Eiern. Schwefel! So wie die Heilquellen.

Es hat gerochen, als hätte es die ganze Nacht lang im Wasser von Mitterbad gelegen.«

Grauner runzelte die Stirn. Noch immer fehlte ihm die entscheidende Information, die den Kreis, egal ob Gerücht oder nicht, schloss.

»Einige der Alten im Dorf sagen, Unterwegers Ururgroßvater habe damals etwas mit der Greta gehabt. Der sei ein Weiberer gewesen. Die waren alle Weiberer, die Unterwegers. Sogar mit der Sissi soll einer von ihnen angebandelt haben. Obwohl sie schiach war, die Kaiserin, schiach, wie die Nacht finster. Viel schiacher als auf den Bildern, die man heute im Internet von ihr sieht. Die Bachlechner-Töchter waren immer schöne Mädchen. Dermaßen schön, dass es zum Morden reichte, munkelten einst die Alten im Dorf. Sie behaupteten, dass es auch Unterwegers Ururgroßvater gewesen sein könnte. Aber Beweise gab es dafür keine.«

Grauner dachte an die Zeilen des Briefes.

»Wie hieß Unterwegers Ururgroßvater?«, fragte er.

»Hans«, sagte der Wirt, »Hans hieß der. Er war Bademeister, damals, in Mitterbad.«

Langsam legte Grauner nun eine Fotokopie des dritten Schriftstücks auf den Tisch. Er las vor, was da stand. Er schaute währenddessen immer wieder hoch und beobachtete die Reaktionen.

Sie hat Dir die Liebe versagt, und Du hast sie gemordet, Hans.

Aus dem Gesicht des Bürgermeisters wich alle Farbe. Der Wirt fuhr sich durchs Haar. Dann sprang er auf, ging zum Budl und kam mit einer Flasche und fünf Stamperlen zurück.

»Wenn das rauskommt, ist der Unterweger ruiniert. Sein Ruf wäre dahin. Wenn diese Schriftstücke echt sind, dann ist doch bewiesen, dass einer seiner Vorfahren Greta Bachlechner umgebracht hat«, sagte er und schenkte ein. »Sein Reichtum wäre auf Mord und Lüge aufgebaut. Die Bachlechners mussten damals ihr ganzes Hab und Gut hergeben. Als Buße. Das wurde alles im Dorf verteilt – das meiste haben die Unterwegers für wenig Geld aufgekauft. Ein Stück Wald. Etwas Ackerland. Viech. Alles! Ja, da galt noch Sippenhaft! Waren halt andere Zeiten. Auch zwei der drei Quellen, welche die Bachlechners damals noch besaßen, haben sich die Unterwegers geschnappt. Die haben schon vor Generationen verstanden, dass das Wasser unser Gold ist – bis heute. Die Heilquellen für die Kranken, der Schnee für die Skitouristen, der Regen fürs Holz, die Staudämme für den Strom.«

Der Wirt trank seinen Schnaps. Grauner schaute auf die Uhr. Es war kurz nach elf. Dann nahm auch er ein Stamperle und trank es in einem Zug leer. Saltapepe musterte das Glas skeptisch, roch am Selbstgebrannten und schob ihn in die Mitte des Tisches.

»Wie ging es mit Hans Unterweger weiter?«, fragte Grauner.

Der Wirt schnappte sich Saltapepes Stamperle, trank und wischte sich den Mund ab, bevor er antwortete. »Er ist wenige Jahre später gestorben. An Syphilis. Langsam ist er dahingesiecht. Der Kurarzt Gottlob von Lobingen soll ihn gepflegt haben. Es heißt, Stunden vor seinem Tod, da sei er bereits im Delirium gewesen, habe er einen Pfarrer zu sich holen lassen. Wer weiß, was er dem gebeichtet hat! Hans' Sohn, Unterwegers Urgroßvater, und der Arzt sollen mit im Zimmer gewesen sein.«

Der Wirt hatte Grauner noch einmal eingeschenkt. Der

Commissario trank auch das zweite Stamperle in einem Zug leer. Der Treber wärmte seinen Rachen. Schnaps, wenn man ihm nicht gewachsen war, konnte die Gedanken trüben, er konnte aber auch die Wolken vertreiben, welche die Sicht einschränkten.

Grauner versuchte, sich zu konzentrieren, alles klar zu sehen, alles zu ordnen. Vielleicht waren diese Schriftstücke tatsächlich echt. Sie mussten noch einmal mit Unterweger sprechen. Und mit Maries Vater. Und sie mussten dem, was damals geschehen war, auf den Grund gehen. Vielleicht lag im Damals die Lösung des aktuellen Falls. Vielleicht waren das alles aber auch nichts anderes als Gasthausmärchen, wie sie in allen Dorfgasthäusern Südtirols von Generation zu Generation erzählt und wiedergekäut und mit jedem weiteren Glas Wein ausgeschmückt wurden.

»D… dieses Gespräch …?« Mit unsicherer Stimme unterbrach der Wirt Grauners Gedanken.

»… hat nie stattgefunden«, komplettierte der Commissario mit beruhigendem Timbre den Satz. »Sie können sich auf mich verlassen.«

7

Der Verkehr auf der Autobahn stand still. Bei Atzwang, so hieß es im Radio, sei ein Lastwagen über die Leitplanke hinausgeschossen. Der Anhänger, der Kiwis aus der Emilia-Romagna geladen hatte, sei halb im Eisack gelandet. Derzeit würde die Nordspur gesäubert. Die Autobahnpolizei sei im Einsatz, außerdem die Berufsfeuerwehr von Bozen.

Wir empfehlen, den Unfallort weiträumig zu umfahren. Und nun zum Wetter.

Der Mann war auf der Notspur die paar Meter zur Raststätte vorgefahren, zwei Autos und ein Motorrad befanden sich zwischen ihm und dem roten Fünfer-BMW, den er seit der Einfahrt in Bozen-Süd nicht aus den Augen gelassen hatte. Er hielt drei Parkplätze weiter und folgte dem Fahrer unauffällig ins Innere des Tankstellenbistros. Die Person, die er beobachtete, stellte sich in die Kassenschlange. Er selbst positionierte sich hinter den Regalen und lugte zwischen Patatinepackungen und billigen Weinflaschen zur Kasse rüber.

Nun ging der BMW-Fahrer zur Bar, legte den Kassenbon auf die Theke, mit zwei Fingern schob er ihn hin und her, bis er exakt parallel zur Kante lag. Der Fahrer biss in das bestellte Croissant und nippte am Espresso. Schließlich stellte er die Kaffeetasse neben den Kassenbon. Das Tellerchen, auf dem das Croissant gelegen hatte, platzierte er im exakt gleichen Abstand daneben. Er zupfte sich die Croissantkrümel vom Mantel, gemeinsam mit den Krümeln, die auf die Theke gefallen waren, schob er sie zu einem kleinen Haufen zusammen.

Ein paar Sekunden schaute er auf sein Werk, rückte die Tasse noch einen Millimeter nach links. Dann verließ Benedikt Haller die Raststation. Sovrintendente Piero Marché hielt sich die Hand an den Knopf im Ohr, sprach leise etwas vor sich hin und folgte ihm.

8

Unterweger war nicht zu Hause und auch nicht in seinem Sägewerk. Seine Frau sagte, er sei frühmorgens nach Brixen gefahren, er habe dort einiges zu erledigen und würde erst abends zurückkommen. Grauner positionierte je zwei Polizisten vor seinem Hof und am Arbeitsplatz, um ihn abzufangen.

Auch bei Bachlechner hatten die Ermittler keinen Erfolg. Das Haus an der alten Mühle war leer. Auf den Feldern, wo er dieser Tage zu arbeiten pflegte, war er nicht anzutreffen.

»Vielleicht ist er in die Berge gegangen«, sagte eine der Frauen auf den Feldern.

»Er geht viel in die Berge«, sagte ein Mann. »Vielleicht ist er zur Pfandlalm gewandert, dorthin wandert er gerne.«

Der Commissario schickte zwei Polizisten auf die Alm, ein weiterer Mann blieb am Haus.

Er selbst war kurz zum Grab der Bachlechners hochgelaufen, um sich Gretas Todesdatum noch einmal anzuschauen. 31. August 1901. Er holte seinen Notizblock heraus und blätterte darin. Tatsächlich, in Simoneckss Buch hatte gestanden, dass Thomas Mann vom 11. Juli bis Ende August in Mitterbad geweilt hatte. Die Datumsangaben auf den Schriftstücken passten dazu. Sie stammten vom 1. und 12. September. Für einen Moment ließ Grauner der Fantasie freien Lauf: Was, wenn Greta tatsächlich wenige Stunden vor Manns Abreise ermordet worden war und er den Mord beobachtet hatte? Spät, als er sein fröhliches Abschiedsgedicht bereits vorgetragen hatte. Was, wenn er diese Beobachtung aufgeschrieben hatte? Was, wenn er tatsächlich einige Tage darauf einen Brief an den Mörder verfasst hatte? Der Commissario schüttelte den Kopf und verwarf den abstrusen Gedanken. Er steckte die Notizen in die Tasche und verließ den Friedhof.

Nun standen sie an der Bushaltestelle vor dem *Schwarzen Adler*. Saltapepe, Weiherer, auch Belli war aus Bozen dazugekommen. Er war nach dem Gefängnisbesuch noch zu einem Frühstück im *Laurin* mit dem Landesrat für Land- und Forstwirtschaft verabredet gewesen.

Grauner stand etwas abseits. Er ließ es bleiben, sich darüber zu wundern, was ein in einem Mordfall ermittelnder Staatsanwalt so dringend mit einem Landesrat für Land- und Forstwirtschaft zu besprechen hatte. Solche Fragen stellte er sich schon lange nicht mehr. Er hielt sein Handy in der einen Hand und tippte mit der anderen die Nummer ein, die Simoneck ihm aufgeschrieben hatte. Die Nummer von Gottlieb Gottlob von Lobingens Urenkelin, Madame Charlotte Klett.

»Was ist nun mit diesen Zetteln?«, fragte Saltapepe, als sich Grauner wieder zu ihnen gesellt hatte. »Sind die tatsächlich echt? Sind sie allen Ernstes von Thomas Mann?«

Der Commissario hob die Schultern. »Das weiß ich nicht. Ich warte auf eine Nachricht von Simoneck.« Aber er wusste, dass es damit nicht getan war.

Dumpf drang Bellis Stimme in Grauners Gedanken. »Verrennen Sie sich bloß nicht! Das alles ist über hundert Jahre her.«

»Ich weiß«, antwortete Grauner. Es fiel ihm schwer das zuzugeben, aber Bellis Bedenken hatten ihre Berechtigung. »Es muss weiter in alle Richtungen ermittelt werden. Wir sind Haller auf den Fersen, ich bin überzeugt, dass er uns zu Michael bringt. Wir sollten Vater und Sohn noch einmal verhören – am besten gemeinsam. Auch Unterwegers Söhne sind mir nicht geheuer. Das scheinen üble Schläger zu sein. Wir müssen sie in Vancouver schnellstens ausfindig machen. Morandell bleibt ebenso verdächtig, was haben wir Neues zu ihm?«

Saltapepe räusperte sich: »Er hat seine Wohnung seit dem letzten Kontakt nicht mehr verlassen, die Jalousien sind zu. Er ist bislang polizeilich nicht aktenkundig geworden, auch bei den Carabinieri nicht; der Bauer, bei dem er gearbeitet hat, bestätigte, dass er morgens pünktlich zur Arbeit kam. Wir haben auch noch andere Männer aus dem Tal befragt, bei denen er gearbeitet hat, einen Förster, Maurer, Bauern, Holzarbeiter. Ein fleißiger Arbeiter sei er, das sagen sie alle. Nur manchmal würde er zu viel trinken, dann werde er ausfällig im *Schwarzen Adler*, dann müssten sich die jungen Mädchen vor ihm in Acht nehmen, aber passiert sei bislang nie etwas, eigentlich sei er harmlos. Vor Jahren habe er sogar einmal eine Freundin gehabt. Aus dem Passeiertal. Das sei zu der Zeit gewesen, als er dort auf einer Alm gearbeitet habe …«

»Findet raus, wer diese Frau ist, und stellt Kontakt zu ihr her«, unterbrach ihn Grauner.

»Wir werden alle einbestellen«, meldete sich nun wieder Belli zu Wort. »Morandell, Unterweger, Bachlechner, alle! Wir werden Michael finden! Und dann werden wir sie ins Kreuzverhör nehmen. Wir werden so lang im Tal bleiben, bis der Fall gelöst ist, verstanden?«

Grauner schaute zum Staatsanwalt. Bellis Gesichtszüge verrieten Hektik, das Zappeln seiner Finger Unbeholfenheit. Er musste ihn irgendwie beruhigen. Belli musste spüren, dass alles auf baldige Verhaftungen zulief. Nur mit diesem Gefühl würde sein Vorgesetzter ihn machen lassen, nach Bozen fahren und in seinem Büro oder im *Laurin*, bei einem nachmittäglichen Glas Sauvignon Blanc, auf gute Nachrichten warten.

»Ja, wir müssen sie alle finden«, pflichtete Grauner ihm bei. Er winkte einen der Polizisten heran, der etwas abseits an einem der Streifenwagen stand.

»Sie, kommen Sie!«

Der Polizist näherte sich zögerlich.

»Sie haben gute Arbeit geleistet in den vergangenen Tagen. Sie sind unser bester Mann.«

Grauner kannte weder den Namen des Polizisten, noch war ihm das Gesicht bislang aufgefallen. »Sie leiten die Suchaktionen hier vor Ort. Sie müssen zuallererst Unterweger und Bachlechner finden, so schnell wie nur möglich. Sobald Sie die beiden haben, verständigen Sie mich. Unverzüglich!«

Der Polizist schaute überrascht. »Ja, gerne, aber …«

»Ich kann hier nicht nichtstuend warten. Ich bin spätestens heute Abend zurück.«

Nun schaute auch Belli verwirrt. Zu verwirrt, um sofort die Sprache wiederzufinden. »Aber was … Grauner … Sie …?«

»Ich folge einer anderen wichtigen Spur!«

Der Commissario schnappte Saltapepe am Ärmel und zog ihn ein paar Meter mit sich fort.

»Was hast du vor?«, raunte der Ispettore.

»*Wir*«, sagte Grauner, »wir beide machen einen Ausflug.

»Wohin?«

»An den Gardasee.«

9

Wenn du das Leben eines Polizisten führst, in Süditalien, dann verlierst du den Bezug zur Realität. Unweigerlich. Du fühlst dich verfolgt, immer. Siehst du ein Gesicht zweimal, denkst du, das ist ein Killer. Dir auf den Fersen. Siehst du ein Auto zweimal, an zwei verschiedenen Kreuzungen, ist es der Killer, der dich verfolgt.

Du siehst einen waldgrünen Pick-up Samurai von Suzuki. Zuerst auf der MeBo. Du wechselst die Spur, er wechselt sie auch. Hundert Meter hinter dir verschwindet er in den Kurven, und auf den Geraden taucht er wieder auf. Zwischen zwei Autos, einem gelben Citroën und einem roten Ford. Du überholst, er überholt auch. Du schaust in den Rückspiegel, immer und immer wieder. Du verlangsamst, du beschleunigst. Dann, plötzlich, ist er weg. Du schiebst den Gedanken beiseite, fragst dich, was das eigentlich soll. Zum Gardasee runterfahren.

Die ganze Fahrt über hatten sie kaum gesprochen. Saltapepe wollte Musik anmachen, das Eros-Ramazzotti-Livealbum, aber ihm war klar, dass er Grauners Nerven damit unnötig strapazieren würde. Er ließ es bleiben.

Belli hatte getobt. Er hatte nicht verstanden, warum der Commissario das Tal verlassen wollte. Und dem Ispettore war es ebenso schleierhaft. Was sollte die Urenkelin eines Arztes, der vor hundert Jahren im Ultental zugegen gewesen war, mit der Tat von heute zu tun haben? Grauner hatte versucht, diese Frau anzurufen. Sie war nicht ans Telefon gegangen. So hatte er beschlossen, hinzufahren. Auf gut Glück.

Verlorene Zeit, dachte Saltapepe. Er hätte viel lieber noch einmal diesen Morandell in die Mangel genommen, den Hilfsarbeiter. Er wurde von zwei Polizisten beobachtet, verhielt sich aber unauffällig, verdächtig unauffällig für Saltapepes Geschmack. Er hätte auch Michaels Mutter besucht, um persönlich aus ihr rauszuquetschen, wohin sie ihren Sohn gebracht hatte. Das würde mehr bringen, als Marché auf Benedikt Haller anzusetzen. Ausgerechnet Marché! Saltapepe konnte nicht verstehen, warum Grauner dem Sovrintendente im Laufe dieses Falles so viel Vertrauen entgegenbrachte. Marché leitete die Beschattung von Haller, irgendein Streifenpolizist leitete die Suche nach Unterweger und Bachlechner. Und er selbst spielte den Chauffeur für eine Spritztour an den Gardasee. Ma porca …

Der Ispettore drückte aufs Gas. Natürlich hatten sie seinen Alfa genommen. Mit Grauners Panda hätten sie dreimal so lange gebraucht. Sie flogen an einem Meer von Apfelbaumplantagen vorbei. Links und rechts krallten sich die Weinstöcke an den Berghängen fest. Hier im Süden Südtirols gediehen der Vernatsch, der Blauburgunder, der Weißburgunder und natürlich – der Gewürztraminer. Die Gipfel des Weißhorn, des Schwarzhorn und des Roen reckten sich der Sonne entgegen. Der Himmel zeigte sich in schönstem Hellblau, wie die Trikotfarben des SSC Neapel, nur von zwei, drei Kondensstreifen durchzogen. Auf der rechten Spur reihten sich die Lastwagen aneinander, sie kamen aus Hamburg, Kiel, Amsterdam. Sie fuhren nach Genua oder noch weiter runter, nach Neapel oder Messina.

Wenn du das Leben eines Polizisten führst, in Süditalien, dann lässt dich die Paranoia nicht los. Wenn du denkst, sie ist weg, packt sie dich plötzlich wieder. Ist das derselbe

Wagen, ist er das wirklich? Er muss es sein. Wie viele waldgrüne Pick-up Samurai von Suzuki werden … und wenn schon! Es ist nur ein Auto, das ebenso die MeBo Richtung Bozen fährt, das in Bozen-Süd ebenso auf die Brennerautobahn abbiegt. Ein Auto, das ungefähr gleich schnell unterwegs ist, viel zu schnell. Na und? Wird schon seine Gründe haben. Folgt der uns? Nein, calmati, tranquillo! Der folgt uns nicht.

Du verlangsamst erneut. Fünfzig Meter ist er nun hinter dir, du wirst noch langsamer, er wird schneller, dreißig Meter, zehn, er blinkt, überholt. Hai visto? Paranoico! Wer dich verfolgt, der überholt nicht. Fort mit dem Gedanken.

Bei Mori verließen sie die Autobahn und fuhren rechts ab in die Berge hinein, die zu Saltapepes Frohlocken schon seit einer Weile weniger bedrohlich geworden waren.

Auf der Kuppel des Passo San Giovanni angekommen, war dem Ispettore, als erblickte er das Paradies. Zwischen Olivenhainen führte die Serpentinenstraße zum Nordufer des Sees hinunter. Palmen und Pinien säumten die Fahrbahn. Möwen kreischten. Die Straße führte durch Torbole, dann am Wasser entlang. Schließlich erreichten die beiden Ermittler ihr Ziel. Riva del Garda.

Obwohl er sich nur einige Kilometer südlicher befand als vor Kurzem noch, obwohl Neapel noch Hunderte Kilometer entfernt war, umhüllte eine wohlige Wärme Saltapepes Herz. Er fühlte sich zu Hause, irgendwie, zumindest mehr zu Hause als im Ultental.

Farbenfroh pittoreske Häuschen reihten sich aneinander. Marineblau lag das Wasser da, umzingelt von steilen Felshängen. Die Sonne brachte die Wellen zum Glitzern, Dutzende Windsurfer ließen sich über den See pusten, ein

Motorboot zog weiße Gischt hinter sich her. Schnurgerade Linien, wie die Linien eines abstrakten Malers.

Saltapepe lenkte den Alfa die Viale Rovereto entlang. Einige Bewohner trugen ihre Einkäufe nach Hause. Andere standen vor kleinen Bars, sie rauchten und gestikulierten.

Grauner gab Anweisungen: »Immer geradeaus. Aber langsam. Da vorne links. Und dann am Ende der Straße, da irgendwo muss es sein.«

Das Prunkschlösschen stand direkt an der Uferpromenade. Es war umgeben von einer akkurat gemähten Wiese. Zypressen und Magnolienbäume spendeten Schatten. Fischer saßen an der Promenade beieinander und flickten Netze. Mütter mit Kindern fütterten die Schwäne. Enten schnatterten. Jogger umkreisten Passanten, die Eis schleckend nach freien Bänken suchten.

Der Seitentrakt des Schlösschens war zweistöckig, die Wände goldockergelb. Das Haupthaus war mit einem sonnenuntergangsrot bemalten Türmchen versehen. Eine Bogenfensterreihe war mit Säulen geschmückt. Eine geschwungene Marmortreppe führt zum Eingang hoch.

»Gottlieb Gottlob von Lobingens ehemalige Villa«, sagte Grauner.

Saltapepe bemerkte ein gewisses Entzücken in der Stimme. »Hier wohnt die Dame?«, fragte er ungläubig.

»Wir werden sehen«, antwortete der Commissario und ging auf das Haus zu. Doch der Ispettore folgte ihm nicht sogleich.

Er war für den Bruchteil einer Sekunde erstarrt. Und im Bruchteil jener Sekunde war ihm, als erstarrte die ganze Welt. Alles verstummte. Das Schreien der Kinder, das Kreischen der Möwen, das Brummen der Motorboote, das Geräusch des Windes in den Segeln der Surfer.

Fünfzig Meter weiter vorne, der Ispettore sah es genau, kam ein Pick-up aus der Reihe der parkenden Autos. Ein waldgrüner Pick-up Samurai von Suzuki. Er hielt an der Hauptstraße, ließ zwei Autos passieren, reihte sich in den Verkehr ein, überholte einen Wagen und verschwand im Gewirr der Gassen.

»Grauner!«, rief Saltapepe noch. »Grauner!« Doch der war bereits in der Villa verschwunden.

10

An den Wänden hingen Ölmalereien; Gesichter aus der Vergangenheit. Unter den Bildern standen die Namen der Porträtierten. Stammgäste des ehemaligen Sanatoriums hier am See: Sigmund Freud, Franz Kafka, Rudolf Steiner, Karl May und mehrere Regenten des Fürstenhauses Liechtenstein. Sie blickten stumm auf das Chaos, das sich vor ihnen ausgebreitet hatte. Überall im Haus waren die Schubladen aufgerissen. Blätter, Bücher, Geschirr, Kleidungsstücke übersäten den Boden.

Madame Charlotte Klett lag inmitten des lichtdurchfluteten Wohnzimmers. Daneben stand ein leerer Rollstuhl. Die Hände der alten Dame waren ihr mit einem Drahtseil auf den Rücken gefesselt. Der Draht fraß sich in ihre faltige, bleiche Haut und zerschnitt das Fleisch. Ein lilafarbener Perserteppich sog das Blut auf.

Die beiden Ermittler stürmten zu der Frau und beugten sich über sie. Sie atmete. Grauner machte sich am Draht zu schaffen, Saltapepe lief hinaus, um einen Verbandskasten aus dem Auto zu holen. Erst auf den Treppen bemerkte er, dass er die Beretta immer noch entsichert in der Hand hielt.

Sie legten Madame Klett auf das orientalische Sofa, das mit Papageien-Stickereien verziert war, und verbanden ihre Handgelenke.

»Madame, können Sie sprechen?« Grauner hielt ihre Hand. Saltapepe holte Wasser aus der Küche.

Charlotte Klett nickte.

»Was ist geschehen?«

Sie hustete, dann holte sie tief Luft.

»Es hat geklingelt. Ein Mann stand vor der Tür, mit einem Schal um das Gesicht. Er zerrte mich aus dem Rollstuhl und warf mich zu Boden. Er fesselte mich. *Wo!*, sagte er nur. *Wenn du irgendwelche Beweisstücke hast, dann sag mir, wo!*«

»Was für Beweisstücke wollte er haben?«, fragte Grauner. Saltapepe hielt der Dame das Glas Wasser hin, aber sie wehrte es mit der Hand ab.

»In der Küche, im obersten Regalfach links, da steht ein Brandy. Luis Felipe Gran Reserva. Hundert Jahre alt. Sieben Jahre älter als ich selbst. Seien Sie so lieb, holen Sie uns den. Die passenden Gläser finden Sie in der Vitrine darunter. Ich denke, wir können alle einen Schluck gebrauchen.«

Madame Klett wandte sich dem Commissario zu. »Er wollte Beweisstücke zu einem Mord an einer jungen Dame aus dem Ultental, der Ewigkeiten zurückliegt.«

»Sie wissen davon!«

Sie schaute erst verwundert, dann nickte sie erneut.

»Haben Sie Beweise? Haben Sie sie herausgerückt?«

»Ich habe dem Mann gesagt: *Sie können die ganze Villa verwüsten, aber Sie werden nichts finden, weil es nichts gibt. Alles, was es zu wissen gibt, ist hier.*« Die Frau fuhr sich mit dem Zeigefinger an die Schläfe und pochte darauf. »*Wenn Sie ausradieren wollen, was geschehen ist, dann müssen Sie mich schon umbringen.*«

Saltapepe brachte den Brandy. Anstatt der passenden Gläser hielt er Rotweinkelche in der Hand. Er schenkte ein. Zu viel. Viel zu viel. Die Greisin warf ihm einen mütterlich verzeihenden Blick zu.

Grauners Gedanken rasten. Es konnte kein Zufall sein, dass die Dame gerade jetzt überfallen worden war. Noch vor wenigen Stunden hatte er mit Kofler und dem Wirt zusammengesessen, die nur widerwillig mit der Geschichte rausgerückt waren. Hatte einer der beiden mit der Sache zu tun? War einer der beiden zum Gardasee gerast, um ihnen zuvorzukommen? Steckte einer der beiden etwa mit Unterweger unter einer Decke?

»Hat der Mann versucht, Sie umzubringen?«, fragte Grauner weiter.

»Nein, nein«, sagte Madame Klett. »Ich bebte, aber er bebte noch mehr. Ich habe gespürt, dass er ein Feigling war. Ein brutaler Mensch, aber zu feige, um zu töten. Sein Schweiß tropfte mir ins Gesicht. Er hat dieses Chaos veranstaltet. Er hat mich verletzt, er hat mich bedroht. Dann ist er geflüchtet.«

Sie nippte am Brandy.

»Madame Klett«, Grauner sprach laut und langsam, »wir sind von der Polizei. Vor zwei Tagen wurde im Ultental ein junges Mädchen erschossen. Es könnte sein, dass diese Tat in irgendeiner Weise mit dem Fall von Greta Bachlechner im Sommer 1901 in Zusammenhang steht. Zu der Zeit, als auch die Gebrüder Mann in Mitterbad waren. Das Mädchen, das *nun* tot ist – sie stammt aus derselben Familie wie Greta.«

Jetzt nippten auch die beiden Ermittler an der würzigen Süße.

Grauner fuhr fort: »Wir wissen um das Gerede, das es damals nach dem Mordfall gab. Wir wissen, dass ein gewisser Hans Unterweger und nicht einer der Bachlechner-Brüder der Täter gewesen sein könnte.«

Grauner stellte das Glas ab und beugte sich zu der alten Dame vor.

»Hans Unterweger habe auf dem Sterbebett seinem Sohn, einem Pfarrer und Ihrem Urgroßvater, dem damaligen Kurarzt Gottlieb Gottlob von Lobingen, die Tat gebeichtet, heißt es …«

Die Augen der Dame wurden größer und größer. Sie nahm einen tiefen Schluck. Einige Sekunden vergingen. Dann sprach sie.

»Ja, das alles ist wahr. Mein Urgroßvater hat alles aufgeschrieben, aber seine ärztliche Schweigepflicht nicht verletzt. Die Notiz lag viele Jahre hier in Riva in einem Banksafe. Der Schlüssel zum Safe ging schließlich an meinen Großvater, dann an meinen Vater, dann an meinen Bruder über – und der hat mir Jahre vor seinem Tod davon erzählt. Wir haben nächtelang überlegt, was damit zu tun sei.«

»Und?« Grauner saß nun an der Kante des Sofas.

»Das war alles Generationen her. Wir haben beschlossen, dass mein Bruder das Schreiben mit ins Grab nehmen soll. Es liegt unter der Erde. Auf dem Friedhof hier in Riva. Verrottet neben den Särgen meiner Vorfahren.«

»Aber Sie haben es gelesen?«

»Ja.« Erneut tippte sich die alte Dame verschwörerisch an den Kopf. »Und da, dieses Bild, es hält die Erinnerung an das Erzählte wach.« Sie deutete auf eins der Ölbilder.

Der Commissario stand auf und trat näher heran. Das

Gemälde zeigte ein junges Mädchen. Es hatte die blonden Haare zu einem Dutt hochgesteckt und trug ein leichtes Spitzenoberteil. Um den Hals eine Kette, ein dünnes Band mit smaragdgrünen Steinen daran. Das Mädchen wirkte jung, doch in den nussbraunen Augen lag Weisheit. Grauner musste plötzlich an das Rehkitz denken, das er vor zwei Nächten auf dem Weg zu seinem Hof fast überfahren hätte.

»Ist das …«, setzte Grauner an.

»Ja, das ist sie, Greta. Mein Urgroßvater war kein besonders begnadeter, aber ein umso leidenschaftlicherer Maler. Er malte jeden. Familienmitglieder, Freunde, Dorfbewohner.«

Grauner drehte sich im Kreis. Der Blick ging von Bild zu Bild. Er entdeckte ein Porträt Heinrich Manns und blieb davor stehen.

Madame Klett räusperte sich. »Mein Urgroßvater war gut mit Heinrich Mann befreundet, mit Enrico, wie er ihn immer nannte. Er mochte auch seinen Bruder Tommaso, wie sie Thomas nannten. Er hatte sich gewundert, dass Tommaso nur ein Mal ins Ultental kam – und, anders als Heinrich, danach nie wieder. Nach Riva reiste Thomas Mann noch einige Male, auch im November desselben Jahres, aber das Tal mied er. Das hat mein Urgroßvater nie verstehen können.«

Grauner aber verstand.

»Madame Klett, es könnte sein, dass Thomas Mann von dem Mord gewusst hat, ihn beobachtet hat. Es sind Briefe und Tagebuchaufzeichnungen aufgetaucht, die von ihm stammen könnten.«

Die Dame schaute nun noch überraschter als zuvor.

»Madame, wir müssen dieser Geschichte von damals auf den Grund gehen. Und wir müssen den Mann schnappen, der Sie heute überfallen hat. Es ist sehr wahrscheinlich, dass er mit dem Geschehen von vor drei Tagen zu tun hat. Dass er weiß, wie alles zusammenhängt.« Er legte ihr nun die Hand auf die zarte Schulter. »Was wissen Sie, was wir noch nicht wissen?«

»Ich weiß vom Kleid und vom Messer an den Lärchen. Hans wollte den Mord dem geistig zurückgebliebenen Bruder der Toten in die Schuhe schieben. Was ihm ja auch gelang.«

»Was hat er mit der Toten gemacht? Wie hat er die Leiche beseitigt?«

»Er hat sie begraben.«

»Wo?«

Madame Klett fasste nach dem Glas und trank es in einem Schluck leer.

»Hinter dem eigenen Haus. Im Futtertrog eines Schweinestalls.«

»Wo, wo ist dieses Haus?«

»Das Haus ist nicht mehr. Es gehörte zu einem der alten Höfe. Es liegt jetzt tief drin, unten, im Zoggler-See.«

11

»Schneller«, verlangte Grauner.

Saltapepe trat das Gaspedal voll durch. Es drückte sie in die Ledersitze, der Tacho kletterte auf zweihundert.

»Schneller, fahr schneller. Verdammt. Und mach das Blaulicht aufs Dach!«

Sie hatten einen Krankenwagen gerufen, die Polizisten im Tal informiert und einen waldgrünen Pick-up Samurai von Suzuki zur Fahndung ausgeschrieben. *CZ 74 …* Mehr hatte sich Saltapepe von der Targa, wie man das Autokennzeichen in Südtirol nannte, nicht einprägen können.

Grauner wählte Filippis Nummer. Die Gerichtsmedizinerin wollte ihm zuerst nicht glauben, was er da erzählte, dann referierte sie so nüchtern, wie es nur Gerichtsmediziner hinbekamen, über Fäulnis und Verfall.

»Die Beschaffenheit des Bodens ist ausschlaggebend. Lag der Leichnam in wässriger Erde, so begünstigt dies eine Adipocire, welche …«

»Eine Adi… was?«, unterbrach Grauner.

»Adipocire. Wachsbildung. Körperfett wird in stinkendes Fettwachs umgewandelt«, klärte Filippi ihn auf. »Der Hof lag im Tal, zwischen den Berghängen. Der Boden rundherum war möglicherweise schlammig, feucht. Dann wurde das Haus geflutet, damit ist absoluter Sauerstoffabschluss gegeben, was die Entwicklung einer Fettwachsleiche begünstigt hat.«

»Filippi, noch mal …« Grauner traute seinen Ohren nicht. »Du sagst allen Ernstes, es ist möglich, dass die Leiche, die seit über hundert Jahren im Schweinestall hinter diesem Hof, der seit bald fünfzig Jahren am Grund des Sees liegt, dass diese Leiche noch … äh … äh … da ist?«

»Ja, Grauner«, antwortete die Gerichtsmedizinerin. »Ja, das ist nicht nur möglich. Das ist sogar wahrscheinlich.«

Der Tacho zeigte nun zweihundertzwanzig Stundenkilometer an. Saltapepe hupte einen Lastwagen zurück in die Spur, der zum Ausscheren angesetzt hatte. Sie ließen Trient hinter sich, vor ihnen tat sich die Salurner Klause auf. Wie die Zähne eines Reißverschlusses schoben sich die Felswände auseinander, je näher der Alfa der Talenge kam.

Der Commissario telefonierte. Er gab Belli Bescheid, musste eine Fluchtirade über sich ergehen lassen, bekam aber, als der Staatsanwalt am Ende der Schimpferei nur noch kraftlos ins Telefon keuchte, doch noch, was er wollte: die Erlaubnis für einen erneuten Tauchgang der Feuerwehr und – noch wichtiger – eine Bergungsbefugnis. Per necessità e urgenza. Wegen Notwendigkeit und Dringlichkeit, wie es im Polizeijargon hieß.

Der Polizist, dem er am Vormittag im Ultental die Verantwortung übertragen hatte, sollte Lagepläne der versunkenen Höfe ausfindig machen. In der Gemeinde. Im Talmuseum. Wo auch immer. Grauner wählte die Nummer der Berufsfeuerwehr von Bozen, sein Gesicht verfinsterte sich zunehmend, während er sprach, zuhörte, wieder sprach.

»Scheiße!«, entfuhr es ihm, nachdem er aufgelegt hatte. Er warf das Handy auf das Armaturenbrett. »Die Taucherstaffel ist im Einsatz. Auf der Autobahn. Bei Atzwang. Die können nicht so schnell im Ultental sein.«

»Warum diese Eile?«, fragte Saltapepe. »Wenn die Leiche bereits hundert Jahre alt ist, dann kommt es auf einen Tag mehr oder weniger auch nicht an.«

»Das mag sein«, antwortete Grauner, »aber wenn sie tatsächlich da unten im See liegt, dann heißt das, dass alles, was bislang im Konjunktiv stand, Gewissheit ist. Und bewiesen werden kann. All die Gerüchte von damals. Und jemand will, dass all dies im Verborgenen bleibt. Dieser Jemand hat Madame Klett überfallen. Wir müssen herausfinden, wer. Vielleicht der Wirt oder der Bürgermeister oder Unterweger …«

Einiges sprach für diese Schlussfolgerung. Demnach wäre der Sägewerkbesitzer keineswegs nach Brixen gefahren, wie seine Frau mitgeteilt hatte. Er wäre an ihnen vorbei nach Riva gejagt, um Spuren zu beseitigen, die das Gerücht von damals bestätigen konnten. Oder war es doch jemand anderes gewesen? War da etwas, das vor ihren Augen tanzte, ohne dass sie es bemerkten?

Das Klingeln seines Handys riss Grauner aus den Gedanken. Eigentlich waren das die guten Momente in Ermittlungen, das wusste der Commissario, wenn das Telefon ununterbrochen klingelte und sich einzelne Fäden des unübersichtlichen Knäuels lösten. Aber hier nun kam es ihm vor, als würden sie immer noch etwas Entscheidendes übersehen.

Tappeiner war am Apparat. Grauner sagte nichts. Er grummelte nur.

»Gut, danke Silvia«, sagte er dann und legte auf.

Er sah Saltapepes fragenden Blick aus den Augenwinkeln.

»Silvia hat Serafine Hallers neuen Liebhaber, Maries und Michaels Lehrer Martin Mayerhofer, im Register überprüft. Und sie hat etwas gefunden. Vor sechs Jahren ist bei uns eine Anzeige gegen ihn eingegangen. Eltern haben ihn beschuldigt, ein sexuelles Verhältnis mit einer Schülerin gehabt zu haben.«

»Ist er verurteilt worden?«, fragte Saltapepe.

»Nein, es konnte nichts nachgewiesen werden. Außer einiger anzüglicher SMS. Der Fall wurde zu den Akten gelegt, Mayerhofer versetzt. Aber …«, Saltapepe hupte einen deutschen Urlauber von der Überholspur und winkte, wie nur Süditaliener winken konnten, »… Silvia hat auch bei den Carabinieri nachgefragt, ob der Name in ihren Registern auftaucht. Das hat etwas gedauert, aber nach deren Patzer von Meran haben sie konstruktiv mitgearbeitet – und tatsächlich etwas gefunden. Mayerhofer wurde in Lana geblitzt. Er ist zu schnell durch den Dorfkern gefahren.«

»Und?«, fragte Saltapepe und drückte weiter aufs Gas. »Wer zu schnell fährt, ist noch kein Mörder.«

»Nein, aber er wurde in der Tatnacht geblitzt. Um vier Uhr morgens. Am Kreisverkehr, an dem die Straße ins Ultental hinein abzweigt, steht je ein Blitzer für beide Richtungen.«

»Woher kam er?«

»Er kam aus dem Tal.«

»Und was nun?«, sagte Saltapepe und reihte sich zwischen zwei Lkws ein.

»Du fährst nach Ulten, übernimmst die Koordination der Suche nach Unterweger und Bachlechner und sorgst dafür, dass die Taucher, sobald sie an der Autobahn nicht mehr gebraucht werden, zum Zoggler-Stausee kommen. Ich lasse mich nach Meran bringen. Ich besuche diesen Mayerhofer und komme dann nach.«

»Das mit den Tauchern kann dauern«, sagte der Ispettore. Er schaute zu den Bergen hoch. Die westliche Talseite des Unterlands lag bereits im Schatten. »Wann wird es finster?«, fragte er.

Grauner überlegte. »Gegen halb sieben, würde ich sagen.«

»Ruf noch mal deinen neuen Lieblingspolizisten an.« Saltapepe betätigte den Blinker und scherte aus. »Er soll eine Taucherausrüstung besorgen.«

Grauner verstand nicht ganz, worauf Saltapepe hinauswollte.

»Mach einfach, vertrau mir.«

12

Wenn man in die Tiefe geht, ist das ein bisschen wie sterben. Der Übergang vom Leben in den Tod. Die Welt zurücklassen. Erst zieht einen alles nach oben, das Herz, der Verstand, der Instinkt, der Überlebenswille, selbst die Muskeln der Oberschenkel. Dann, plötzlich, entschwindet das irdische Gefühl, und eine kosmische Leichtigkeit erfasst einen. Nun ist alles abwärts gerichtet. Nach unten, wo es dunkler wird. Nach unten, wo es stumm wird. Nach unten, wo das Nichts ist. Das vermeintliche. Nach unten, ins Schwarz.

Wie lange mochte es her sein, fragte sich Saltapepe, dass er zum letzten Mal eine Tauchausrüstung getragen hatte? Fünf Jahre? Sechs? Abtauchen, das Neopren am Körper, das jede Kontur betonte, die Flasche, die zuerst schwer wog und nun, im Wasser, federleicht schwebte – das alles war dem Ispettore altvertraut. Er hatte bei der Polizei gerade erst die Grundausbildung absolviert, als er sich für die Kampftaucherstaffel meldete. Kampftaucher waren gefragt in den Spezialeinheiten seiner Heimatstadt. Auf den im Hafen liegenden Schiffen wurde geschmuggelt, was nur geschmuggelt werden konnte: Kokain, Heroin, Tabletten, Wein, exotische Tiere, Gold, Haschisch, Zigarren, Identitäten, Menschen, lebende und tote.

Sie näherten sich den Schiffen unter Wasser. Stumm wie Fische. Lautlos wie Samurai kletterten sie die Reling hoch. Sie schlichen sich von hinten an und hielten den Schmugglern die Pistolen an die Schläfen. Schalldämpferpistolen.

Da war nur dieses »Tschhhh, Tschhhh« der Atemmaske, das wie das Röcheln eines Außerirdischen klang. Und da war nur der Lichtschein der Stirnlampe. Sie erhellte das finstere Wasser. In seiner Linken hielt der Ispettore eine Metallschaufel. An seinem Tauchergürtel hatte er ein engmaschiges Netz befestigt. Am Ufer hatte er sich die alten Lagepläne eingeprägt. Sie hatten sie von der Gemeindesekretärin erhalten.

Bald musste etwas in den Blick kommen, gleich musste es so weit sein. Zwei Forellen kreuzten Saltapepes Weg. Auch ein Barsch schwamm vorüber. Plötzlich tauchte eine Wand wie der Schatten eines Schiffswracks vor dem Ispettore auf. Er paddelte an sie heran, berührte die glitschige Oberfläche der Mauer und des Holzes. Er leuchtete um sich. Am rechten Rand befand sich tatsächlich ein kleines viereckiges Gemäuer mit einer quadratischen Öffnung. Der Schweinestall. Das Dach war in sich zusammengekracht. Saltapepe tauchte von oben in den Stall hinein und stellte sich auf den matschigen Grund, der mit Algen überzogen war. Erneut leuchtete er um sich. Auf der Südseite der Vorrichtung war ein kleines steinernes Rechteck zu sehen. Das musste der Futtertrog sein.

Der Ispettore umfasste die Schaufel mit beiden Händen und stach in den Boden zwischen den Resten der Steinumrandung des Trogs. Er durfte nicht nachdenken, er hatte zu funktionieren, sonst nichts. Er stach zu und stach zu und schöpfte den lehmigen Seegrund neben sich auf einen Haufen. Jede Bewegung war ein enormer Kraftakt.

Er hatte eine Grube von einem Viertelmeter Tiefe ausgehoben, als unter dem zusammenlaufenden Sand etwas Eierschalenfarbenes hervorstach. Saltapepe ließ seine Beine und Flossen nach oben gleiten, sodass er mit dem Kopf den Grund des Loches im Trog fast berührte.

Er wischte den Schlamm beiseite und fuhr erschrocken zurück. Er schrie, doch der Schrei blieb stumm. Er durchfuhr seinen Körper, seine Glieder und sein Gehirn.

13

Grauner musterte die Flecken an der Tür. Dort, wo die rote Farbe geklebt hatte, war das Weiß nun dunkler, schattiger, schmutziger. Der Commissario hatte unten am Hauseingang bei allen Namen geklingelt – außer bei *Haller*. Er wollte den Überraschungseffekt nutzen und nicht schon durch die Lautsprecheranlage verraten, wer er war. Die Überraschung gelang.

Mayerhofer öffnete die Wohnungstür. Er schaute verwirrt.

»Wer … wer sind … was wollen …«

Im Hintergrund des Flurs sah Grauner Serafine Hallers erschrockenes Gesicht.

»Kommissar Grauner?«, stammelte sie.

Grauner quetschte sich ungefragt an Mayerhofer vorbei und trat ein paar Schritte in den Flur.

»Guten Abend, Herr Mayerhofer, guten Abend, Frau Haller. Ich habe noch ein paar Fragen – an Sie beide!«

Serafine Haller bat den Commissario mit einer hastig winkenden Handbewegung in das Wohnzimmer, in dem er bereits vor zwei Tagen gesessen hatte. Der Blick über die Passerstadt war nun noch verzaubernder als beim letzten Mal. Die tief stehende Sonne setzte ihre goldenen Strahlen wie ein Scheinwerfer über die Dächer der Stadt und brachte die Schindeln zum Glühen. Die Tür zum Balkon war geöffnet, eine warme Frühlingsbrise wehte ins Innere.

Grauner nahm auf dem Sessel Platz, das Liebespaar setzte sich auf die Couch, demonstrativ eng beieinander. Mayerhofer legte den Arm um Serafine Haller. Er schien nun verstanden zu haben, wer da vor ihm saß, feindselig schaute er den Commissario an. Serafine Haller sah noch mitgenommener aus als zuletzt. Ihre Wangen waren eingefallen und grau. Sie trank aus ihrem Wasserglas.

Grauner überlegte kurz, mit welcher Frage er anfangen sollte. Schon seitdem ihn Saltapepe an der MeBo-Ausfahrt von Lana rausgelassen hatte, von wo aus ihn eine Polizeistreife nach Meran gebracht hatte, laborierte er an der optimalen Gesprächseröffnung.

»Warum haben Sie uns verheimlicht, dass Sie ein Paar sind?« Er entschied sich für die harmlose, klassische, logische Variante und schob eine Aufforderung hinterher. »Und sagen Sie mir nicht: weil Sie uns nicht danach gefragt haben. Mayerhofer, Sie haben zu Marie und Michael Aussagen gemacht. Da ist es ungeschickt und vor allem verdächtig, Ihre Beziehung zu Michaels Mutter nicht zu erwähnen.«

»Unsere Beziehung ist noch nicht offiziell. In der Schule weiß noch niemand etwas. Michael haben wir erst vor einigen Wochen davon erzählt. Das allein ist der Grund, warum ich nichts gesagt habe.«

Mayerhofer hatte den Arm von Serafine Hallers Schultern genommen und sich nach vorne gelehnt. Eine Pose der Selbstsicherheit.

Grauner konnte diesen Mann nicht leiden, er kannte diese Lehrertypen. Nicht aus seiner eigenen Schulkarriere, aber von den Elternsprechtagen an der Schule seiner Tochter. Diese Typen hatten den Lehrerberuf nicht ergriffen, um die Kinder für ihr Fach zu begeistern, sondern um ihnen so schnell wie möglich das nötige Wissen ins Hirn zu stopfen. Sie zählten schon im März die Tage bis zu den großen Sommerferien, machten einen auf Kumpel und schnorrten die Schüler in der große Pause um Kaugummis oder Zigaretten an.

Grauner wandte sich Serafine Haller zu. Er stellte eine Frage, auf die er, das wusste er bereits, eine unbefriedigende Antwort erhalten würde.

»Warum haben Sie uns nicht sofort verständigt, als Sie heute Nacht Besuch bekamen? Wir können Ihren Sohn beschützen.«

Mayerhofer lachte laut auf. Es war ein zorniges Lachen. »Sie können gar nichts. Ihre Leute haben geschlafen, während Serafine und Michael angegriffen wurden.«

Grauner verkniff sich eine scharfe Entgegnung. Er wusste, dass das nichts bringen würde. Den Leuten war egal, ob die Polizia di Stato oder die Carabinieri die Ermittlungen führten.

»Mir geht es um die Sicherheit meines Sohnes«, sagte nun Serafine Haller mit leiser Stimme. Ihre Finger waren verkrampft.

Grauner schaute auf die Mineralwasserflasche, die auf dem Tisch stand. Die Flasche war von San Benedetto, Acqua frizzante, doch das Wasser in Serafine Hallers Glas perlte nicht.

»Frau Haller, Sie müssen uns verraten, wo Ihr Sohn ist.«

Grauner wusste, sie würden ihn finden, früher oder später. Auch wenn er nach wie vor stark daran zweifelte, dass der Junge der Mörder war, musste er jede Möglichkeit durchdenken, jeden Beteiligten im Auge behalten, jedes Schlupfloch schließen.

»Serafine muss gar nichts«, sagte Mayerhofer laut, »Michael bleibt in Sicherheit, bis Maries Mörder gefasst ist – und auch die Attentäter, die hier nachts zugeschlagen haben. Wir müssen uns selbst schützen. Sie tun es ja nicht. Was können Sie bislang vorweisen? Nichts!«

Nun, fand Grauner, war der Moment gekommen, dieses Gespräch zu drehen. Der Mann ihm gegenüber hatte sein Revier abgesteckt, nun war es Zeit, die Schwachstellen in dieser Markierung auszuloten.

»Wir ermitteln, Herr Mayerhofer«, sagte der Commissario. Er stand auf, ging um den Sessel herum und stützte sich von hinten auf die Lehne. »Wir ermitteln in alle Richtungen. Und das ist auch der Grund, warum ich hier bin. Nicht, weil Serafine Haller ihren Sohn in Sicherheit gebracht hat. Ich bin vielmehr Ihretwegen hier. Weil wir in Ihrer Vergangenheit gewühlt und etwas zutage gefördert haben, das Sie uns erklären müssen.«

Das selbstgefällige Zur-Seite-Legen des Kopfes von Mayerhofer gab ihm Antwort. Es besagte: Mit dieser alten Geschichte können Sie mir gar nichts. Und die Frau, die ich liebe, weiß von allem.

Doch Grauner sah auch, wie der Lehrer vor Wut die Zähne zusammenbiss und sein Gesicht eine andere Färbung annahm. Er merkte, dass diese Geschichte vielleicht alt, aber nicht vergessen war.

»Das Mädchen war volljährig. Das Ganze ist über sechs Jahre her.« Serafine Haller sprach bestimmt.

Grauner schwieg immer noch. Er spürte, wann zu reden war in solchen Gesprächen und wann nicht. Wenn Gesicht und Hände und Augen des Gegenübers vor Wut und Zorn bebten, dann schwieg man, denn dann platzte diese Wut früher oder später heraus. Dann ließ man das Gegenüber schimpfen und zählte leise bis zwanzig. Und dann legte man das Letzte, das alles entscheidende Argument auf den Tisch.

Martin Mayerhofer nahm die Wasserflasche in die Hand, hob sie hoch, überlegte es sich dann anders und knallte sie auf den Tisch.

»Was soll das? Wollen Sie mir, nur weil ich vor etlichen Jahren in ein junges Mädchen vernarrt war, einen Mord andrehen, Sie … Sie …«

Grauner konnte sich zusammenreimen, was nach diesem *Sie* kommen sollte. Der Lehrer schluckte es hinunter.

»Suchen Sie den Mörder, den richtigen! Suchen Sie im Tal! Dort hat sie gelegen, was haben wir hier draußen in Meran mit der Sache zu tun? Die Marie ist schließlich nicht hier ermordet worden.«

Der Commissario räusperte sich. Er setzte sich wieder. Er nahm die Flasche in die Hand und roch daran. Es war tatsächlich Wasser.

»Da Sie das Tal ansprechen … Es gibt noch eine offene Frage dazu. Genauer gesagt: zum Taleingang. Bei Lana. In der Tatnacht ist dort ein Auto geblitzt worden. Um vier Uhr morgens. Talauswärts. Ein VW Golf. Silbergrau. Targa *BE 703 WT*. Dieser Golf ist Ihr Golf, Mayerhofer! Und jetzt erklären Sie mir das bitte mal!«

Mayerhofer fletschte die Zähne. Serafine Haller schaute zu Boden. Sie legte ihre Hand auf seine. Er atmete tief. Sie schluchzte leise. »Es … er …«

»Du sagst jetzt nichts!«, ging Mayerhofer dazwischen. »Ich war im Tal, das kann ich nicht leugnen. Aber nicht hinten in St. Gertraud, sondern in St. Pankraz. Ein guter Freund von mir lebt dort. Ich habe ihn besucht. Wir haben nach dem Essen noch Karten gespielt und Wein getrunken und darüber die Zeit vergessen.« Nun grinste er unverschämt, nahm ein Blatt Papier und kritzelte Grauner einen Namen und eine Telefonnummer darauf. »Aber mehr sage ich nicht. Und jetzt verlassen Sie bitte diese Wohnung.«

»Wir können das hier jetzt beenden«, erwiderte Grauner, »aber früher oder später werden Sie uns erklären müssen, was Sie im Ultental gemacht haben. Weil das, was Sie mir erzählen, glaube ich Ihnen keine Sekunde, Mayerhofer!«

Der Commissario ging zur Tür. Serafine Haller würdigte er keines Blickes mehr.

Dem Polizisten, der im Einsatzwagen vor dem Haus gewartet hatte, befahl Grauner, ihn ins Ultental zu fahren. Saltapepe musste bereits dort sein, vielleicht hatte sich in der Zwischenzeit auch die Taucherstaffel auf den Weg gemacht.

»Funken Sie die Kollegen an«, sagte der Commissario noch, da verließen sie bereits die MeBo in Richtung Lana und bogen in den Kreisverkehr vor den Serpentinen ein. »Jemand soll diesen Mann ausfindig machen.« Grauner reichte dem Polizisten den Zettel mit dem Namen und der Nummer. »Und eine unserer Streifen soll vor dem Haus von Serafine Haller stationiert werden. Ich will wissen, was sich dort tut. Und – Vorsicht! – da vorne steht ein Blitzer von den Carabinieri.«

14

Zuerst kamen die Wellen, die sich kreisförmig ausbreiteten, dann sprudelten in ihrer Mitte kleine Bläschen.

»Da«, sagte Weiherer und stieß Grauner den Ellenbogen

in die Rippen. Grauner stöhnte vor Schmerzen, dann sah auch er die Bewegung im Wasser.

Die Konturen von etwas Hellem zeichneten sich ab. Das war nicht Saltapepes Taucheranzug, der da erschien. Es war eine blassgelbe im Tauchernetz gefangene Masse, die das Wasser durchbrach. Dann erst kam der Kopf des Ispettore zum Vorschein.

Grauner ging ihm entgegen, in den See hinein. Ein kalter Schauder befiel ihn. Er schüttelte sich.

»Ein Wagen vom Weißen Kreuz, sofort!«, schrie er den Polizisten zu, die weiter hinten am Kieselsteinufer verharrten.

Gemeinsam legten sie die wachsartige Masse auf die Steine. Einer der Polizisten torkelte ein paar Schritte zur Seite. Dann erbrach er sich. Saltapepe kniete keuchend auf dem Kies. Sein Gesicht war weiß wie Schnee.

Grauner schaute auf die Leichenteile hinab. Sie erinnerten ihn an ein zerstückeltes Alien in einem zweitklassigen Science-Fiction-Film. Der Kopf hatte sich vom Rumpf gelöst. Das teigige Gesicht war verformt. Mundpartie, Augen und Nase waren nur noch zu erahnen. Die Haut war wie geschmolzen. Ein Arm war zu erkennen. Daran hing ein Bündel, das wie ein Algengeflecht aussah. Die Beine und der zweite Arm fehlten. Aus der Hüfte ragte nur ein Knochen.

»Wo?«, fragte Grauner knapp.

»Unter dem Futtertrog des Schweinestalls«, antwortete Saltapepe ebenso kurz angebunden.

Der Commissario holte sein Handy aus der Tasche und wählte Filippis Nummer. Dann winkte er die umstehenden Polizisten zu sich heran.

Nach einer Viertelstunde waren die Aufgaben neu verteilt. Unterweger war bislang weder in seiner Fabrik noch zu Hause aufgetaucht. Belli hatte sein Okay für die Durchsuchung des Hauses und des Büros im Sägewerk gegeben. Bachlechner blieb ebenfalls verschwunden. Grauner ordnete an, eine Streife am Taleingang oberhalb der Gaulschlucht zu positionieren. Ein weiterer Polizeiwagen sollte die Talstraße in regelmäßigem Abstand abfahren. Wenn es sein musste, die ganze Nacht.

Der waldgrüne Suzuki hatte sich nicht als das Auto des Wirts oder des Bürgermeisters herausgestellt. Auch nicht als das des Sägewerkbesitzers. Es war vielmehr gestohlen gemeldet worden. Von einem Förster aus St. Pankraz. Die Angaben des Mannes klangen glaubwürdig. Er habe den Wagen in der unverschlossenen Garage neben seinem Haus geparkt, kurz darauf sei das Auto weg gewesen. Er selbst hatte ein Alibi, er hatte den ganzen Tag über mit Kollegen Waldarbeiten verrichtet. Er konnte nicht hinter dem Steuer gesessen haben. Es wurde weiter nach dem Auto gefahndet.

Von Marché wurden Neuigkeiten vermeldet. Die Unfallsperre auf der Brennerautobahn hatte erst nach zwei Stunden aufgelöst werden können. Er und zwei zusätzliche Zivilfahrzeuge waren Haller weiter gefolgt. Der war in Sterzing abgefahren und kreuz und quer durch die Stadt geirrt. An einer Ampel hatten sie ihn kurz verloren, dann durch Zufall einige Straßen weiter wieder entdeckt. Sie waren nicht sicher, ob er sie als Verfolger ausgemacht hatte und die Fahrt in die Stadt als Abschüttelmanöver gedacht gewesen war. Jedenfalls war Haller nach einiger Zeit zurück auf die Autobahn gefahren. Sie waren ihm bis nach Bayern gefolgt. Bei München war der Architekt abgefahren und hatte in einer

Straße in Schwabing gehalten. Er hatte bei einem Reihenhaus geklingelt und war darin verschwunden.

Der Sovrintendente hatte die deutschen Kollegen verständigt. Schnell war herausgefunden worden, dass die an der Klingel stehenden Namen »Brigitte und Manuel Wieser« mit Serafine Haller in Zusammenhang standen. Brigitte war ihre Schwester. Manuel ihr Schwager. Marché wartete nun gemeinsam mit den deutschen Kollegen im Auto vor dem Haus. Der Sovrintendente hatte Michael zwar nicht gesehen, war sich aber sicher, dass er sich noch in der Wohnung befand.

»Weiter abwarten«, befahl Grauner. »Und wenn sich was tut: melden!«

Inzwischen war der Transporter des Weißen Kreuzes am Seeufer angelangt. Die mumifizierten Leichenteile wurden in einen Metallsarg gelegt und für den Abtransport nach Bozen in die Gerichtsmedizin vorbereitet.

»Wir müssen heute noch zu Filippi«, sagte Grauner. »Wir müssen herausfinden, wie alt diese Leiche ist. Wie lange sie da unten lag. Ob sich das, was uns Frau Klett erzählt, dadurch belegen lässt. Oder ob das eine andere Leiche ist und uns die alte Frau, aus welchen Gründen auch immer, in die Irre führen will.«

Der Himmel über den Männern am See verfinsterte sich. An den Berghängen flackerten Lichter auf. In den Höfen des Ultentals und in den Häusern der Dörfer wurden die Stubenfeuer angemacht.

Die beiden Ermittler waren bereits auf dem Weg zu den Autos, als Grauners Handy klingelte. Er schaute auf das Display, es war eine Nummer der Questura. Er nahm den Anruf an und ging ein paar Schritte am See entlang.

»Wer?«, fragte Saltapepe, nachdem Grauner aufgelegt hatte.

»Tappeiner«, antwortete der Commissario. »Rabensteiner hat uns angelogen. Es gab vor drei Tagen in Innsbruck keinen Kongress, der irgendetwas mit Psychiatrie, Psychologie oder Psychotherapie zu tun gehabt hätte. Sie hat das überprüft. Und diesen Namen und diese Nummer, die wir von Martin Mayerhofer haben, die gibt es beide nicht. Die Carabinieri haben uns das Blitzerfoto geschickt. Die Person am Steuer ist gut zu erkennen. Aber es ist nicht Maries und Michaels Physiklehrer. Es ist Serafine Haller. Sie hat seinen Wagen aus dem Ultental heraus gefahren. Und noch etwas: Das Blut auf dem Wischtuch in Hallers Wohnung … es ist Maries.«

Saltapepe schnalzte mit der Zunge. »Also war es doch Haller, und wir haben ihn …«

»Nein«, unterbrach ihn Grauner forsch. »Das beweist nichts. Ja, es kann Haller gewesen sein, theoretisch auch Michael. Und … es kann auch eine dritte Person gewesen sein, die sich im Haus befand. Wer weiß.«

»Du meinst Hallers Frau?«

»Vielleicht.«

»Und was jetzt?«

»Wir rufen Belli an. Serafine Haller soll vorläufig festgenommen werden. Sie muss reden. Und Marché soll Benedikt Haller und seinen Sohn auf keinen Fall aus den Augen verlieren.«

»Und wir?«

»Wir fahren zu Rabensteiner. Er ist uns eine Erklärung schuldig.

15

Das war nicht mehr der Mann, der Grauner kürzlich noch mit Selbstbewusstsein und Angeberattitüde gegenübergestanden hatte. Der Blick war wie versteinert, die dicke Zigarre erloschen. Sie steckte zwischen schmalen, bibbernden Lippen. Die Hände, die das silberne Feuerzeug betätigten, zitterten. Dann ließen sie es zu Boden fallen. Es fiel klappernd die Steinstufen hinab und blieb unter einer der Sitzschalen liegen.

Die Praxis neben dem Kurhaus war geschlossen gewesen, die Fenster der Wohnung waren dunkel. Der Maserati hatte am Rennplatz gestanden, so wie am Morgen zuvor.

Der Stallmeister hatte den Commissario und den Ispettore an den Rand der Tribüne geführt und auf den obersten Rang gezeigt, wo sich die Konturen einer Gestalt abzeichneten. Sie gingen hoch. Auf dem Boden stand eine entkorkte Flasche Blauburgunder, Kellerei Castelfeder, Riserva 2009. Die Flasche war halb leer getrunken.

»Doktor Rabensteiner, Sie haben uns angelogen.«

Grauner setzte sich rechts neben den Psychotherapeuten, Saltapepe nahm links von ihm Platz. Der Commissario schaute den Mann von der Seite an, während er mit ihm sprach. Er sah, dass Rabensteiner schwitzte.

»Es gab in Innsbruck keinen Kongress. Wo waren Sie in der Nacht, als Marie starb? Waren Sie im Ultental?«

Rabensteiner nahm die Blauburgunderflasche. Er schüttete sich den Wein in die Kehle.

So trinkt kein Genießer, dachte Grauner. So trinkt ein Verzweifelter. Einer, der vergessen und verdrängen will.

»Was wissen Sie von der Nacht? Es ist besser, wenn Sie uns alles sagen.«

»Nichts.« Rabensteiner lallte. »Nichts weiß ich von der Nacht. Ich weiß nur das, was Michael am Telefon gestammelt hat.«

Grauner beschloss, es andersherum zu versuchen. »Sie sind über Ihre Mutter an Mitterbad beteiligt – zu einem Drittel.«

»Ja«, sagte Rabensteiner. Erst kaum hörbar, dann etwas kräftiger. »Ja.«

Der Commissario fuhr fort: »Unterweger und Haller wollen die Kurstätte neu eröffnen. Sie sollten der Arzt dort sein. Der neue Doktor Gottlob von Lobingen.«

Rabensteiner nickte. »Ja«, sagte er leise. »Aber gegen diesen Wiederaufbau formierte sich Widerstand im Tal.«

»Pfarrer Santer führt diesen Widerstand an, gell?«, sagte Grauner.

Das *gell*, was auf Südtirolerisch so viel hieß wie »Hab ich recht oder hab ich recht?«, bedurfte keiner Antwort. »Und deshalb ist er vor ein paar Wochen zusammengeschlagen worden. Warum ist er so sehr gegen den Wiederaufbau? Und – wer hat ihn verprügelt?«

Rabensteiner trank die Flasche leer und ließ sie auf den Boden fallen, wo sie zerbrach. Dann sprach er, ohne dass es einer weiteren Aufforderung bedurft hätte. Er lallte kaum noch.

»Es geht nicht nur darum, Mitterbad wieder so aufzubauen, wie es früher war. Der Unterweger will mehr als nur das. Der hat ein Vermögen gemacht mit seinem Holz. Nun will er ein Vermögen machen mit Wasser. Wasser! Sauberes, heilbringendes Nass! Das ist das Gold des neuen Jahrtausends. Energieversorger, Lebenselixier, Medizin. Wasser und

Gesundheit, beides wünschen wir uns unendlich – beides ist es nicht. An den Staudämmen ist Unterweger bereits beteiligt. Nun will er auch das Geschäft mit den Heilquellen neu aufleben lassen, weil das dem Zeitgeist entspricht. Gesundheit ist Luxus – ein neues Statussymbol. Unterweger will ein Wellness-Paradies errichten. Für gestresste Großstädter und Burn-out-Patienten. Für die Russen und die Chinesen – die Gäste von morgen. Damals, vor hundert Jahren, versteckten sich irgendwo im Wald ein paar idyllische Bäder. Heute bedeutet so ein Projekt den Ausverkauf des Tales. Schon drei international operierende Gesellschaften stehen bei Unterweger Schlange, sie wollen das große Paket. Er will die Zufahrtstraße ausbauen und mehrere Hektar Wald roden. Das Mitterbad soll ein Vergnügungstempel werden. Mit Bettenburgen, Einkaufspassage, Schnellimbiss mit Speck, Spinatspazlen und Sauerkraut *to go*. Sogar einen Hubschrauberlandeplatz hat er eingeplant.«

Rabensteiner schnappte nach Luft. Sein Atem roch nach Rebensaft.

»Aber nicht nur am Massentourismus will er verdienen«, fuhr er fort. »Auch das Schmelzen der Gletscher soll zu Geld werden. Bald droht vielerorts auf der Welt Wasserknappheit. In Afrika frisst sich die Wüste mehr und mehr an die Küsten heran. Der Nahe Osten trocknet bereits aus. China baut Staudämme hoch wie Berge. Flüsse werden umgeleitet. Wer das Wasser hat, hat die Macht. Der einen Durst wird der anderen Geschäft. Unterweger plant eine Quellwasserfabrik vorne am Eingang des Tales. *Aqua Alta Srl.*«

Rabensteiner packte den Commissario am Kragen.

»Dieser Unterweger ist ein Monster. Der geht über Leichen.«

Saltapepe zog den Mann zurück.

»Er versucht seit über einem Jahr, passende Grundstücke und alle Quellen des Tales zusammenzukaufen. Heimlich. Manchmal mit unlauteren Mitteln. Zumindest mit Mitteln am Rande der Legalität. Wenn sich einer querstellt, dann schickt er seine Männer aus dem Sägewerk. Da war mal der Reifen eines Traktors aufgeschlitzt. Mal wurden den Säuen und Ebern die Kehlen durchgeschnitten. Solche Sachen. Ja, den Pfarrer haben seine Arbeiter besucht. Dem neuen Bürgermeister, der sich anfangs hinter den Santer gestellt hatte, drohte er, dass mit ihm das Gleiche passieren würde. Da gab Kofler Ruhe. Auch dem Wirt, der durch das Gerede hinter vorgehaltener Hand im Gasthaus wohl einiges mitbekommen hatte, drohte er einmal, den *Schwarzen Adler* niederzubrennen.«

Der Commissario schaute auf die Rennbahn hinaus. Alles drehte sich um Unterweger. Er wollte im Tal sein Imperium ausbauen. Um jeden Preis. Grauner verstand nun die anfängliche Wortkargheit des Wirtes und des Bürgermeisters.

Aber was hatte das alles mit Marie zu tun? Und mit Serafine Haller? Was hatte Michaels Mutter in der Tatnacht im Tal zu suchen gehabt? Steckte auch sie mit dem Unternehmer unter einer Decke? Ohne das Wissen ihres Mannes? War sie das fehlende Bindeglied zwischen Unterweger und dem toten Mädchen? Oder hatte Unterweger damit gar nichts zu tun?

Grauner wandte sich wieder Dr. Rabensteiner zu. »Warum arbeiten Sie mit Unterweger zusammen, wenn er ein solches Monster ist?«

Der Arzt schwieg.

»Vielleicht erzählen Sie uns auch Märchen, Dottore«, mischte sich Saltapepe ein. »Sie haben kein Alibi für die Tatnacht. Vielleicht haben Sie gemeinsam mit Haller und Unterweger das Mädchen getötet.«

Immer noch sagte Rabensteiner kein Wort.

Grauner legte nach: »Wo waren Sie?«

Kurz herrschte Stille. Dann sprach Rabensteiner – mit brüchiger Stimme.

»Es stimmt, es gab keinen Kongress.«

Saltapepe schaute den Mann wütend an.

»Aber ich war tatsächlich in Innsbruck. Ich war im Kasino. Ich bin Spieler. Ich habe Schulden, hohe Schulden. Siebenstellig. *Sogno d'Oro* ist bereits verkauft. Für *Alpenglühen* liegen die Gebote auf dem Tisch. Mein Maserati gehört mir nicht mehr. Rufen Sie diese Nummer an.« Rabensteiner zog einen Zettel und einen Kugelschreiber aus der Jackentasche und kritzelte ein paar Zahlen darauf. »Dieser Mann wird Ihnen bestätigen, dass ich in Innsbruck war. Ich habe fünfzigtausend Euro gesetzt. Alles auf Rot. Die Kugel landete auf der siebzehn. Schwarz. Ich habe mich sperren lassen und den Rest der Nacht an der Bar des *Hilton* verbracht.«

»Wir werden das prüfen.« Saltapepe nahm den Zettel entgegen.

»Ich wollte eine neue Chance. Ein neues Leben als Kurarzt. Ich bin über meine Mutter in das Vorhaben eingestiegen, damit die Gläubiger keinen Wind davon bekommen. Ich konnte nicht ahnen, welche Methoden Unterweger anwendet. Haller hatte mir von einem kleinen Projekt erzählt. Und er hatte mich immer gefragt, was das Beste für seinen Sohn sei. Was mit Michael geschehen solle, wenn er selbst tot sei.«

»Was ist das Beste für Michael?«

»Eine Therapie. Vielleicht eine betreute Wohngruppe.«

»Sie aber rieten Benedikt Haller etwas ganz anderes.«

»Ich sagte ihm, dass sein Sohn intensive ärztliche Betreuung brauche. Abgeschiedenheit. Dass er eine gefährliche Abneigung gegenüber Städten habe. Gegenüber der Zivilisation. Gegenüber Menschenmassen. Ich riet ihm, mich am Projekt zu beteiligen, damit ich mich in Ulten um seinen Sohn kümmern kann. Er streckte das Geld vor.«

»Sie haben ihn belogen. Sie haben seine Sorgen und sein Vertrauen benutzt, um Ihre finanziellen Probleme loszuwerden. Sie haben auch Michael benutzt!«

Rabensteiner schaute zu Boden. Er kniete sich hin und sammelte die Scherben der Weinflasche auf.

Grauner und Saltapepe waren bereits ein paar Schritte die Tribünentreppe hinuntergegangen, als Rabensteiner ihnen noch etwas hinterherrief.

»Eine Sache noch.«

Sie drehten sich um. Der Psychotherapeut kniete immer noch auf dem Boden.

»Es war bei einer von Michaels Sitzungen im Februar. Er hat mich etwas gefragt, das ich bis heute nicht verstanden habe.«

Grauner ging erneut auf ihn zu.

»Michael hat mich gefragt, was ich tun würde, wenn jemand dem Menschen, den ich liebe, etwas Schreckliches angetan hätte.«

Grauner blieb vor Rabensteiner stehen. »Was haben Sie geantwortet?«

»Ich habe gesagt, ich würde zur Polizei gehen.« Der Psychotherapeut stand nun wieder. Er hielt die braunen Scherben in der offenen Hand.

»Michael sah mich lange an. Nachdenklich. Ich habe das noch genau vor Augen. Dann sagte er: *Nein, das kann ich nicht machen. Denn was die Polizei unternehmen würde, wäre viel zu harmlos im Vergleich zu dem, was geschehen ist.*«

Rabensteiner schluckte, dann sprach er weiter. »Und er sagte: *Es wäre viel harmloser als das, was geschehen wird.* Ich fragte nach, was er damit meinte, aber er schwieg.«

Grauner schaute auf Rabensteiners Hand, sie war zur Faust geballt. Die Scherben waren nicht mehr zu sehen. Ein Rinnsal Blut quoll zwischen seinen Fingern hervor.

16

Filippi aß nicht, sie sezierte. Sie hielt sich das Salamibrötchen vor die Nase, auf deren Spitze eine Weitsichtbrille saß. Sie beobachtete das Brötchen, wie eine Katze ihren Fang studierte, herauszufinden versuchte, was für ein Vogel das war, ob der sich bloß tot stellte oder tatsächlich nicht mehr lebte. Neben den Teller mit dem Brötchen hatte die Gerichtsmedizinerin ein orangefarbenes Tablettendöschen gestellt. Tabletten fielen im Spital nicht weiter auf. Dass in dem Döschen harmlose Globuli waren, daran glaubte Grauner keine Sekunde.

Menschen in Bademänteln und mit zerzausten Haaren schoben sich an der kleinen Cafeteria im Eingangsbereich des Spitals vorbei. Mancher Patient hing am Tropf, den er neben sich herschob. Die Tropfstange, der Wanderstock derer, die für das Wandern zu schwach sind, dachte Grauner und rügte sich im selben Augenblick für seinen bösen Gedanken.

Sie saßen zu fünft am Tisch. Filippi, Grauner, Saltapepe, Belli und Weiherer. Belli hatte der Vorladung von Serafine

Haller zugestimmt. Sie war in ihrer Wohnung abgeholt worden und auf dem Weg nach Bozen. Sie sollte heute noch im Büro des Staatsanwalts verhört werden. Zur Tinte auf den Schriftstücken gab es noch keine Ergebnisse.

»Frühestens morgen Nachmittag«, sagte Weiherer.

Tappeiner hatte nach einiger Recherche tatsächlich Morandells ehemalige Freundin aus dem Passeiertal ans Telefon bekommen. Doch diese wusste nichts zu berichten, was einen Verdacht gegen ihn erhärten würde. Sie seien nur drei Monate zusammen gewesen. Er habe ihr einen Heiratsantrag gemacht. Sie habe abgelehnt und sich für einen Milchbauern aus dem Tal entschieden.

Die Gerichtsmedizinerin sezierte weiter. Sie nahm den Deckel des Brötchens ab, schnupperte an der Innenfläche, dann zog sie einen Kugelschreiber aus ihrem Arztkittel und hob damit die Salamischeiben hoch, einzeln, eine nach der anderen. Schließlich legte sie die beiden Brothälften wieder aufeinander, schaute vergnügt und biss zu.

»Keine Gurken, das ist gut, ich hasse Gurken.«

Grauner hasste Salamibrote *ohne* Gurken, aber selbst mit Gurke hätte er in diesem Moment keinen Bissen runtergebracht. Er fragte sich sowieso, wie man in dieser Umgebung zu essen vermochte.

»Was für ein wunderbares Exemplar ihr mir da gebracht habt, das ist eine Sternstunde für eine Leichenbeschauerin«, sagte Filippi glücklich und schluckte den Bissen runter. Sie war noch nie eine Meisterin der eleganten Übergänge gewesen.

»Die Verseifung des Körperfetts ist lehrbuchmäßig vonstatten gegangen. Ich bin entzückt.«

Vielleicht hat das so zu sein, dachte Grauner. Vielleicht ist das der Schutz gegen das Verrücktwerden in solch einem Job.

»Aber kommt«, Filippi schob den Teller beiseite, »lasst uns runtergehen. Lasst uns das Gespräch im Angesicht dieses Prachtexemplars fortführen.«

»Äh, nein!«, sagte Belli und legte der Gerichtsmedizinerin die Hand auf den Unterarm. »Das muss nicht sein. Sagen Sie uns einfach, was es zu sagen gibt.«

Mit enttäuschter Miene blieb Filippi sitzen, sie öffnete die Tablettendose, warf sich eine der Kapseln in den Mund und nahm einen Schluck Wasser.

»Es handelt sich um eine Frau, definitiv. Das ließ sich anhand der Beckenknochen leicht feststellen. Nach einem ersten Blick auf die Zähne würde ich sagen: zwischen fünfzehn und fünfundzwanzig. Genauer kann ich mich auf die Schnelle leider nicht festlegen.«

Das würde schon mal nicht gegen Greta Bachlechner sprechen, überlegte Grauner, aber eine andere Altersangabe interessiert ihn viel mehr.

»Kann es sein, dass diese Leiche tatsächlich schon seit 1901 da begraben lag?«

»Schwierig, Grauner, schwierig«, sagte Filippi. »Das Fettwachs bildet sich nach ein bis zwei, spätestens nach zehn Jahren – und verändert sich danach kaum. Aber …«

Filippi sprach nicht weiter und schaute Weiherer an.

»An ihrem Arm«, übernahm der Chef der Spurensicherung, »das Bündel, das da hing, das waren keine Algen. Das waren Reste einer Kette. Wir haben sie säubern lassen.«

Weiherer legte einige Polaroids auf den Tisch. Sie zeigten ein Lederband mit smaragdgrünen Steinen.

»Das Leder könnte uns bei der Altersbestimmung helfen. Es wird einige Tage dauern, es zu datieren, aber …«

Weiherer endete mitten im Satz. Er hatte bemerkt, dass der Commissario und der Ispettore ihm nicht mehr zuhörten. Sie hatten sich beide über die Fotos gebeugt und schauten einander danach entgeistert an. Die grünen Steine funkelten. Genauso wie auf dem Ölgemälde in Madame Kletts Wohnzimmer, das Greta Bachlechner zeigte.

»Sie ist es«, sagte Grauner. »Sie ist es tatsächlich.«

17

»Frau Haller, Sie wollen schweigen? Das können Sie versuchen. Aber das halten Sie nicht durch.«

Serafine Haller saß vor Bellis Schreibtisch, wo vor zwei Tagen noch ihr Mann gesessen hatte. Belli war im Halbdunkeln verschwunden. Der Commissario stand im Licht. Saltapepe lehnte an der Tür.

Die Frau schaute zu ihrem Anwalt, der neben ihr saß. Es war ein vorsichtiger Blick. Der Anwalt schloss kurz die Augen und nickte ihr ermutigend zu. Grauner musterte den Mann von oben bis unten. Er hatte ihn noch nie gesehen. Er musste neu sein. Sein Anzug war es auch. Neu und teuer. Der Blick des Mannes war bemüht arrogant, aber Grauner bemerkte die Anfängerunsicherheit in seinen Augen.

»Frau Haller. Ich weiß nicht, wozu Ihnen Ihr Herr Anwalt geraten hat.« Grauner warf dem Neuling einen strengen Blick zu. »Ich aber rate Ihnen, zu sprechen. Ich rate Ihnen das nicht als Polizist, ich rate es Ihnen als Mensch. Ich rate es Ihnen, weil ich weiß, dass die Last des Schweigens Sie kaputt machen wird. Das Reden macht Sie stark. Denken Sie an Michael! Er hat einen schwachen Vater. Er braucht eine starke Mutter. Eine Mutter, die mit sich im Reinen ist.«

Serafine Haller blickte auf. Doch diesmal nicht zu ihrem Anwalt, der nun das eine Bein über das andere schlug und mit einem teuren Füller herumspielte. Sie schaute zu Grauner. Sie schaute ihm in die Augen und hielt seinem Blick stand.

»Ja, ich war im Tal. Ich war mit meinem Mann verabredet.«

»Wie lange waren Sie bei ihm?«

»Ich war nicht bei ihm.«

»Wo …?«

»Ich wäre nie in dieses Haus gegangen.«

»Wo haben Sie sich getroffen?«

»Wir haben uns nicht getroffen. Wir waren in St. Pankraz verabredet. In der *Alten Post*. Um acht. Aber Benedikt kam nicht.«

»Warum wollten Sie sich mit Ihrem Mann treffen?«

»Es ging um Michael. Er macht im Sommer die Matura. Wir müssen darüber reden, wie es mit ihm weitergehen soll.«

»Sie haben gewartet, und Ihr Mann kam nicht.«

»Ja.«

»Sie wollen mir weismachen, dass Sie von acht bis in die tiefste Nacht hinein in diesem Gasthaus gesessen haben?«

Bislang jagten sich Frage und Antwort. Serafine Haller hatte klar und deutlich gesprochen. Zu klar und deutlich, fand Grauner. Wie auswendig gelernt. Nun schwieg Michaels Mutter und schaute zu Boden.

Grauner ergriff erneut das Wort. »Wir werden das prüfen. An eine einsame Frau am Budl wird sich ein Wirt sicher erinnern.«

Grauner beobachtete, wie Serafine Haller an einem Hautfetzen am Rande eines Fingernagels zog. Sie rang mit sich.

»Sie saßen nicht in diesem Gasthaus, Sie waren nicht in der *Alten Post*, Frau Haller. Nicht all diese Stunden. Sie saßen da und haben gewartet. Sie haben getrunken, und mit jedem Schluck, mit jeder verronnenen Minute ist der Zorn in Ihnen hochgekrochen. Sie sind zum Haus an den Lärchen. Vielleicht haben Sie dieses Mädchen getroffen. Vielleicht haben Sie es gemeinsam mit Ihrem Mann erwischt. Sie hatten Ihren Zorn nicht unter Kontrolle …«

Grauner war klar, dass dieses Konstrukt, das er sich da zusammenreimte, so nicht stimmen konnte. Aber er war sich ebenso sicher: Serafine Hallers Geschichte stimmte auch nicht.

Sie schaute auf. »Nein, so war das nicht.«

»Wie war es dann? Reden Sie!«

»Ja, ich saß in dem Gasthaus. Ja, ich habe getrunken. Viel. Viel zu viel. Ich trinke sonst nicht. Ich vertrage keinen Alkohol. Gegen Mitternacht bin ich ins Auto gestiegen und talauswärts gefahren. Kurz nachdem ich losgefahren bin, habe ich eine Leitplanke gestreift. Ich bin in einen Waldweg abgebogen und habe den Motor ausgemacht. Ich bin eingeschlafen. Und irgendwann wach geworden.«

»Auch das werden wir prüfen, Frau Haller. Wir werden Ihr Auto beschlagnahmen. Aber auch wenn wir dort Spuren des Unfalls finden, heißt das noch lange nicht, dass Sie uns die Wahrheit erzählen.«

»Meine Mandantin …« Serafine Hallers Anwalt kam nicht weiter, Michaels Mutter legte ihm die Hand auf den Unterarm.

»Ich kann Ihren Verdacht nachvollziehen, Herr Kommissar«, sagte sie mit kräftiger Stimme. »Ich verstehe das. Und ich hoffe, es wird sich alles aufklären – nicht für mich, sondern für Michael.«

18

Es war bereits kurz vor Mitternacht. Grauner hatte drei Anrufe in Abwesenheit auf seinem Handy. Es war die eigene Festnetznummer. Er hatte den ganzen Tag über vergessen, sich bei Alba zu melden. Und er hatte vergessen, dass heute Mittwoch war. Mittwochs war Alba abends beim Yoga. Seit einem halben Jahr schon. Jeden Tag, aber niemals mittwochs konnte er von der Arbeit später nach Hause kommen. Jeden Tag konnte sie an seiner Stelle abends die Kühe versorgen, aber nicht heute.

Noch immer hielt er das Handy in der Hand, tippte Wortfetzen ein, löschte sie. Er hatte ein schlechtes Gewissen. Was sollte er bloß schreiben? Am besten gar nichts. In spätestens einer Stunde wäre er zu Hause. Sein Magen knurrte nicht, er jaulte und muhte und miaute und schrie. Er hatte nicht nur vergessen, dass heute Mittwoch war, er hatte den ganzen Tag über kaum etwas gegessen.

Serafine Hallers Aussage hatte für eine Untersuchungshaft nicht ausgereicht. Sie war am Parkplatz vor dem Gerichtsplatz in Martin Mayerhofers Golf gestiegen, der an der Vorderseite tatsächlich Kratzer aufwies, und im Dunkel der Nacht verschwunden. Grauner war mit Saltapepe noch zur Questura gefahren, um sich auf den aktuellen Stand bringen zu lassen. Unterweger und Bachlechner waren noch immer nicht aufgetaucht. In einer Schublade in Unterwegers Büro war eine Karte des Tales gefunden worden. Verschiedene Punkte waren darauf markiert, darunter Mitterbad und Bachlechners Mühle. Grauner versuchte, die Ereignisse des Tages erneut Revue passieren zu lassen, aber die Müdigkeit lähmte seine Gedanken.

»Wollen wir morgen früh weitermachen?«, bot er Saltapepe an.

»Ja«, antwortete der Ispettore erschöpft.

Grauner ließ sich in den Sitz des Panda fallen, doch das Auto sprang nicht an. Zwanzig Mal drehte er den Schlüssel im Zündschloss, aber mehr als ein Husten brachte der Motor nicht zustande.

»Lass, Grauner, das bringt nichts«, sagte Saltapepe, der umgekehrt war, als er das Husten des Panda gehört hatte. »Wollen wir etwas essen? Ich sterbe vor Hunger. Vielleicht erholt sich der Motor in der Zwischenzeit.«

Die beiden gingen zur Straße, doch die Pizzeria rechts neben der Questura hatte bereits geschlossen.

»Komm«, sagte Saltapepe. »Ich kenne eine Bar, wo wir garantiert noch etwas bekommen.«

Sie liefen über die Drususbrücke, dann nach links, dort entlang, wo die Talfer in den Eisack mündete. Sie gingen ein paar Hundert Meter weiter, über den Parkplatz, in der *Bar dello Stadio* brannte noch Licht.

Im Fernseher, der von der Decke hing, liefen lautlos die Zusammenfassungen der letzten Serie-A-Begegnungen. Unter dem Fernseher hing ein Schal des SSC, hinter dem Tresen, eingerahmt, ein Bild von Padre Pio und daneben ein Plakat von Diego Armando Maradona. An der Wand stand eine Slotmachine, gelb, grün und rot blinkten die Knöpfe, und ab und zu übertönte eine Rummelplatzmelodie Pino Danieles Stimme, die aus den Boxen erklang.

Saltapepe begrüßte den Mann hinter dem Tresen mit einem Küsschen auf jede Wange. Grauner hob die Hand. Mit der Innenfläche nach vorne – so wie Padre Pio auf dem Bild. Nur: bei dem Heiligen zeigte die Hand die wundersamen

Wundmale. Bei Grauner sagte die Geste: Komm mir nicht zu nahe! Und gib mir bloß keine Küsschen!

Auf dem Tresen standen Schüsselchen mit Patatine. Er griff danach. Unter Saltapepes Da-bekommen-wir-sicher-noch-was-Versprechen hatte er sich etwas anderes vorgestellt als ein paar Chips. Der Ispettore bestellte zwei Negroni. Grauner hatte noch nie von dem Getränk gehört, er hätte lieber ein gutes Glas Blauburgunder getrunken, aber auch das war ihm nun egal.

Panda kaputt, tippte er in sein Handy. *Muss schauen, wie ich nach Hause komme. Kuss, Johann.* Er drückte auf Senden.

Saltapepe war längst in eine Diskussion mit dem Barista verwickelt. Obwohl Grauner fließend Italienisch sprach, verstand er nur einzelne Satzfesten, welche die beiden im neapolitanischen Dialekt von sich gaben. »'sto cazzo di difensore« ließ ihn darauf schließen, dass sie von Fußball sprachen. »'sta Juve di merda« bestätigte seinen Verdacht.

Ein komisches Gefühl überkam ihn, hier, in dieser Bar, umgeben von neapolitanischen Klängen und Symbolen. Er war nicht oft in diesem Teil von Bozen, außerhalb der Altstadt, wohin sich kaum ein Tourist verirrte. Eine plötzliche Einsamkeit bemannte sich seiner, und es wurde ihm klar, welch schreckliches Heimweh Saltapepe manchmal packen musste.

Das Piepsen des Handys riss ihn aus den Gedanken.

OK.

Er atmete aus, doch im nächsten Augenblick zog sich sein Gedärm vor Zorn zusammen.

Wir drei verbringen einen netten Abend. Micky spielt uns beim Mau-Mau in Grund und Boden. Kuss, Alba ;-)

Er trank sein Glas leer. Hob es hoch. »Buona, questa bibita«, sagte er und bestellte noch eine Runde. Der Barista lachte, haute ihm auf die Schulter und machte sich wieder an die Arbeit. Grauner schaute auf sein Handy. Er fragte sich, was diese Verbrüderung gegen ihn sollte. Und er fragte sich, was dieses Semikolon, der Bindestrich und die Klammer am Ende des Textes zu bedeuten hatten.

»Die lügt. Die lügt ganz bestimmt«, sagte Saltapepe.

Grauner brauchte eine Sekunde, um zu verstehen, dass er nicht Alba, sondern Serafine Haller meinte.

Er antwortete nicht. Der Gin und das Geschehene schwirrten durch sein Hirn. Er wälzte Michaels angebliche Worte im Kopf: *Denn das, was die Polizei unternehmen würde, wäre viel zu harmlos im Vergleich zu dem, was geschehen ist. Es wäre viel harmloser als das, was geschehen wird.* Dann schweiften seine Gedanken zu Unterweger, vor dem alle Angst hatten und der Großes im Tal plante. Mitterbad, weitere Grundstücke, gerodeter Wald, eine Quellwasserfabrik. Er schien alles unter Kontrolle zu haben, nur die Vergangenheit nicht. Ja, diese Leiche von vor hundert Jahren kam ihm ungelegen. Diese Tote würde die Geschichte umschreiben. Die Erfolgsstory der Dorfunternehmerdynastie würde in sich zusammenbrechen. Unterwegers Ururgroßvater: ein Mörder. Die Unterwegers: ein Clan der Schande. Ja, das konnte ihn als großen Geschäftsmann ins Wanken bringen. Und, dieser Gedanke ließ Grauner nicht los: Damit konnte er erpresst werden.

»Woran denkst du?«, fragte Saltapepe.

Der Commissario deutete auf eine Ausgabe des *Kurier*, die auf dem Tresen lag. Auf der ersten Seite war ein Foto von Marie abgebildet. *Ermittler drehen sich im Kreis* stand in großen Lettern darunter. *Ein Bericht von Charly Weinreich.*

Grauner wischte die Zeitung vom Tresen. »Ich überlege,

wie wir diesen Fall lösen. Es kann gut sein, dass das Damals nichts mit dem Heute zu tun hat. Was aber, wenn doch?«

Der Ispettore schnappte sich zwei Gratta-e-vinci-Lose und rubbelte.

»Niente!« Er zerknüllte die Lose. »Grauner«, sagte er dann vorsichtig und schaute dabei auf die Zeitung, die nun auf dem Boden lag. »Ich weiß, es steht mir nicht zu, diese Frage zu stellen, aber was ist geschehen, dass du Charly Weinreich dermaßen hasst?«

Der Commissario schloss die Augen. »Du hast recht«, sagte er. »Es geht dich wirklich nichts an.«

Saltapepe hob beide Hände, wie zur Entschuldigung, dann erst bemerkte er, dass Grauner noch nicht geendet hatte.

»Es geht dich genauso wenig an, wie Charly das damals was anging.« Grauner nahm einen Schluck. Ein überraschendes Gefühl überkam ihn, vielleicht ein trügerisches. Vielleicht war es der Alkohol, vielleicht war es die ungekünstelte, wohlgemeinte Ehrlichkeit, die in Saltapepes Frage steckte, und die Offenheit, mit der er ihn anschaute. Grauner erkannte das Gefühl: Es war Vertrauen. Es tat gut. Er beschloss, weiterzusprechen. »Es ging ihn nichts an, und trotzdem machte er es zu seiner Story. Zu seiner G'schicht. Zu seinen Schlagzeilen. *Blutiges Familiendrama auf dem Bauernhof – Bauer erdrosselt Bäuerin und erschießt sich dann selbst*, solche Zeilen. *Mysteriöse Wendung im Fall Grauner: Ein Zeuge will in der Tatnacht den ehemaligen Knecht des Nachbarhofs gesehen haben.*«

Grauner blieb ganz ruhig, während er langsam und kalt die Zeilen wie auswendig gelernt wiedergab.

»*Staatsanwaltschaft gibt bekannt: Alle vierundzwanzig Kühe im Stall des Mordhofs sind vergiftet worden. Vier Seiten extra: Die Tränen des Sohnes am Grab seiner Eltern. Keine Aufklärung des Familiendramas. Der Fall wird zu den Akten gelegt.«*

Der Commissario griff nach dem Glas und führte es an die Lippen. Er gierte nach dem beißenden Geschmack des Gins. Er schaute Saltapepe kurz in die Augen. Der Ispettore sagte nichts, aber Grauner sah, dass da noch Fragen flackerten.

»Ich weiß es nicht«, sagte er. »Ich weiß nicht, was wirklich geschehen ist. Ich weiß nicht, ob mein Vater meine Mutter erdrosselt und sich dann selbst erschossen hat. Ich weiß nicht, wen dieser Zeuge in der Nacht gesehen haben will. Der Nachbarsknecht jedenfalls war schon etliche Jahre zuvor nach Brixen gezogen. Später wurde er in eine Irrenanstalt eingeliefert. Dort starb er auch. Und zwar lange bevor meine Eltern ums Leben kamen. Ich habe versucht, den Fall zu klären. Ich habe versucht, zu erfahren, was wirklich geschehen ist. Doch ich kam nicht voran. Meine Eltern haben das Geheimnis mit ins Grab genommen. Und der Nachbarsknecht, wenn er involviert war, auch. Ich könnte loslassen, ich habe es versucht. Ich könnte das alles hinter mir lassen. Mir eingestehen, dass mein Vater meine Mutter im Wahn getötet hat, dass er ein Mörder und Selbstmörder war. Das alles könnte ich, wenn da nur das eine nicht wäre.«

»Was?«, fragte Saltapepe. Er schaute fast fürsorglich, aber auch neugierig. Grauner störte es nicht. Er spürte eine ungekannte Leichtigkeit in sich, er hatte seit damals mit niemandem mehr darüber gesprochen. Alba hatte die Zeit an seiner Seite verbracht, sie hatten zusammen getrauert, und dann hatten sie geschwiegen. Und Sara hatte noch nicht nachgebohrt. Aber ihm war klar, dass der Moment kommen würde.

Er beobachtete sich dabei, wie er hier, in dieser Bar, zuließ, was er sonst nie zuließ. Er spürte die Wärme in seiner Brust, er überlegte erneut, ob das der Gin war oder die Erleichterung darüber, dass er all das aussprach. Und es wunderte ihn, wie leicht es ihm fiel.

»Einen Tag zuvor hatte ich einen Anruf von meiner Mutter bekommen. Sie sprach in Rätseln. Sie sagte, dass mein Vater in Schwierigkeiten stecke, dass er da in etwas hineingeraten sei. Dass sie nicht wisse, ob das gut ausgehen würde. Sie sagte, ich solle wissen, dass sie und mein Vater mich mehr lieben als alles andere auf der Welt. Dann legte sie auf. Als ich noch einmal anrief, ging sie nicht ran. Ich bin nach diesem Telefonat lange durch die Straßen von Verona gelaufen, wo ich damals studierte. Ich kann mich noch genau daran erinnern. Ich spürte an dem Abend, dass nichts mehr so sein würde, wie es war, irgendetwas kroch in mir hoch, irgendetwas nistete sich in meinem Innersten ein. Damals verstand ich nicht, was es war. Heute weiß ich es. Ich habe meine Eltern nicht wiedergesehen. Ich wache noch heute manchmal schweißgebadet auf und mache mir Vorwürfe, dass ich damals nicht sofort in den nächsten Zug gestiegen bin, um zu ihnen zu fahren.«

Grauner versuchte ein Lächeln. Er spürte einen Kloß im Hals.

»Damals wurden meine Dämonen geboren.« Er legte Saltapepe die Hand auf die Schulter. »Jeder trägt seine Dämonen in sich, seine Schicksalsmacht. Ich, du, Benedikt Haller, Serafine Haller, Michael, Mayerhofer, Rabensteiner, Unterweger, Bachlechner, dieser Morandell, selbst der Pfarrer.«

Der Ispettore nickte. Der Barista auch.

»Ich habe es bislang nicht geschafft, meine Dämonen zu

verscheuchen. Sie werden erst verschwinden, wenn ich erfahre, wie meine Eltern gestorben sind. Und ich muss herausfinden, was mit Marie geschehen ist. Denn ich kann nicht noch mehr Dämonen gebrauchen.«

19

Die Flammen der Kerzen warfen wilde Schatten.

»Sie kontrollieren die Straßen. Sie suchen uns«, sagte der eine der Männer am Grab.

»Sie kontrollieren die Straßen, aber sie wissen nicht, dass der Wald tausend Wege hat«, sagte der andere.

»Ich will, dass es heute zu Ende geht.«

»So soll es sein.«

Zwischen den beiden stand der Pfarrer. Er hielt zwei Gewehre in der Hand und reichte ihnen je eines. Den einen beäugte er dabei mit einem hasserfüllten Blick, dem anderen legte er liebevoll die Hand an die Wange.

Die Männer hoben die Gewehre prüfend hoch. Es waren alte, schwere, rostige Karabiner.

»Die sind aus der Kriegszeit«, sagte der Pfarrer. »Die sind nicht registriert. Die gehören keinem von uns.«

Er öffnete die Hand, vier Stück Munition kamen zum Vorschein. Die Patronen waren groß und golden und spitz wie Nadeln. »Zwei Schuss für jeden. Hundert Meter Abstand. Wer zuerst schießt, entscheidet das Los. Den Rest entscheide Gott!«

Die Männer knieten sich hin. Sie schauten auf den Grabstein. Der Kerzenschein erhellte die Namen der Toten.

»An einem 29. März vor vielen, vielen Jahren hat mit der Geburt eines Mädchens alles begonnen«, fuhr der Pfarrer fort. »Und nun soll mit dem Tod eines Mannes alles enden. Damit Ruhe einkehrt in diesem Tal. Göttliche Ruhe. Damit es still wird, lärchenstill.«

Er malte je ein Kreuz auf die Stirn der beiden.

»Und nun lasst uns beten, so lange, bis hinter den Bergen ein erster heller Streifen die Nacht verdrängt.«

Aus dem Dunkeln erschienen die Rosenkranzfrauen und umkreisten das Geschehen. Leise begann der Pfarrer zu murmeln, und leise murmelten die Frauen und die beiden Männer mit ihm: »Gegrüßet seist Du, Maria, voll der Gnade, der Herr ist mir Dir. Du bist gebenedeit unter den Frauen, und gebenedeit ist die Frucht Deines Leibes, Jesus. Heilige Maria, Mutter Gottes, bitte für uns Sünder jetzt und in der Stunde unseres Todes. Amen.«

29. März

1

Die Stadt lag da wie tot. Tot und finster. Grauner schreckte hoch. Kurz waren seine Sinne orientierungslos, dann kehrten Bruchstücke der Erinnerung zurück.

»Neanche a pensarci«, hatte Saltapepe gelallt, bevor sie vor ein paar Stunden von der *Bar dello Stadio* hinüber in die Wohnung des Ispettore gewankt waren. Fünf Negroni, das waren mindestens drei zu viel gewesen. Grauner hatte versichert, dass es für ihn kein Problem sei, in der Questura zu übernachten, er könne sich dort auf die Besucherbank legen, er sagte es zweimal, dreimal – dann gab er auf.

In der Wohnung machte sich Saltapepe sofort in der Küche zu schaffen. Er rührte in der Pfanne, der Geruch von frisch gebratenem Knoblauch breitete sich aus. Er schnitt Tomaten zu Würfeln, daneben häufte er Basilikumblätter.

»Alles aus Neapel, drei Kisten habe ich mitgebracht«,

sagte er, während die Spaghetti ins siedende Wasser glitten. »Schau«, er zeigte auf eine Flasche, die mit dickflüssigem Olivenöl gefüllt war, »aus den Hainen des Hinterlands«, er zeigte auf die Tomaten, »von den Hängen des Vesuv!«

Grauner hörte ihm nur mit einem Ohr zu. Er begutachtete Saltapepes Bücherregal, wo sich neben einer Maradona-Biografie, einigen True-Crime-Bänden und einem Buch über die Morde an den Mafia-Jägern Giovanni Falcone und Paolo Borsellino auch eine Biografie des mittlerweile inhaftierten Camorra-Bosses Giorgio Garebani, genannt U Lunatico, befand.

Saltapepe sprach weiter, während es aus der Pfanne zischte und dampfte: »In eine ordentliche Pasta gehören Knoblauch, eine Prise Salz, eine Prise Pfeffer, Tomaten, Basilikum. Sonst nichts! Bloß keine Karotten- oder Selleriestücke, die ich hier im Norden manchmal im Sugo entdecke. Auch kein Zimt, keine Kapern, keine Rosinen, womit die Sizilianer experimentieren. Schon gar keine Chilischoten, mit denen diese jungen, ahnungslosen Fernsehköche die Pasta aufzupeppen versuchen.« Saltapepe redete sich in Rage, er ließ die Nudeln abtropfen. »Imbecilli! Eine Pasta al Pomodoro muss nicht aufgepeppt werden.«

Grauner war in der Zwischenzeit am Ende des Regals angelangt. Er entdeckte eine DVD-Sammlung.

»*Derrick*?«, fragte er ungläubig. »Du magst *Derrick*?«

»Certo«, antwortete Saltapepe und sog an einer Nudel, die sich um den Stiel des Kochlöffels gewunden hatte. »Ich liebe *Derrick*, jeder liebt *Derrick*.«

Er kaute auf der Nudel herum. »Perfetto. Al dente!«, urteilte der Ispettore.

Grauner hob die Augenbrauen. Warum Nudeln nicht ordentlich durchgekocht sein durften, hatte er noch nie verstanden. Ich esse ja auch keine halb rohen Knödel, sagte er sich.

Während des Essens sahen sie eine der Krimi-Folgen. Auf Italienisch. Der Münchner Edel-Kommissar war auch in Italien höchstbeliebt. Die beiden Ermittler drehten die Spaghetti auf die Gabeln, Grauner merkte, wie Saltapepe ihn beäugte und dann zufrieden strahlte. *Das machst du schon ganz richtig* bedeutete das Strahlen.

»Buon appetito«, sagte der Ispettore.

»Guatn Appetit«, schmatzte Grauner.

Von Saltapepes Bett her ertönte ein rhythmisches Pfeifen, wie das Pfeifen eines Teekessels.

Grauner setzte sich auf. Die Negronis in seinem Magen rumorten. Er schleppte sich ins Bad und wusch sich das Gesicht.

Im Wohnzimmer nahm er die mit einem Tomatensoßenfleck beschmierte Fernbedienung und schaltete den Fernseher aus, aus dem immer noch leise Derricks Walzermusik erklungen war. *Folge 1: Waldweg*, *Folge 2: Johanna* und *Folge 3: Stiftungsfest* hatte auf dem Bildschirm gestanden. Mitten in *Waldweg* waren sie eingeschlafen.

Der Commissario öffnete das Wohnzimmerfenster und ließ die eiskalte Luft herein. Er hörte das Rauschen des Eisacks und von weit her das Quietschen von Autoreifen. Es war einer dieser Momente, in denen er sich schwor, nie wieder einen Schluck Alkohol zu trinken. Ihm war klar, dass der Schwur wertlos war.

Er schnappte sich seine Lederjacke und suchte seine Schuhe. Die Couch war zu weich für seinen Rücken, der die harte Ofenbank bevorzugte. Saltapepes Schnarchversuche waren zu laut. Grauner war sich sicher, dass er keinen Schlaf mehr finden würde.

Über die menschenleere Straße lief er in Richtung Altstadt. Am Stadion vorbei, das wie der Schatten eines Raumschiffes wirkte; an der *Bar dello Stadio* waren die Rollos heruntergezogen. *Forza Napoli* hatte einer darauf gesprayt. Eine Katze balancierte die Bordsteinkante entlang, dann huschte sie das Bachbett der Talfer hinab und verschwand unter den Bogen der Drususbrücke.

Das schwarze Wasser war Grauner unheimlich. Nachts im Wald, allein, da gruselte er sich nicht. Da konnte er jedes Geräusch zuordnen, das war ein Marder, der dort raschelte, das war ein Uhu, der da rief. Nachts in der Stadt, allein, war das anders. Diese Verlassenheit mitten unter den Menschen setzte ihm zu. Die Häuserfassaden kamen ihm wie Gespenster vor.

Der Panda stand immer noch zwischen den zwei Einsatzwagen. Grauner bekreuzigte sich, drückte die Kupplung und drehte den Schlüssel um. Der Panda wieherte, muhte, stotterte, dann verstummte er. Zehn weitere Male versuchte Grauner es, mal bekreuzigte er sich dreimal, mal fünfmal, doch nichts geschah.

Er fluchte, Grauner fluchte immer nach dem Aufstehen, sonst den ganzen Tag über nicht mehr, so war der Deal mit dem lieben Gott, und da er das Fluchen vorhin in Saltapepes Wohnung total vergessen hatte, holte er es nun genüsslich nach: »Zio Teggn! Puttaniga! Oschtia. Oschtia, Miseronia. Lettn! Lettn! Hardilettn! Zio Zoschtia! Zio Figgn, zio Teggn! Puttinziga, Putteiniga. Mado …«

Er hielt inne. Sein Blick war an der Fassade der Questura

hochgewandert. In Silvia Tappeiners Büro brannte Licht. Hatte sie es brennen lassen? Grauner vergaß, die Schimpftirade zu Ende zu bringen. Er ging die Treppen zum Eingang des Gebäudes hoch.

Seine Assistentin schreckte auf, als Grauner gegen die offene Tür klopfte.

»Was machst du hier, mitten in der Nacht?«, fragte er.

Sie hielt sich die Hände an die Brust und rollte mit den Augen. Das Gleiche könnte ich dich fragen, sagte das Augenrollen.

»Lange Geschichte«, antwortete Grauner. Er stellte sich hinter Tappeiner und blickte auf den Bildschirm. Er sah den blauen Streifen, die weiße Schrift, die Fotos, die Profilbildchen.

»Facebook«, sagte er. Grauner kannte die Seite. Sara verbrachte Stunden damit, selbst Alba hatte sich ein Profil eingerichtet, er verstand nicht, wozu, aber bitte.

»Ja«, sagte die Assistentin. »Facebook. Aber nicht mein Account. Ich habe noch einmal Maries Seite unter die Lupe genommen. Ich kann nicht schlafen, mir gehen die Bilder dieses Mädchens an den Lärchen nicht aus dem Kopf. Sie sind da, wenn ich wache, sie sind da, wenn ich träume.«

Der Commissario legte seiner Assistentin die Hand auf die Schulter. Tappeiner scrollte die Einträge entlang. Die Posts. Die Geburtstagswünsche. Grauner gruselte es, er fragte sich, wie viele solcher Seiten es gab, auf denen die Toten einem entgegenlachten.

»Das haben wir doch bereits alles durchstöbert«, sagte er. »Alles ist auf den Kopf gestellt worden. Keinerlei Hinweise. Nichts. Was suchst du noch, Silvia?«

»Ich habe mir die Aufnahmen noch einmal genau angeschaut. Jede einzelne. Ich habe versucht herauszufinden, wo sie aufgenommen wurden. Ich habe etwas entdeckt.« Grauner sah ein paar Klassenfotos, doch Tappeiner klickte auf das Bild ganz links oben. Darauf war Marie vor einer weißen Wand zu sehen. Sie lachte. Verführerisch. Viel zu verführerisch für ein siebzehnjähriges Mädchen, fand er. Rechts oben neben der Aufnahme war in hellem Grau ein Datum zu sehen. 25. März. Das Foto war einen Tag vor ihrem Tod online gestellt worden.

»Ich weiß immer noch nicht …«, sagte Grauner, doch dann verstummte er.

Tappeiner klickte zweimal auf das Foto, es vergrößerte sich: Maries Gesicht, ihr Lachen. Die weiße Wand. Der Ausschnitt eines Fensters. Die Scheibe teils eingeschlagen, schmutzig. Hinter dem Fenster war eine Wiese zu sehen. Hinter der Wiese ein Baum. Eine Buche. Am kräftigsten der Äste hing eine Schaukel. Daneben stand eine Kapelle.

»Das ist in Mitterbad!«

»Ja.«

»Sie war am Vortag da.«

»Sie und die Person, die das Foto gemacht hat.«

Grauner blickte weiter auf das Bild. Die Wiese lag weit unten. Maries Kopf war auf der Höhe der Baumkrone.

»Das muss im zweiten Stock sein«, sagte er. »Da waren wir nicht. Die Treppe ist eingestürzt. Es gab keinen Weg nach oben.«

Sein Blick wanderte vom Bildschirm auf die Schreibtischplatte seiner Assistentin, dann durch das Büro. Am Kleiderständer hing Tappeiners Rucksack. Darunter lagen ihre Kletterschuhe.

»Wir müssen los«, sagte er abrupt. »Nimm deinen Kletterkram mit. Wir müssen nach Mitterbad.« Er wählte Saltapepes Nummer, doch dessen Handy war aus. Er schrieb ihm eine SMS.

2

Silvia Tappeiner fuhr, wie sie redete, wie sie gestikulierte. Sportlich und geradeheraus. Wenn sie nach links oder rechts lenkte, lehnte sich ihr ganzer Körper mit in die entsprechende Richtung. Wenn sie geradeaus lenkte, lehnte sie sich nach vorne, berührte mit der Nasenspitze fast die Frontscheibe. Auf der MeBo und auf dem Weg über die Gaulschlucht ins Tal hinein war ihnen niemand entgegengekommen. Es war kurz vor fünf Uhr morgens, bald würden die ersten Sonnenstrahlen über die Gipfel klettern.

Grauners Assistentin lenkte den hellblauen Einsatzwagen der Polizia di Stato von der Ultnerstraße in die Zufahrtsstraße, die hoch zum Mitterbad führte. Sie umkurvte die Schlaglöcher und schaltete das Fernlicht ein. Die Scheinwerfer leuchteten tief in den Wald.

Sie hielten auf der Wiese vor dem verfallenen Gebäude. Das Gras war nass. Irgendwo klapperte und knirschte eine der hölzernen Jalousien. Tappeiner ging zum Kofferraum und holte ihren Sportrucksack heraus. Sie tat es mit einer Unbekümmertheit, die Grauner bewunderte. Sie wirkte so ruhig, als ob sie die übliche Trainingsstunde in der Kletterhalle vor sich hätte. Sein Herz pochte.

Sie stapften den Trampelpfad entlang, durch die Brennnesseln und Farne, hin zu der kleinen Holztreppe, die in die erste Etage führte. Der Commissario ging voran, er hielt eine Taschenlampe auf den Boden gerichtet und schulterte das Kletterseil. Tappeiner folgte ihm. Sie trug einen Klettergurt und drei Karabiner.

Die meisten Tiere schliefen. Jene, die wachten, wachten lautlos. Sie lauschten und lauerten. Kein Summen der Bienen, kein Vogelgekrächze. Nichts war zu hören, nichts außer dem leisen Rauschen der Falschauer in der Ferne.

Sie gingen durch die erste Etage des Gebäudes. Der Bauschutt, der vor den Wänden lagerte, ließ seine Staubpartikel im Licht der Taschenlampe tanzen. Grauner bog nach links ab, in den längeren Flur, in dem sich jetzt, nachts, nichts mehr in den Zauber von damals verwandelte. Es war einfach nur ein dreckiger Gang in einem baufälligen, verlassenen Haus. Kalt, feucht. Abweisend. Rechts befand sich das Badezimmer, dessen Boden unter seinen Füßen nachgegeben hatte, links hing das Überbleibsel der Treppe, die einst in die zweite Etage geführt haben musste. Bis auf die obersten beiden fehlten alle Stufen, nur ein dicker, morscher Holzbalken ragte zur Decke.

»Hier kommen wir nicht hoch«, sagte Tappeiner.

Der Commissario leuchtete mit der Taschenlampe am morschen Holz entlang. »Aber sie muss doch … Marie muss doch oben gewesen sein.«

Die Assistentin schaute aus dem Fenster in den Innenhof des Gemäuers. Betonklötze stapelten sich übereinander, als wären sie vom Himmel gefallen. Verkrüppelte Bäume streckten ihr Geäst in alle Richtungen. Ein Stamm war halb dem Boden entrissen, wie aus einer offenen Wunde ragten die Wurzeln in die Höhe, Erde hing an ihnen.

»Schau«, sagte Tappeiner, sie zog den Commissario an der Lederjacke. Grauners Augen wanderten den Stamm entlang. Er war dick genug, um einen Menschen zu tragen, und bot genügend Zweige zum Festhalten. Er lag schräg genug, um daran hochklettern und in eins der Fenster im zweiten Stock steigen zu können.

Sie ließen Seil, Gurt und Karabiner am Fuße des Baumstammes liegen. Tappeiner kletterte voran, mit wenigen Griffen und Schritten war sie am Fenster angelangt. Grauner kämpfte sich hinterher. Er konnte es selbst kaum fassen, wie ungeschickt er sich anstellte. Die Rippen schmerzten nach wie vor, der Rücken protestierte, die Wirbel knirschten, ständig rutschte er mit den Bergschuhen an der feuchten Rinde ab.

Endlich im zweiten Stock angelangt, nahm der Commissario die Taschenlampe wieder in die Hand, die er während der Kletterei zwischen die Zähne geklemmt hatte. Die Latten des Holzbodens knacksten. Grauner sah eine Spur im Staub, die den Flur entlangführte. Hier war jemand gewesen. Die Schritte, die sie gingen, war bereits jemand vor ihnen gegangen. Auch vor Kurzem noch, sonst hätte sich der Staub längst erneut auf das Holz gelegt.

Im ersten Zimmer war nichts; nur eine heruntergerissene Tapete, die von der bröckelnden Wand hing. Auf einem Stück der Mauer war ein aufgespraytes schwarzes Herz zu sehen.

Die Tür des zweiten Zimmers war verschlossen. Grauner stemmte sich dagegen, doch sie bewegte sich nicht.

Bereits vom Flur aus bot ihnen das Fenster des dritten Zimmers den Blick auf die Baumkrone der Buche. Auch ein Stück des Kapellendächleins war zu sehen. Grauner leuchtete den Raum ab. An der Wand stand ein schmiedeeisernes Bett. An Kopf- und Fußende war es mit geschwungenen Stangen verziert. Sie waren wie Rebzweige geformt, mit Trauben und Blättern an den Enden. Die Matratze war frisch bezogen, das dicke Federbett einmal gefaltet. Links und rechts des Bettes standen heruntergebrannte Kerzen. An die Wände waren einige Worte gesprayt. *Tiefe Stille* stand da. *Todesschönheit – – – Dämon – – – Kobold – – – unausweichlich – – – ICH – – – Hans – – – unausbleiblich – – – niederträchtiger Feigling – – – Sie hassen mich – – – Ich liebe dich!*

Grauner trat zwei Schritte ans Bett heran. Er roch nicht den modrigen Schutt, er roch den betörenden Duft der nassen Tannenzapfen, der von draußen hereindrang. Obwohl es bitterkalt war und der Wind durch das zerbrochene Fensterglas pfiff, strahlte der Raum eine wohlige Wärme aus. Zwischen den Kerzen entdeckte Grauner Papiere und einige Bücher. Er bückte sich. Die Papiere waren mit Tinte beschrieben. Grauner erkannte den Schriftzug sofort, er war identisch mit dem auf den im Wald gefundenen Papieren.

Er griff nach einem Blatt, dann nach einem anderen. Manchmal waren nur einzelne Buchstaben darauf wiederholt, wie Schriftübungen. Manchmal Zahlen, manchmal halbe Sätze. Nun betrachtete er die Bücher. Sie waren alt, die Seiten vergilbt, manche lose. *Tonio Kröger. Tristan. Der Tod in Venedig. Buddenbrooks. Joseph und seine Brüder.* Es waren Werke Thomas Manns.

Grauners Augen leuchteten. »Schau!«, rief er in Tappeiners Richtung. »Schau! Sind die Schriftstücke also doch Fälschungen? Womöglich sind sie hier gefälscht …«

Als sich der Commissario zu seiner Assistentin umdrehte, erschien es ihm für einen Augenblick, als bewegte sich die Welt in Zeitlupe. Die Tür schwang nach rechts, das Dunkel dahinter bildete sich zu einer Masse, aus der sich Arme, Kopf und Beine formten. Dann – plötzlich – passierte alles ganz schnell, als ob die Welt die Zeitlupe von eben mit doppelter Geschwindigkeit gutzumachen versuchte.

Die Gestalt stand direkt hinter Tappeiner. Die Assistentin musste den Schreck in Grauners Gesicht gesehen haben. Sie fuhr herum, doch da schlug die Hand bereits auf ihren Kopf, mit den Fingern einen Stein umklammernd. Tappeiner fiel. Mit dem Kinn schlug sie auf dem Holzboden auf.

Für eine Sekunde stand die Gestalt nun im Licht der Taschenlampe. Sie war ganz in Schwarz gekleidet, sie hatte eine Mütze übers Gesicht gezogen, dort, wo der Mund war, sah Grauner, dass der Atem den dünnen Stoff an die Lippen sog. Der Commissario verharrte, immer noch kniend. Vielleicht eine Sekunde zu lange. Die Gestalt warf den Stein nach ihm. Er verfehlte sein Ziel nur knapp, er hämmerte gegen die Wand.

Grauner hatte die Taschenlampe fallen gelassen. Scheppernd erlosch sie. Das Letzte, was er sah, war das Messer, das nun anstatt des Steins in der Hand des Angreifers lag. Er hörte das Knirschen des Bodens. Er tastete sich voran und vernahm die Schritte – sie gingen rückwärts, in Richtung Tür.

Der Commissario nahm allen Mut zusammen und warf sich dahin, wo er die Gestalt vermutete. Er bekam ein Stück Stoff zu fassen und zerrte daran. Er packte den Angreifer am Hals, er schien weich, keine kratzenden Bartstoppeln. Dann traf ihn ein Schlag im Gesicht. Er spürte, wie die Klinge des Messers das Leder seiner Jacke durchstach und in den Muskel seines linken Oberarms drang. Er schrie und prügelte um sich. Er prügelte ins Leere. Die Gestalt war verschwunden. Nur die Mütze hielt Grauner noch in der Hand. Er steckte sie in die Jackentasche. Weiter tastete er blind auf dem Boden herum, schließlich bekam er Tappeiners Fuß zu fassen.

»Silvia, keine Panik, er ist weg.«

Der Commissario fand die Taschenlampe. Er schüttelte sie. Sie ging an. Grauner lehnte sich gegen das Bett. Er spürte den Schweiß. Überall.

Tappeiner stöhnte.

»Silvia?«

»Es geht schon.« Sie richtete sich auf. »Mir dreht sich bloß alles.«

»Ruhig, Silvia. Bleib ruhig.«

Er stützte sie. Sie gingen ein paar Schritte, in den Flur hinaus. Doch sie brach zusammen. Also brachte er sie zurück ins Zimmer und legte sie behutsam aufs Bett.

»Grauner, ruf Hilfe, lass mich hier und schau, dass du diesen Typen erwischst!«

Grauner nahm sein Handy in die Hand, doch es zeigte kein Netz an.

»Gib mir den Autoschlüssel«, sagte er, während er seinen Schal als provisorischen Verband um Silvias Stirn wickelte.

Grauner kletterte den Baumstamm hinab, das Adrenalin ließ ihn die Schmerzen vergessen, es gab ihm Trittsicherheit. Am Auto angelangt, sah er, dass zwei der Reifen zerstochen waren. Er lief den steinigen Weg hinab, runter zur Falschauer, wo er sich in die Mitte der Brücke stellte. Erneut schaute er aufs Handy.

Zwei Balken. Er wählte die Notrufnummer des Weißen Kreuzes und erklärte in knappen Worten, wohin sie zu fahren hatten. Dann rief er in der Questura an, Saltapepe hatte die nächtliche SMS gelesen und war bereits unterwegs. Grauner legte auf und lief weiter zur Talstraße.

Dort angekommen, ließ er sich erschöpft auf die Leitplanke sinken.

Er keuchte und spuckte den Speichel der Erschöpfung auf

die Straße. Einige Minuten lang hatte er da halb bewusstlos gesessen, als aus dem Tunnel ein Brummen ertönte. Dann sah er zwei Lichter. Er stellte sich mitten auf die Straße und winkte mit beiden Armen. Der rechte schmerzte vom Messerstich.

Mit Getöse, Würgen und Zischen hielt der Lastwagen. Er hatte Holzstämme geladen. Der Fahrer öffnete die Beifahrertür. Grauner zog sich in die Kabine hoch und hielt dem erstaunten Mann seinen Dienstausweis vors Gesicht. Sie mussten noch ein Stück talauswärts fahren, erst in St. Pankraz gab es eine Wendemöglichkeit.

Als sie vor dem *Schwarzen Adler* hielten, ertönte ein dumpfer Knall. Das war nicht der Auspuff des Lastwagens, das kam von oben, von den Lärchen. Das war ein Schuss. Das Echo warf den Knall zwischen den Bergen umher. Dann verstummte es.

3

Erneut ein Schuss. Erneut das dutzendfache Echo. Gelbe Lichter erhellten blass die Dämmerung. Die Hunde bellten. Das Tal erwachte.

Grauner war von der Hauptstraße zu Hallers Haus gerannt. Er sah die Menschen hinter den Gardinen hervorlugen, manche standen im offenen Haustürspalt. Erschöpft lehnte er sich gegen den Stamm, an dem vor drei Tagen das tote Mädchen gelehnt hatte. Er hielt den verletzten Arm, um den er provisorisch einen Verband aus dem Erste-Hilfe-Koffer des Lkws gewickelt hatte. Der Puls pochte, noch schneller, noch fester. Er schaute um sich, doch er sah niemanden. Erst als er hinüber zum Zaun ging, hochblickte, zum Rand des Mischwaldes, bemerkte er zwei kleine Punkte. Einer war regungslos, der andere, etwa hundert Meter weiter weg, bewegte sich.

Ein erneuter Knall, Grauner sah das Feuer, ausgespuckt von der Mündung des Gewehrlaufs.

Die Wiese hinter dem Zaun fiel steil ab, ein schmaler Wanderweg führte durch sie hindurch. Er kämpfte sich durch das hohe Gras und verfluchte einmal mehr seine Abneigung, eine Waffe zu tragen. Die Beretta lag im Handschuhfach des Panda. Wahrscheinlich. Oder in der Schublade seines Schreibtisches. Er wusste es nicht genau.

Die Punkte wurden größer, bekamen Konturen. Grauner erkannte sie. Es waren Bachlechner und Unterweger.

Maries Vater verschwand zwischen den Stämmen. Der Sägewerkbesitzer lag regungslos am Boden. Neben ihm ein Gewehr. Als Grauner ihn erreichte, war der Gesichtsausdruck des Mannes wie erstarrt. Der Commissario kannte diese Starre. So schaute, wer Angst vor dem Tod hatte. Das war der Blick derer, die glaubten, tatsächlich jetzt, in diesen Sekunden, sterben zu müssen.

Grauner riss Unterwegers blutverschmierten Mantel auf, auch Hemd und Unterhemd. Die Kugel hatte die Schulter zertrümmert. Der Commissario zog seine Lederjacke aus und band einen der Ärmel um die Wunde. Dann blickte er sich um. Weiter vorne im Tal, da, wo sich die Straße den Wald entlang zog, schien es ihm, als blinkten blaue Lichter im dicken Grün. Sie kamen näher. Unten am Zaun standen bereits einige Dorfbewohner. Er winkte sie herbei. Langsam, zögerlich, setzten sich ein paar Männer in Bewegung.

»Festhalten! Drücken!«, sagte Grauner knapp, als sie ihn erreichten. »Und rufen Sie einen Arzt.«

Dann nahm er Unterwegers Gewehr. Er wankte kurz, fand das Gleichgewicht wieder und lief zu den Bäumen. Dorthin, wo er Bachlechner hatte verschwinden sehen.

Der Weg führte bergauf, über Wurzeln, durch den Wald, an den Abgrund heran. Hier oben warf die Sonne ihre Strahlen bereits leuchtend um sich. Die Natur erwachte, Tau tropfte von den Blättern. Ein Stöhnen, Rascheln, Pfeifen überall. Ein Bächlein plätscherte. Vorne an der Felskante, wo Bachlechner stand und in die Tiefe schaute, fiel das Wasser wie Sprühregen hinab. Unten, wo es auftraf, lag die Lichtung, der Tatort, da hatte seine Tochter ihr Leben gelassen. Da war sie erschossen worden.

Grauner kam näher. Maries Vater musste ihn gehört haben, das Knacksen der Schritte auf dem Geäst. Er drehte sich um.

»Das geht jetzt zu Ende«, sagte Bachlechner.

Er ging rückwärts der Felskante entgegen. Bei jedem Schritt verzog er schmerzhaft das Gesicht. Das Gewehr hielt er fest umklammert.

»Machen Sie es nicht«, sagte der Commissario.

»Seine Familie hat den Mord von damals vertuscht, sie haben ihn uns untergeschoben. Und nun hat er meine Marie umgebracht. Ich bete, dass ich ihn ins Herz getroffen habe. Ich bete, dass er stirbt. Und ich will auch sterben. Was soll ich hier noch?«

Er hielt das Gewehr in Grauners Richtung. Grauner ließ Unterwegers Waffe zu Boden fallen. Maries Vater trat einen

Schritt an ihn heran. Ja, dachte Grauner, rede mit mir. Mach noch einen Schritt. Weg vom Abgrund. Ich muss dich weglocken vom Felsen. Weg vom Tod.

»Ja, Bachlechner«, sprach Grauner nun laut. »Ja, der Unterweger Hans war es wohl, der damals gemordet hat. Wir wissen das. Wir haben Gretas Leiche gefunden, nach all den Jahren, tief im See. Alles wird sich aufklären, alles wird rauskommen.«

Noch einen Schritt, noch einen. Grauner ging leicht nach rechts, immer noch sah er in den Gewehrlauf, der Lauf drehte sich mit. Noch einen Schritt, noch einen.

»Hat Unterweger Ihnen die Tat gestanden? Hat er zugegeben, Marie erschossen zu haben?«, fragte Grauner.

Bachlechner schüttelte den Kopf. Erneut einen Schritt nach rechts. Noch einen. Noch einen. Grauner sah nun nicht mehr den Abgrund hinter Maries Vater. Er sah den Wald, sah die Gesichter zwischen den Stämmen. Er sah das Beben in Bachlechners Blick. Er wagte einen Schritt nach vorne.

Der Commissario wollte, dass sich Bachlechner nur auf ihn konzentrierte. Grauner sah alles, er sah, was links und rechts geschah, Bachlechner durfte es nicht sehen.

»Unterweger lebt. Er wird nicht sterben. Wir werden ihn verhören, und er wird uns alles erzählen. Wir werden alles erfahren.«

Noch ein Schritt nach vorne, auf ihn zu. Bachlechner wich zurück.

»Jetzt!«

Es wirkte fast sanft, wie Saltapepe, der von hinten an Bachlechner herangetreten war, die Hand auf dessen Arm legte und mit der anderen nach dem Gewehr griff. Langsam drehte sich Maries Vater um, nun sah auch er die

Polizisten zwischen den Baumstämmen. Er sackte in sich zusammen. Der Ispettore warf das Gewehr hin und stützte den Mann.

4

Silvia Tappeiner war auf dem Weg ins Spital. Es ging ihr den Umständen entsprechend gut. Sie hatte eine Gehirnerschütterung. Auch Bachlechner wurde mit einem Einsatzwagen nach Bozen gebracht.

Der grüne Suzuki war in einem Waldweg am Taleingang gefunden worden. Offen. Der Schlüssel steckte. Unterweger lag im Wagen des Weißen Kreuzes, der vor Hallers Haus stand. Er hatte die Augen geschlossen, eine Atemmaske auf dem Gesicht. Er musste so schnell wie möglich operiert werden. Der Notarzt drängte darauf. Der Rettungshubschrauber war unterwegs.

Grauner saß neben dem Sägewerkbesitzer. Die Sanitäter kümmerten sich um seine Stichwunde, sie hatten den Oberarm mit Desinfektionsmittel gereinigt und verbanden ihn erneut.

»Haben Sie uns gestern beobachtet? Sind Sie uns gestern nach Riva gefolgt?«, fragte Grauner.

Unterweger blinzelte leicht und deutete ein Nicken an.

»Sie hatten vermutet, dass die alte Dame Beweise von damals hortete. Sie befürchteten, dass dies im Zuge unserer Ermittlungen rauskommen könnte. Aber Frau Klett hat Ihnen nichts verraten. Sie hat sich nicht einschüchtern lassen, so wie alle anderen. Auch dem Pfarrer haben Sie eine Lektion erteilt. Er sollte seinen Widerstand aufgeben. Es durfte nicht sein, dass wegen diesem Pfaffen Ihre Pläne für das Tal in Gefahr gerieten.«

Wieder das Blinzeln.

»Auch Haller, Ihr Kompagnon, hat einen Hass auf Santer, der war noch größer als Ihrer. Weil der Pfarrer seinen Sohn stigmatisiert. Weil er ihn ächtet. Wusste Haller von Ihren Methoden?«

Ein kaum merkliches Nicken.

»Santer war es, der Michael im Dorf als Mörder hinstellte. Und das Dorf glaubte ihm. Aber Michael war es nicht. Sie waren es. Sind Sie mit den Schriftstücken erpresst worden?« Grauner behielt vorerst für sich, dass die Papiere gefälscht waren. »Von wem? Von Bachlechner? Von Marie? Musste das Mädchen deshalb sterben?«

Unterweger fuhr auf, er versuchte, sich zu Grauner hinzudrehen, doch mit schmerzverzerrtem Gesicht sank er wieder auf die Liege.

»Lassen Sie ihn!«, forderte der Notarzt.

Über ihren Köpfen war bereits das Rattern des Propellers zu hören.

»Wer hat uns in Mitterbad angegriffen? Sie? Einer Ihrer Männer? Was haben …«

»Wir müssen los. Wir müssen – jetzt! Sofort!«

Einer der Sanitäter reichte dem Commissario Hemd und Pullover und deutete ihm, den Krankenwagen zu verlassen. Grauner zog sich seine Sachen über und drehte sich zur Tür. Unterweger packte seine Hand und hob die Maske hoch. Seine Stimme war schwach, die Worte nur gehaucht.

»Ich habe sie nicht getötet. Mörder bin ich keiner, nein, das bin ich nicht.«

»Unterweger, Sie …«

Der Notarzt schloss energisch die Tür. Der Krankenwagen setzte sich in Bewegung. Das Blaulicht blinkte stumm. Unten an der Hauptstraße wartete der Hubschrauber.

An der Absperrung tummelten sich die Dorfbewohner. Auch Charly Weinreich hatte sich unter die Leute gemischt.

Grauner ging zu Saltapepe und klopfte ihm auf die Schulter. Der Lärm der Propeller wurde allmählich leiser, doch die letzten Fragen in Grauners Kopf verstummten nicht.

»Unterweger also«, sagte Saltapepe. »Nicht Benedikt Haller. Nicht Michael. Und auch nicht seine Mutter.«

Der Commissario presste die Lippen aufeinander. »Ja, ich denke, ja. Sieht vieles danach aus.« Überzeugt klang seine Stimme nicht.

Belli trat an die beiden heran. »Gute Arbeit, Männer! Gute Arbeit!« Der Staatsanwalt rieb sich die Hände.

Grauner entdeckte seine Lederjacke, die auf der Motorhaube einer der Polizeiwagen lag. Unterwegers Blut klebte am Ärmel. Er zog sich die Jacke über und steckte die rechte Hand in die Tasche. Er fühlte etwas Weiches, kurz überlegte er, was es sein könnte, dann fiel es ihm ein. Es war die Mütze, die er dem Sägewerkbesitzer, oder wem auch immer, in Mitterbad vom Kopf gerissen hatte.

Unterweger durfte nicht sterben, dachte Grauner und schaute auf die alten Lärchen. Wenn er starb, dann blieben so viele Fragen offen. So viele Details, Ungereimtheiten. Eine Sache ließ ihm keine Ruhe: Madame Klett lebte noch, obwohl sie Unterweger gesagt hatte, dass sie alles wusste. Warum hatte er sie nicht umgebracht? So wie Marie? Was hatte er zu verlieren gehabt? Grauner dachte an Unterwegers Gesicht, wie er dagelegen hatte, halb tot im Krankenwagen, mit müden Augen, Dreitagebart, Stoppeln am Hals.

Gedankenversunken drehte und wendete er die Mütze. Dann betrachtete er sie von Nahem und zog ein Haar aus dem Stoff. Er hielt es in die Höhe, die Sonne strahlte es an. Grauner schloss kurz die Augen, dann lief er zu den Einsatzwagen und rief Saltapepe zu sich.

5

Hannes Kofler stand am Ufer des Sees. Ungefähr dort, wo die Taucher die geborgenen Gewehre gestapelt hatten. Als er zur Straße sah und die beiden Ermittler entdeckte, ging er zu den Holzbooten und schob eines ins Wasser. Grauner und Saltapepe eilten zum Ufer, zu einem der anderen Boote. In der Mitte des Sees hatten sie den Bürgermeister eingeholt.

Kofler ließ die Ruder los. Träge sanken sie ins Wasser und baumelten knirschend in der Halterung. Der Ispettore band die beiden Boote aneinander. Die Ermittler standen auf, rangen einen Augenblick um Gleichgewicht, dann stiegen sie nacheinander zum Bürgermeisters hinüber.

Der Commissario sagte nichts. Er las in Koflers Gesicht, dass er nicht weiter lügen konnte und wollte. Die Lippen des Bürgermeisters zitterten, aber er brachte keinen Ton heraus. Grauner wusste, dass kein Wort, keine Aufforderung mehr bringen würde als dieses erdrückende Schweigen, gepaart mit dem wissenden Blick. Nach etwa einer Minute atmete Kofler zweimal tief ein und aus, dann erklang seine Stimme.

»Ja, ich habe sie geliebt. Ich war verrückt nach ihr. Schon seit über einem Jahr versuchte ich, ihre Zuneigung zu gewinnen. Wir waren gemeinsam wandern, ich habe sie in Meran ins Kino eingeladen, ich hätte alles für sie getan, ich habe jede Sekunde ausgekostet, die ich in ihrer Nähe sein konnte.«

Der Bürgermeister sprach laut und mit fester Stimme, so hatte Grauner ihn bislang nie sprechen hören. Er kannte das: Wenn es so weit war, wenn das ganze Kartenhaus zusammengestürzt da lag, keimte plötzlich Mut auf, auch im Innersten der scheinbar Mutlosen. Da war dann eine Kraft, die nur eins wollte: alles endlich rauslassen. Reinen Tisch machen.

»Drei Tage nach den Geschehnissen im Gasthaus stand sie vor meiner Tür.« Wie versteinert starrte Kofler auf die morschen Bretter im Boot. »Sie war verstört.«

Zwei Enten näherten sich ihnen. Sie schnatterten. Die kalte Luft tat gut, sie reinigte.

»*Morandell?*, fragte ich. *Was hat er dir angetan?*«, sprach Kofler weiter. »*Nicht mir*, sagte sie. *Nicht Morandell.* Es dauerte eine Weile, bis sie all ihren Mut zusammennahm und es erzählte.«

Der Bürgermeister schluckte. Er zitterte.

»Sie ist am Abend von der Bushaltestelle zu Fuß nach Hause gelaufen. Durch den Wald, hoch zum Bachlechnerhof. Sie fürchtete sich nicht. Sie kannte das Rauschen der Blätter, das Knistern des Gebüschs, den Ruf der Eule. Erst dachte sie an ein Reh, als sie das Knacksen der Zweige vernahm. Ein Luchs vielleicht. Dann sah sie seinen Schatten, Rudolph Unterweger lehnte an einem der Bäume. Kurz dachte sie, er würde sie nehmen. Leise begann sie ein *Vater Unser* zu beten. Sie hörte seinen Atem. Doch er tat ihr nichts. Er grinste nur. Erst als sie zu Hause in die Stube trat, sah Marie, dass er ihr den allergrößten Schmerz, den er ihr bereiten konnte, bereits zugefügt hatte.«

Kofler schluckte erneut. Dann schluchzte er. Tränen liefen ihm über die Wangen.

»Maries Vater lag nackt, geknebelt und gefesselt am Boden. Neben ihm die glühende Ofenzange. Der Geruch von verbranntem Fleisch in der Luft. Drei tiefe Brandwunden klafften auf seinem Rücken. Blut lief ihm aus dem Mund, auch seine Füße bluteten. Er lag da, wimmernd, erniedrigt und halb bewusstlos. Auf dem Tisch lagen fein säuberlich drei seiner Zähne und alle seine Zehennägel. Unterweger war zu ihm auf den Hof gekommen. Zu Fuß, denn die Straße war zugeschneit. Bewaffnet. Er hatte ihn gezwungen, ihm auch die einzige Quelle, die noch im Besitz der Bachlechners war, zu überschreiben. Er bot viel Geld, Geld, das Marie und ihr Vater gut gebrauchen konnten. Bachlechners Quelle war die letzte, die noch fehlte. Aber Bachlechner verkaufte nicht. Es war der Stolz, der es ihn nicht tun ließ. Er spuckte Unterweger vor die Füße. Marie erzählte mir von dem jahrhundertelangen Familienstreit. Ich wusste das alles nicht. Nur wenige wussten davon. Der alte Bürgermeister. Der Pfarrer. Der Wirt. Sie erzählte mir, dass sich die Unterwegers damals, als die Bachlechners alles hergeben mussten, auch den Familienschmuck geholt hatten.«

»Wer kam auf das Fälschen der Briefe?«, fragte Grauner.

»Ich. Ich hatte im verstaubten Archiv in den Kellergewölben der Gemeinde Fotos und Gästebucheinträge von damals gefunden. So kam mir die Idee. Ich wollte Unterweger mit den Briefen zur Wahrheit zwingen. Ich wollte, dass das Tal diesen Unmenschen loswird. Er sollte gestehen, was er Maries Vater angetan hatte, und dafür ins Gefängnis gehen. Er sollte den Familienschmuck und die Quellen zurückgeben, dafür die Schriftstücke bekommen. So konnte er zumindest den Ruf seiner Familie retten.«

Zorn lag nun in Koflers Stimme.

»Ich wusste, Unterweger würde auf diesen Deal eingehen. Ich wusste, wie viel ihm am Ruf seiner Ahnen lag. Ich wusste, er würde sich selbst opfern, um die Familie zu schützen. Ich habe mich in die Geschichte von damals eingearbeitet, ich habe die Tage von Thomas Manns Besuch rekonstruiert, ich habe mich mit dem Leben des Schriftstellers vertraut gemacht. Ich habe mir seine Werke besorgt. Briefe, spätere Tagebücher, Kopien seiner Handschrift. Ich habe früher selbst Gedichte verfasst, wertloses Zeug. Ich habe Sätze zusammengestellt, selbst was dazugeschrieben. Abends in meinem Büro. Für Unterweger würde es reichen, sagte ich mir. Ich gab Marie die Bücher, meine Aufzeichnungen und dazu unbeschriftetes altes Papier, das ich ebenfalls im Keller der Gemeinde gefunden hatte. Marie sollte alles aufschreiben, sie schaffte es recht gut, Manns kaum lesbare Schrift zu imitieren. Wir ließen ein paar Wochen verstreichen. Dann schickten wir Unterweger Kopien von Maries gefälschten Zeilen und ein paar Fundstücke von damals, damit er uns auch glaubt: die Fotos, einen Auszug aus dem Gästebuch, in das der damalige Concierge den Aufenthalt der Brüder Mann notiert hatte, den Briefumschlag eines anderen Gastes. Wir zwangen Unterweger, sich mit uns im Wald zu treffen. Wir forderten ihn auf, zu gestehen, was er Maries Vater angetan hatte. Sonst würden wir ihm die Originale nicht aushändigen. Sonst würden sie an die Öffentlichkeit gelangen. Dann würde alle Welt erfahren, dass die Unterwegers immer schon ein skrupelloser Clan waren. Wir wollten das Geständnis mit einer Handykamera filmen. Ich habe noch ein altes Diensthandy von meinem alten Job in Lana. Das wollten wir dafür nehmen. Ich hätte alles für Marie getan, alles. Ich wollte, dass sie mich liebt. Ich hoffte, wir würden …«

Kofler wischte sich das salzige Nass von den Wangen.

»Kurz vor der abgemachten Uhrzeit versuchte sie, mich anzurufen. Bis dahin war alles nach Plan verlaufen. Alles schien in bester Ordnung. Doch dann am Treffpunkt, im Wald, hinter den Lärchen, da brachte sie Michael mit. Die beiden hielten sich in den Armen. Sie liebten einander. Das hatte niemand gewusst, auch ihr Vater nicht. Es zerriss mir das Herz. Sie hatten ein Gewehr dabei. *Ich erschieß das Schwein!*, hat Michael gesagt. Ich habe ihm eine geschmiert und das Gewehr genommen.«

Er atmete schwer ein und aus.

»Ich hätte es da liegen lassen sollen, aber ich behielt es. Ich gab Michael mein altes Smartphone, er sollte das Geständnis filmen.«

Kofler griff in die Tasche, kurz dachte Grauner, es könnte eine Waffe sein, die er umfasste, ein Messer, eine Pistole. Aber es war das Diensthandy, das der Bürgermeister herausholte. Er tippte darauf herum, dann reichte er es den Ermittlern. Saltapepe nahm es in die Hand, er hielt es so hin, dass sie beide auf das Display schauen konnten.

Das Video startete, es wackelte. Es zeigte die Lichtung am Felsen, der Mond schien hell. Kofler trat ins Bild, er hielt die gefälschten Schriftstücke hoch, das Gewehr zu Boden gerichtet. Dann war Unterwegers Gesicht zu sehen, dann Erde, dann Wald, verschwommenes Grün, dann erneut der Kopf des Sägewerkbesitzers.

»Pack aus, Unterweger!« Die Stimme des Bürgermeisters war zu hören. »Pack aus! Gestehe, was du Maries Vater angetan hast! Sonst veröffentlichen wir diese Schriftstücke.«

Das Bild führte zu Unterwegers Kopf, dann runter zu

dessen Händen. Er hatte Schmuck aus der Tasche geholt, eine goldene Damenuhr, Ohrringe, Silberreife, Perlenketten, Broschen. Er hielt alles vor sich hin.

»Da«, sagte er, »nehmt euer verdammtes Zeug, das ist mehrere Tausend Euro Wert, behaltet eure Quelle, aber gebt mir die Briefe dafür. Löscht dieses Video! Und das Mädchen soll schweigen und vergessen!«

Die Kamera zoomte näher an ihn heran. Kofler nahm den Schmuck an sich und steckte ihn in die Tasche.

»Red! Du brutales Ungeheuer! Red!«, schrie Michael. »Oder wir erschießen dich.«

Die Aufnahme wackelte, dann wurde erneut an den Kopf des Unternehmers herangezoomt.

»Psycho«, sagte Unterweger kalt. Sein höhnisches Lachen war zu hören. »Erschießt mich doch, wenn ihr euch traut! Eins sag ich euch: Das hat er alles verdient, der Josef. Ein Bachlechner verdient nichts anderes! Ich hab's genossen! Jeden Schrei von ihm habe ich genossen! Und jetzt gib mir dieses verfluchte Handy ...«

Schwarz.

Einige Sekunden nichts als Schwarz.

Stöhnen, Schreie.

Dann wieder ein Bild: Der Sägewerkbesitzer schlug dem Bürgermeister ins Gesicht. Kofler taumelte und entsicherte dabei das Gewehr. Unterweger schlug gegen den Lauf, dann erneut gegen den Kopf seines Gegenübers.

Kofler stolperte, die Schriftstücke wehten ihm aus der Hand, die Büchse hielt er fest, ein Schuss knallte.

Stille.

Nebelschwaden zwischen den Büschen und Stämmen. Marie. Stehend. Wie versteinert. Entsetzen in den Augen. Ein roter Fleck auf dem weißen Kleid und der Wolljacke.

Dann sackte sie zusammen.

»Marie, Marie!« Michaels Stimme. Blanke Panik darin. »Marie! Nein! Marie!«

Das Bild ruckelte und verschwamm. Dann war nur noch schwarzer Hintergrund zu sehen. Nichts mehr zu hören. Das Video war zu Ende.

Saltapepe holte eine durchsichtige Plastiktüte aus seiner Jackentasche und ließ das Smartphone hineingleiten, dann steckte er es ein.

Grauner schaute über das Wasser. Das Entenpärchen war in Richtung des Ufers geschwommen. Er schaute auf die Berge. Die Sonne strahlte die Gipfel an.

Kofler schaute nicht auf. Seine Stimme klang dumpf, er nahm die Hände nicht vom Gesicht, als er erneut zu sprechen begann.

»Er ist auf mich zugekommen, er hat meine Unsicherheit gespürt. Ich habe noch nie geschossen. Noch nie in meinem Leben habe ich geschossen. Ich bin kein Jäger, kein Wilderer. Ich bin kein Waffenmensch. Ich bin ein harmloser Fischer. Der Schuss, ich … ich …«

Nun legte er die Hände in den Schoß und drehte den Siegelring hin und her.

»Ich lag auf dem Boden. Ich hielt die Waffe immer noch. Ich zielte auf Unterweger. *Weg mit dir!*, sagte ich. *Weg mit dir!* Er lief in den Wald. Ich stand auf, riss Michael mein Handy aus der Hand und sagte ihm, er solle verschwinden. Ich irrte umher und versuchte, klare Gedanken zu fassen. Ich weiß nicht, wie lange, ich war wie in Trance, es konnten Stunden vergangen sein. Ich überlegte, was ich tun sollte. Unterweger würde nichts sagen. Ich hatte das Video. Darauf war nicht nur meine Tat zu sehen, nicht nur die Erpressung mit den Briefen, da war auch sein Geständnis. Aber was war mit dem Buben? Würde er etwas sagen? Ich konnte es nicht riskieren. Ich lief zurück zu Marie. Ich fand zwei der Schriftstücke, die mir aus der Hand geweht waren, und steckte sie ein. Ich hob Marie hoch und schleppte sie durch den Wald. Unter den Bäumen war es stockdunkel. Da drang der Mond nicht durch. Ihr Handy muss aus ihrer Tasche gerutscht sein. Auch der Schmuck ist mir unterwegs ein paar Mal runtergefallen. Ich habe Marie immer wieder hingelegt, den Schmuck im Dunkeln zusammengesucht, ohne zu wissen, ob ich alles habe, bin ich irgendwann weiter. Ich habe Marie zu den Lärchen gebracht. Ich wollte den Verdacht auf Michael lenken. Jeder würde ihn für den Mörder halten, daran hatte ich keinen Zweifel. Niemand würde ihm glauben, falls er auspackte. Er hatte nichts in der Hand. Ich setzte Marie an den vordersten Stamm. Mit Blick auf Hallers Haus. Dann bin ich selbst nach Hause. Durch die Wälder, hier am See vorbei. Es wurde bereits heller. Ich habe die Waffe ins Wasser geworfen. Den Schmuck und die Blätter, die ich wiedergefunden hatte, habe ich im Archiv der Gemeinde versteckt, meine blutigen Kleider im Ofen verbrannt.«

Der Bürgermeister schaute aufs Wasser. Sein Blick war leer.

»Die Nächte schlief ich nicht. Was, wenn es irgendwo noch Spuren gab? Dann fiel es mir ein: Meine Vorlagen für die Schriftstücke, die ich Marie zum Abschreiben gegeben hatte, sie waren auf Gemeindepapier verfasst – mit offiziellem Briefkopf. Mit meiner Handschrift. Wie konnte ich nur so dumm sein. Sie durften auf keinen Fall der Polizei in die Hände fallen. Hatte Marie sie weggeworfen? Hatte Michael sie? Hatten sie sie versteckt? In der ersten Nacht nach ihrem Tod schlich ich mich in den Bachlechnerhof. In

Maries Zimmer. Es roch immer noch nach ihr. Ich durchsuchte jeden Zentimeter. Nichts. In der zweiten Nacht brach ich in Hallers Haus ein, doch auch in Michaels Zimmer fand ich nichts. Ich zermarterte mir den Kopf, ich durchforstete Maries Facebook-Seite. Auf einem der Fotos erkannte ich Mitterbad. Ich fuhr zur Ruine, parkte versteckt im Wald. Ich fand das Zimmer, meine Bücher, ihre Schreibversuche, meine Vorlagen. Ich steckte sie ein. Dann kamen Sie mit Ihrer Kollegin.«

Grauner musterte den Bürgermeister. Das erste Mal, seitdem sie auf dem Boot waren, schaute der ihm in die Augen. Flehen lag in seinem Blick.

»Ich wollte nicht …«, stammelte er.

Grauner sagte nichts.

»Wie … wie soll ich damit leben?«, schluchzte Kofler.

Der Commissario stand auf, der Boden begann zu wanken, aber er hielt die Balance und setzte sich neben Kofler. Saltapepe nahm die Ruder in die Hand und steuerte die Boote in Richtung des Ufers zurück.

»Man muss mit den Dingen leben, die geschehen sind, die man getan hat«, sagte Grauner.

»Aber der Schmerz … was ist mit dem Schmerz?«

Grauner ballte die Finger zu Fäusten. »Den muss man aushalten.«

Der Commissario holte die Mütze aus der Jackentasche. Er reichte sie dem Bürgermeister. Die Sonne schickte ihre frühen Strahlen nun auch über den See. Sie ließen ihn glitzern. Auch die Haare, die sich im Stoff der Mütze verfangen hatten, glitzerten. Rot. Orangerot. Wie die Sommersprossen in Koflers Gesicht.

6

»Grauner, was haben Sie mir da für Briefe hingelegt, ha? Der Thomas Mann soll die geschrieben haben? So ein Schmarrn! Das ist alles aus seinem Werk zusammengeklaut, aus *Fiorenza* und dem *Tonio Kröger*, bunt gemischt und ein bisschen was dazuerfunden. Ich habe mich blamiert vor dem Kollegen aus München. Mittelmäßiges Geschreibsel mit ein paar anständigen Sätzen des Zauberers dazwischen …«

»Ich weiß, Professor, ich weiß«, sprach Grauner beschwichtigend ins Handy, dann legte er auf und fühlte sich wie nach einer gründlich misslungenen mündlichen Prüfung.

Sie hatten das Tal hinter sich gelassen. Die Sonne stand hoch am Himmel, das Hellblau war wolkenlos geblieben. Im *Schwarzen Adler* saßen die Dorfbewohner zusammen, sie raunten und flüsterten.

»Der Kofler Hannes war's, der Bürgermeister, der hat sie umgebracht.«

»Und der Bachlechner hat dem Unterweger in die Schulter geschossen, heute früh. Oben bei der Wiese neben den Lärchen.«

»Wirt, bring uns noch eine Runde! Weißburgunder! Zwei Flaschen!«

»Auf wen trinken wir denn?«

»Auf die Marie, auf die schöne, arme, tote Marie.«

Serafine Haller hatte nicht gelogen. Sie hatte sich in der Tatnacht tatsächlich mit ihrem Mann treffen wollen. In St. Pankraz, auf neutralem Boden. Sie war nicht nach St. Gertraud gefahren, zu den Lärchen, sie war Marie in der Nacht nicht begegnet. Die ersten Verhöre waren gut verlaufen. Rabensteiner hatte seine Aussage bestätigt, der Bürgermeister sein Geständnis wiederholt und unterzeichnet. Unterwegers Söhne waren endlich erreicht worden, sie waren tatsächlich in Kanada gewesen und nun auf dem Heimweg. Ihr Vater war operiert worden, der Eingriff ohne Komplikationen verlaufen. Er kam langsam zu sich. Aus seinen größenwahnsinnigen Plänen würde vorerst nichts werden – wahrscheinlich musste er sie begraben, für immer. Sein Ruf war dahin. Ulten konnte bleiben, was es war. Ein verstecktes, kurioses Alpenidyll.

Alle hatten sich schuldig gemacht, der Bürgermeister wohl des Totschlags, das galt es vor Gericht zu klären. Unterweger der schweren Körperverletzung. Seine Söhne der Wilderei. Und Bachlechner? Grauner überlegte, wie die Anklage lauten würde: Beteiligung an einem Duell mit blutigem Ausgang?

Benedikt und Michael Haller waren am Nachmittag in Bozen eingetroffen. Marché hatte den Architekten über die Ereignisse im Tal unterrichtet und ihm nahegelegt, sich erneut verhören zu lassen.

»Michael liebte dieses Mädchen, er liebte Marie abgöttisch«, gab Haller in Bellis Büro zu Protokoll. »Als ich sie morgens an den Lärchen sah, bin ich sofort hin, habe ihren Puls gefühlt. Doch da war kein Puls mehr. Völlig neben mir stehend bin ich ins Haus, ich musste einen Weg finden, diese schreckliche Tat meines Sohnes … wenn ich gewusst hätte, dass mein Sohn es nicht war, dann … ich habe es ja nicht wissen können.«

Grauner schaute zu Michael, verstohlen wischte der sich eine Träne weg. Die Tränen eines Sohnes, dessen Vater ihn im Zweifel für den Mörder hielt.

Weiherer war mit seinem Team dabei, das Videomaterial des Handys zu sichern und auszuwerten.

Saltapepe hatte den ganzen Nachmittag über an einer neuen Annotazione gesessen. Er musste seinen Tauchalleingang rechtfertigen. Grauner hatte sich eine Weile zu ihm gesetzt und bei der einen oder anderen Formulierung geholfen. Belli würde beide Augen zudrücken, davon war der Commissario überzeugt. Schließlich waren sie durch Saltapepes Einsatz der Lösung des Falles näher gekommen.

Der Staatsanwalt gab am späten Nachmittag noch eine Pressekonferenz. Für die Fotos warf er sich auf den breiten marmornen Treppenstufen des Gerichtsgebäudes in Pose.

Am frühen Abend verließen Grauner und Saltapepe die Questura. Sie machten einen Abstecher ins Spital, kauften einen Strauß weißer Tulpen am kleinen Blumenshop im Eingangsbereich; gemeinsam mit Filippi besuchten sie Tappeiner. Grauners Assistentin ging es schon besser. Über Nacht wollten die Ärzte sie noch da behalten, am nächsten Morgen sollte sie entlassen werden.

Grauner hatte den Panda in die Werkstatt gebracht. Saltapepe fuhr ihn nach Hause. Sie sprachen nicht. Sie hörten keine Musik. In den Kurven der Serpentinen war nur das Quietschen der Reifen zu vernehmen.

»Halt an«, sagte Grauner bei der siebten Serpentine.

»Hier in der Kurve?«

»Ja.«

Der Ispettore parkte den Alfa auf dem kleinen Kiesbett neben der Leitplanke.

»Was willst du hier, Grauner?«

»Ich will nur schauen, ich will …«

Da stand es, zwischen den Bäumen. Mit gütigem Blick schaute es den Ermittlern entgegen.

»Ich habe noch nie ein Reh aus der Nähe gesehen«, sagte Saltapepe, nachdem es im Dickicht verschwunden war. »Ich wusste gar nicht, dass sie so nahe an die Straßen kommen.«

»Sie kommen an die Straßen, sie kommen zu den Menschen, doch die bringen ihnen nur Unheil«, antwortete Grauner.

Die beiden setzten sich auf die Motorhaube des Alfa und schauten in den Wald. Sie sprachen kein Wort. Minutenlang.

»Warum warst du immer so sicher, dass der Junge es nicht war?«, fragte Saltapepe schließlich.

»Rabensteiner sagte, Michael will festhalten, was ihm entgleitet. Deshalb beißt er, wendet Gewalt an. Aber er hat sie nicht gebissen. Er fürchtete nicht, dass das Zusammensein mit Marie zu Ende gehen würde. Die Liebe zwischen den beiden, sie hatte doch gerade erst begonnen.« Grauners Stimme stockte.

»Wer hat Unterwegers Sau abgeschlachtet und in Morandells Auto gelegt?«

»Vielleicht tatsächlich Bachlechner. Vielleicht Unterweger selbst, um von seinen eigenen Taten abzulenken. Michael ganz sicher nicht.«

»Und Thomas Mann? Glaubst du, der hat vielleicht doch den Mord beobachtet damals?«

»Nein. Der hat von allem sicher nichts mitbekommen und einfach seinen Urlaub genossen.«

»Er hat nicht …?«

Der Commissario lachte und klopfte seinem Ispettore auf die Schulter.

»Nein, Claudio, nein.«

Saltapepe verbrachte den Abend bei den Grauners. Alba tischte Speckknödel und Sauerkraut auf. Grauner köpfte zwei Flaschen Cabernet-Merlot der Kellerei Tramin, 2009, ein Spitzenjahrgang. Sara und Micky kamen auch dazu. Erst schaute der Commissario grimmig, dann schenkte er dem Buben ein halbes Glas ein – und seiner Tochter auch. Die beiden verschwanden bald in Saras Zimmer, Saltapepe verabschiedete sich, da war es schon weit nach Mitternacht.

Draußen, vor den Fenstern des Bauernhofs, funkelten die Sterne. Grauner und Alba legten sich auf die Ofenbank. Der Commissario wärmte seinen lädierten Rücken und machte Musik an. Leise erklangen die ersten, zarten, traurigen Töne des blechernen Horns aus Mahlers Kindertotenlieder. Doch dann verstummte die Melodie unter dem Krach, der aus Saras Zimmer kam.

We are the Warrios of Destruction, kreischte die Stimme des Sängers, *we don't care about laws and instruction.*

Bass, Gitarre und Schlagzeug brachten Hof und Stall zum Erzittern und Grauner zur Weißglut. Dieser Krach, das würde den Kühen nicht behagen, der Mitzi, der Margarete, der Marta, der Josefine, der Olga, der Mara. Das würde saure Milch geben.

Epilog

Die Filiale der *Banca di Trento e Bolzano* lag inmitten der Altstadt; nur wenige Menschen waren an diesem lauen Abend in den Gassen unterwegs. Eine warme Brise ließ die Palmenblätter rascheln. Aus den Trattorien drang der Duft von Gnocchi und Tortellini, frittierten Sardinen, geräuchertem Aal und gedünsteter Gardaseeforelle. Unten am Ufer war ein Tröten zu hören, die Fähre von Malcesine legte an. Zum letzten Mal an diesem Tag. Nachts würde sie ruhen und am kommenden Morgen wieder Gäste und Einheimische, Wanderer und Berufspendler über den See bringen.

Der Filialleiter hatte die greise Dame am hochherrschaftlichen Eingang des Geldinstituts erwartet. Geschickt manövrierte sie den elektrischen Rollstuhl die blecherne Rampe empor.

»Tutto bene, Signora?«

»Tutto benissimo, grazie.«

»Was für ein schöner Abend, non è vero?«

»Ja, tatsächlich, ein herrlicher Abend.«

Der Bankier geleitete die Kundin an den Schaltern vorbei

in den hinteren Bereich. Der Rollstuhl surrte über den frisch gewischten Boden. Auf einem Tastenfeld tippte der Mann eine Kombination ein, dann öffnete sich die schwere Sicherheitstür. Der dahinter verborgene Raum war bis unter die Decke mit kleinen silbernen Wandschließfächern versehen. Der Mann machte eine einladende Handbewegung, lächelte und bewegte sich rückwärts zur Tür hinaus.

Die Dame zog einen kleinen Schlüssel aus der Tasche ihres Blazers hervor. Sie lenkte den Rollstuhl nah an die Wand heran. Das Schließfach, zu dem der Schlüssel passte, befand sich auf Höhe ihrer Schultern, sodass sie problemlos hineingreifen konnte.

Sie schob einige Papiere und Schmuckschatullen beiseite. Ganz hinten im Schließfach lehnte ein schmales schwarzes Notizbuch. Der Umschlag war gegerbt und an manchen Stellen aufgerissen. Vorsichtig nahm sie das Buch in die Hände und öffnete es. Sie strich sanft über die rauen, vergilbten Seiten.

Die Schrift war abgehackt, beinahe unleserlich, doch Madame Klett wusste, was da stand. Die ersten Seiten waren vollgeschrieben, auf den folgenden nur noch einzelne Worte und kurze Notizen vermerkt. Die alte Dame blätterte zurück auf Seite eins, wo oben rechts ein Datum stand: *14. IX. 1901.* Und darunter nur wenige Zeilen:

Für meinen innigsten Freund, für ihn allein

Gretchens Tod

von Thomas Mann

Erste Skizze für eine Novelle

Madame Klett schloss das Buch, küsste den Umschlag und legte es in das Schließfach zurück, wo es für immer bleiben sollte.

Danke

Dem Verlag *Kiepenheuer & Witsch*. Meiner Lektorin Sandra Heinrici. Meinem Agenten Marko Jacob. Dem Kulturwissenschaftler Dr. Tilmann Lahme. Der Psychotherapeutin Silvia Eissing. Georg Schöpf von der Taucherstaffel der Bozner Berufsfeuerwehr. Anne Port vom *Institut für Rechtsmedizin* der *Universität Rostock*. Meinem Experten für Polizei und Carabinieri, Paolo Marchiodi. Nikolaus Schwienbacher vom Ultner Talmuseum. Meinem Experten für das Jagdwesen, Jürgen Röggla. Meinen Eltern und meiner Frau.

In Bezug auf manche Ortsbeschreibungen nimmt sich das Buch kleine Freiheiten heraus.

Die im Stile Manns frei formulierten Passagen in den Schriftstücken auf S. 114 ff. und 172 f. mit Anleihen aus:

Thomas Mann, Fiorenza. Gedichte. Filmentwürfe (»Fiorenza«, S. 7–128), S. Fischer Verlag, S. 98

Thomas Mann, Briefe I, 1898–1913, S. Fischer Verlag, S. 154 u. 176

Thomas Mann, Erzählungen (»Tonio Kröger«, S. 265–331), S. Fischer Verlag, S. 266 u. 296 f.

Die Zitate auf S. 190 f. entnommen aus:

Gottfried Oberthaler, Das Ultental und seine Bäder. Eine Historie in Wort und Bild, Museumsverein Ulten, Athesiadruck Ges.m.b.H., S. 139 f.

Thomas Mann, Briefe I, 1898–1913, S. Fischer Verlag, S. 171

Hochspannung aus Südtirol